GUIA DA
DISCIPLINA POSITIVA
PARA PROFESSORES

Jane Nelsen
Kelly Gfroerer

GUIA DA
DISCIPLINA
POSITIVA
PARA PROFESSORES

44 FERRAMENTAS SOCIOEMOCIONAIS
EFETIVAS E VALIDADAS POR
PESQUISAS CIENTÍFICAS

Tradução de Bete P. Rodrigues e Fernanda Lee

manole
editora

Título original em inglês: *Positive Discipline Tools for Teachers – effective classroom management for social, emotional, and academic success*
Copyright © 2017 Jane Nelsen e Kelly Gfroerer. Todos os direitos reservados.
Publicado mediante acordo com Harmony Books, selo da Crown Publishing Group, uma divisão da Penguin Random House LLC, Nova York, EUA.

Produção editorial: Retroflexo Serviços Editoriais

Tradução: **Bete P. Rodrigues** *(Parte pré-textual, Capítulos 2, 4 e 6)*
Mestre em Linguística Aplicada (LAEL-PUC/SP). Treinadora certificada em Disciplina Positiva para pais e profissionais pela Positive Discipline Association (PDA). Membro e conselheira internacional do corpo diretivo da (PDA). Escritora (vários livros), palestrante e consultora para pais, escolas e empresas. Professora da COGEAE-PUC/SP, PUC/RS e Coordenadora da Pós-Graduação Integral em Educação Parental (Fac Focus).

Fernanda Lee *(Parte pré-textual, Capítulos 1, 3 e 5)*
Mestre em Educação. Lead Trainer em Disciplina Positiva para pais, professores e casais. Autora do livro "Adolescente não precisa de sermão". Mestrando Psicoterapia para indivíduos, famílias e casais na área da Psicologia Adleriana.

Revisão de tradução e revisão de prova: Depto. editorial da Editora Manole
Projeto gráfico: Depto. editorial da Editora Manole
Diagramação: Elisabeth Miyuki Fucuda
Ilustrações: Aaron Bacall e Bill Schorr
Capa: Ricardo Yoshiaki Nitta Rodrigues
Imagem da capa: freepik.com

CIP-BRASIL. CATALOGAÇÃO NA PUBLICAÇÃO
SINDICATO NACIONAL DOS EDITORES DE LIVROS, RJ

N348g

Nelsen, Jane
 Guia da disciplina positiva para professores : 44 ferramentas socioemocionais efetivas e validadas por pesquisas científicas / Jane Nelsen, Kelly Gfroerer ; tradução Bete P. Rodrigues, Fernanda Lee. - 1. ed. - Barueri [SP] : Manole, 2025.

 Tradução de: Positive discipline tools for teachers : effective classroom management for social, emotional, and academic success
 ISBN 9788520458198

 1. Manejo de classe. 2. Professores e alunos. 3. Psicologia positiva. 4. Disciplina escolar. I. Gfroerer, Kelly. II. Rodrigues, Bete P. III. Lee, Fernanda. IV. Título.

24-93418
CDD: 371.1024
CDU: 37.013

Meri Gleice Rodrigues de Souza - Bibliotecária - CRB-7/6439

Todos os direitos reservados.
Nenhuma parte desta obra poderá ser reproduzida, por qualquer processo, sem a permissão expressa dos editores.
É proibida a reprodução por fotocópia.

A Editora Manole é filiada à ABDR – Associação Brasileira de Direitos Reprográficos.

Edição brasileira – 2025

Direitos em língua portuguesa adquiridos pela:
Editora Manole Ltda.
Alameda Rio Negro, 967 – CJ 717
Tamboré – Barueri – SP – Brasil
CEP: 06454-000
Fone: (11) 4196-6000
www.manole.com.br | https://atendimento.manole.com.br/

Impresso no Brasil
Printed in Brazil

Embora ela seja minha coautora, devo dedicar este livro a Kelly Gfroerer. Foi ideia dela. Ela começou com a ideia de criarmos um baralho da Disciplina Positiva para professores *para complementar o baralho da* Disciplina Positiva para educar os filhos *e o baralho* Disciplina Positiva para casais. *Nós nos divertimos tanto que sabíamos que um livro deveria vir na sequência. Também temos a validação das pesquisas científicas. Este livro é muito mais rico em virtude do seu entusiasmo ao adicionar "O que as pesquisas científicas dizem" para cada ferramenta. Além disso, nós nos divertimos.*

— JN

Este livro é dedicado à minha família: aos meus pais, que passaram toda a sua carreira em salas de aula ou como administradores apoiando os professores. Agradeço por oferecerem modelos para toda a vida sobre como ser professores atenciosos e de qualidade. E ao meu marido, Terry, e aos nossos três filhos incríveis, Bryce, Riley e Morgan. Obrigada pelo amor, apoio e paciência que vocês me mostraram ao longo dos muitos meses que passei trabalhando no baralho de ferramentas para professores e neste livro. Agradeço por vocês terem desistido de nossa mesa de jantar por semanas a fio para que todas as histórias e ilustrações fossem organizadas continuamente.
E, finalmente, para Jane, não há como expressar minha gratidão a você. Sua amizade significa muito para mim. Adoro escrever com você e me sinto abençoada pelo tempo que passamos trabalhando e nos divertindo tanto. Estou ansiosa pelo nosso próximo projeto!

— KG

Durante o processo de edição desta obra, foram tomados todos os cuidados para assegurar a publicação de informações técnicas, precisas e atualizadas conforme lei, normas e regras de órgãos de classe aplicáveis à matéria, incluindo códigos de ética, bem como sobre práticas geralmente aceitas pela comunidade acadêmica e/ou técnica, segundo a experiência do autor da obra, pesquisa científica e dados existentes até a data da publicação. As linhas de pesquisa ou de argumentação do autor, assim como suas opiniões, não são necessariamente as da Editora, de modo que esta não pode ser responsabilizada por quaisquer erros ou omissões desta obra que sirvam de apoio à prática profissional do leitor.

Do mesmo modo, foram empregados todos os esforços para garantir a proteção dos direitos de autor envolvidos na obra, inclusive quanto às obras de terceiros e imagens e ilustrações aqui reproduzidas. Caso algum autor se sinta prejudicado, favor entrar em contato com a Editora.

Finalmente, cabe orientar o leitor que a citação de passagens da obra com o objetivo de debate ou exemplificação ou ainda a reprodução de pequenos trechos da obra para uso privado, sem intuito comercial e desde que não prejudique a normal exploração da obra, são, por um lado, permitidas pela Lei de Direitos Autorais, art. 46, incisos II e III. Por outro, a mesma Lei de Direitos Autorais, no art. 29, incisos I, VI e VII, proíbe a reprodução parcial ou integral desta obra, sem prévia autorização, para uso coletivo, bem como o compartilhamento indiscriminado de cópias não autorizadas, inclusive em grupos de grande audiência em redes sociais e aplicativos de mensagens instantâneas. Essa prática prejudica a normal exploração da obra pelo seu autor, ameaçando a edição técnica e universitária de livros científicos e didáticos e a produção de novas obras de qualquer autor.

SUMÁRIO

Sobre as autoras xi

Comentários sobre este livro xiii

Prefácio xv

Agradecimentos xix

Introdução xxi

CAPÍTULO 1: COMPREENDENDO SEUS ALUNOS 1

Torne-se um detetive do objetivo equivocado 1

Entenda o objetivo equivocado: atenção indevida 14

Entenda o objetivo equivocado: poder mal direcionado 17

Entenda o objetivo equivocado: vingança 22

Entenda o objetivo equivocado: inadequação assumida 29

CAPÍTULO 2: PRINCÍPIOS FUNDAMENTAIS 35

Encorajamento 35

Cuidado 40

Foco em soluções 46

Gentil e firme 53

Reserve tempo para treinamento 58

Erros como oportunidades de aprendizagem 62

CAPÍTULO 3: FORMANDO UM VÍNCULO 67

Conexão antes da correção 67

Saudações 73

Tempo (momento) especial 77

Valide os sentimentos 83

Saiba escutar 87

Perguntas curiosas: motivacionais 90

Perguntas curiosas: conversacionais 94

CAPÍTULO 4: GERENCIAMENTO DA SALA DE AULA 99

Reuniões de classe 99

Diretrizes da sala de aula 108

Reconhecimentos 111

Reuniões entre pais, professores e alunos 118

Funções em sala de aula 123

Contribuições 128

Evitar recompensas 133

CAPÍTULO 5: RESOLUÇÃO DE CONFLITOS 139

Acordos e acompanhamento 139

Entenda o cérebro 143

Roda de escolhas e Roda de escolhas da raiva 148

Pausa positiva: esfriar a cabeça 155

Mensagens em primeira pessoa 162

Resolução de problemas: quatro passos 168

CAPÍTULO 6: HABILIDADES DO PROFESSOR 175

Aja sem palavras 175

Faça o inesperado 181

Escolhas limitadas 184

Consequências lógicas 188

Demonstre confiança 193

Todos no mesmo barco 201

Tom de voz 204

Humor 209

Decida o que você vai fazer...... 212
Não retruque...... 217
Controle seu próprio comportamento...... 221
Professores ajudam professores...... 224
Autocuidado...... 230

Referências bibliográficas...... 234
Quer saber mais?...... 245
Índice remissivo...... 247

SOBRE AS AUTORAS

JANE NELSEN, ED.D., é autora e coautora de mais de 22 livros e é uma terapeuta familiar licenciada na Califórnia, com doutorado em Psicologia Educacional pela Universidade de São Francisco. Ela encontrou inspiração para grande parte de seu material nos seus 7 filhos, 22 netos, 20 bisnetos (e ainda contando) e um marido muito solidário. Jane escreveu e autopublicou o primeiro livro de Disciplina Positiva em 1981. Muitos outros livros complementam a série de Disciplina Positiva (incluindo um livro escrito com dois de seus filhos) e já foram traduzidos para muitos idiomas. Jane também é coautora de *workshops* de treinamento como "Educação parental em Disciplina Positiva" e "Disciplina Positiva em sala de aula", entre outros. Informações sobre datas e locais para esses *workshops* podem ser encontradas em www.positivediscipline.org (em inglês) e www.pdabrasil.org.br (em português), onde também podem ser encontradas informações sobre Educadores Certificados em Disciplina Positiva no mundo todo. Este livro será publicado em português no ano em que Jane completa oitenta e sete anos. Ela ainda está escrevendo livros e apresentando palestras e *workshops*.

KELLY GFROERER, Ph.D., é diretora de Treinamento e Pesquisa da Positive Discipline Association (PDA – Associação de Disciplina Positiva). Ela trabalhou como professora, orientadora educacional e consultora educacional na área metropolitana de Atlanta por mais de duas décadas. Ela é orientadora profissional licenciada com doutorado em Educação e supervisora de orientadores pela Universidade Estadual da Geórgia. Atuou como editora-chefe do *Journal of Individual Psychology* de 1995 a 2001. Kelly continua a contribuir com essa publicação como editora colaboradora. Ela conheceu a Disciplina Positiva na pós-graduação, e grande parte desse curso se concentrou na Psicologia Adleriana. Kelly é palestrante frequente sobre Disciplina Positiva e uma Trainer Certificada em Disciplina Positiva. Ela mora em Atlanta, Geórgia, com seu marido, Terry, e seus três filhos: Bryce, Riley e Morgan.

COMENTÁRIOS SOBRE ESTE LIVRO

"Para atender às necessidades sociais, emocionais e acadêmicas das crianças da minha sala de aula, confio nos métodos da Disciplina Positiva para inspirar e motivar os alunos a serem membros ativos da nossa comunidade de sala de aula. As ferramentas deste livro são fáceis de implementar e causam um impacto imediato, permitem oportunidades de aprendizagem engajada, bem como equipam os alunos com estratégias para serem buscadores de soluções, pensadores criativos, tomadores de decisão éticos e colaboradores que sabem como se comunicar de forma eficaz e respeitosa."
— Margaret Gunter, Professora do quarto ano da Mount Vernon Presbyterian School,
Atlanta, Geórgia

"Temos usado a Disciplina Positiva em nossa escola desde que a inauguramos em 1999 porque a abordagem respeitosa e holística da Disciplina Positiva se encaixa muito bem com a filosofia Montessori. As ferramentas claramente definidas neste livro, com exemplos da vida real sobre como implementar as ferramentas de forma eficaz e realista ao trabalhar com crianças, ajudarão muitos professores a experimentar o sucesso de que temos desfrutado."
— Karen Simon, diretora da Montessori School of Celebration

"Este livro deveria estar na caixa de ferramentas de todo orientador educacional. Imagine a aprendizagem que poderia ocorrer se a liderança de cada escola implementasse este estilo de gestão de sala de aula. Isso tornaria o trabalho deles muito mais fácil!"

— Nancy Page, Diretora de aconselhamento da St. Johns Country Day School

PREFÁCIO

Como professora e Trainer em Disciplina Positiva, trabalhei em diversos ambientes escolares difíceis. Ensinar tem sido a experiência mais emocionalmente desafiadora e exaustiva, apesar de inspiradora e gratificante, da minha vida. Honro os professores pelo coração e pela alma que dedicam ao seu trabalho. Para mim, só depois de adotar a Disciplina Positiva é que senti que me tornei a educadora que idealizei quando iniciei esta carreira, há mais de vinte anos.

Aplicar a Disciplina Positiva não foi fácil no início. Tive que esquecer tudo o que tinha aprendido sobre "educação" e repensar o papel do professor como um facilitador de encorajamento. Foi assustador e libertador. Não sentia mais que precisava ser o motivador comportamental, usando líderes de torcida, caixas de prêmios, recompensas ou competições para motivar os alunos. Com as ferramentas da Disciplina Positiva, não assumi mais o papel de juiz e júri, punindo os alunos por mau comportamento. Finalmente compreendi como era a democracia em uma sala de aula e entreguei o controle aos alunos, que encontraram eles próprios as soluções para os problemas, uma vez que lhes permiti aprender com os seus próprios erros.

Inicialmente, eu também me perguntei como a motivação dos meus alunos para se desenvolverem no ambiente acadêmico e crescerem socialmente poderia ser melhorada por meio da realização de reuniões de classe diárias. Logo descobri que reservar um tempo para as reuniões de classe afetou positivamente meus alunos e a comunidade da sala de aula. Reservar um tempo para ensinar atividades de habilidades sociais, observando a maneira como falava com os alunos, fazendo escolhas curriculares mais sábias e reservando um tempo para me conectar com meus alunos, teve um impacto. Depois do meu primeiro treinamento, quando ousei questionar se a Disciplina Positiva poderia realmente funcionar, Jody McVittie, M.D., Lead Trainer em Disciplina Positiva, respondeu com um sorriso confiante: "Mantenha sua curiosidade e confie no processo". Então, eu segui isso.

Eu não percebi o quanto meus esforços haviam valido a pena até que a Dra. Jane Nelsen veio visitar minha sala de aula, vários meses depois, e declarou: "É assim que a Disciplina Positiva se parece em uma sala de aula". Ela disse que ouviu meus alunos do primeiro ano usando mensagens em primeira pessoa e uma linguagem de resolução de problemas. Eles estavam intrinsecamente motivados a usar a roda de escolhas (p. 148) para resolver problemas. Ela percebeu que meus alunos eram emocionalmente articulados e capazes de se autorregular. O espaço da pausa positiva estava sendo usado regularmente e meus alunos estavam iniciando a resolução de problemas. Consegui identificar melhor meus próprios sentimentos sobre o comportamento dos alunos ao usar as etapas do Quadro dos objetivos equivocados e encontrei novas maneiras de oferecer encorajamento.

Estou muito grata por, ao longo dos anos, ter testemunhado tantos exemplos diários de sucessos da Disciplina Positiva. É uma honra compartilhar neste prefácio minha história de sucesso mais comovente e inspiradora sobre Disciplina Positiva.

A Innovations Academy, uma escola em San Diego, Califórnia, vem implementando a Disciplina Positiva há sete anos. Como consultora na escola, tornei-me muito próxima da equipe, por isso fiquei arrasada quando soube que um dos seus queridos professores, Alex, tinha morrido em um acidente de carro a caminho da escola. Alex trabalhava na escola desde sua inauguração em 2008 e abraçou a Disciplina Positiva com todo o coração.

Alex era um professor muito amado e extremamente dedicado, um amigo querido pelos colegas e com um espírito alegre e belo. Sem contar que a perda e a tristeza sentidas por todos que o conheceram não podem ser descritas, mas a resposta da escola aos acontecimentos daquele dia ilustra de uma forma bonita o que as crianças aprendem e vivenciam em uma comunidade escolar de Disciplina Positiva.

Os gestores da escola estavam preocupados que algo sério poderia ter acontecido naquele dia, porque sabiam que Alex teria avisado se ele se atrasasse.

Eles começaram a ligar para a patrulha rodoviária e os hospitais locais. A mais notável entre as respostas iniciais à sua ausência foi o comportamento da sua própria turma. Na manhã do acidente, quando Alex não apareceu para a aula, seus alunos do sexto ano decidiram começar a reunião matinal sem ele. Eles fizeram uma roda e começaram com os reconhecimentos, enquanto um dos pais foi à recepção perguntar por que Alex não estava lá. Os alunos continuaram com a reunião matinal, sendo observados por outro pai, até a chegada de um professor substituto.

Mais tarde naquela manhã, a escola soube do acidente. A diretora, Christine Kuglen, teve a presença de espírito de trazer uma equipe de apoio para crises a fim de ajudá-la a compartilhar a notícia com os alunos e a equipe. O que se seguiu foi uma prova das habilidades que os alunos aprenderam por meio da Disciplina Positiva. Depois de estar no *campus* durante menos de uma hora, a equipe de crise compartilhou com a diretoria a sua opinião de que os alunos e funcionários estavam lidando com as notícias com habilidade e compreensão que nunca tinham visto antes. A equipe de crise nem sentiu que era necessária porque todos já estavam fazendo tudo o que precisavam em resposta às notícias. Eles estavam segurando a dor um do outro; compartilhando seus sentimentos, histórias e memórias; e falando sobre como estavam gratos pelo tempo que passaram com Alex. Todos reconheciam o quanto sentiriam falta dele. À medida que cada pessoa processava as notícias à sua maneira, todos se apoiavam coletivamente. A forma como os alunos articularam a sua dor deixou claro que compreendiam como processar aquela perda.

Uma preocupação que os alunos compartilharam foi com o futuro do projeto em que estavam trabalhando, com Alex liderando o caminho. Eles estavam ajudando adultos com doença de Alzheimer em uma unidade de saúde local. Estavam estudando como a música poderia potencialmente ajudá-los a trazer de volta algumas de suas memórias. Os alunos estavam preocupados que esse projeto fosse abandonado agora que Alex havia partido. Após alguma discussão e resolução de problemas, eles decidiram que, com o apoio e a ajuda de outro professor, poderiam concluir o projeto para homenagear a memória de Alex.

Embora a morte de Alex tenha sido uma perda indescritível e terrível, os alunos e funcionários ficaram com a consciência de que a vida é preciosa. Aprenderam que não importa o que enfrentamos na vida e que, independentemente do acontecimento inesperado que testa a nossa resiliência e fé, tais provações podem ser enfrentadas com coragem e esperança. Fiquei maravilhada com a coragem, a compaixão e o amor que essa comunidade escolar compartilhava entre si. Fui inspirada pela poderosa influência da Disciplina Positiva, claramente o componente fundamental que uniu essa escola como uma comunidade.

Atualmente sou diretora de uma escola de Ensino Fundamental particular, a Irvine Hebrew Day School, onde empregamos a Disciplina Positiva como nossa abordagem fundamental de ensino e aprendizagem. Tenho um apreço ainda mais profundo pela natureza transformadora da Disciplina Positiva em uma comunidade escolar e pelo impacto que essa abordagem pode ter nos funcionários, alunos e famílias.

É sabido que os programas de formação de professores, como o que experimentei no Teachers College da Columbia University, são excelentes na preparação de professores para serem culturalmente proficientes e qualificados no desenvolvimento de currículos sólidos, na compreensão e utilização de avaliações apropriadas e na implementação de melhores práticas. No entanto, mesmo o mais forte dos programas não se concentra em ajudar os professores a desenvolverem as ferramentas apresentadas neste livro, que ajudam a apoiar as competências eficazes de comunicação e relacionamento de que os professores necessitam para criar salas de aula mutuamente respeitosas, construir motivação intrínseca e desenvolver comunidades de aprendizagem cooperativa.

Os professores serão encorajados e inspirados pelas ferramentas e histórias de sucesso em *Guia da Disciplina Positiva para professores*. Os seus muitos exemplos são inspiradores, e é encorajador saber que existem outros professores implementando a Disciplina Positiva em todo o mundo. Suas histórias modelam as muitas maneiras pelas quais a Disciplina Positiva encoraja e apoia o crescimento dos alunos. A Disciplina Positiva oferece as ferramentas de que os professores necessitam para serem mais bem-sucedidos, responder aos alunos com encorajamento e promover habilidades cruciais para a vida, de modo que os alunos desenvolvam todo o seu potencial humano, para modelar empatia e compaixão, mostrar aos alunos o valor de dedicar tempo para aprender habilidades e, o mais importante, desenvolver em seus alunos a capacidade de se conectar com colegas, professores e pais com profundo respeito.

— Tammy Keces, M.A., Diretora da Irvine Hebrew Day School, Lead Trainer Certificada em Disciplina Positiva

AGRADECIMENTOS

De nós duas: acreditamos que aprender deve ser divertido. Por isso quisemos começar cada capítulo com um *cartoon* (desenho humorístico). Ficamos muito felizes ao descobrir os desenhos de Aaron Bacall. Aaron passou muitos anos na educação antes de se tornar cartunista em tempo integral. Descobrimos seus livros de desenhos escritos especialmente para educadores. Ficamos profundamente tristes ao saber da morte de Aaron logo após assinarmos um contrato para usar seus desenhos e somos gratos à sua esposa, Linda, que nos ajudou a cumprir o contrato. As pessoas também adoram nossas ilustrações dos *icebergs* para demonstrar as "crenças" por trás dos comportamentos, tanto de forma geral como para cada objetivo equivocado. O *iceberg* foi pintado e generosamente doado por Doug Bartsch, do Distrito Escolar Unificado de Visalia.

Estamos extremamente gratas pelas muitas histórias de sucesso que recebemos para cada ferramenta de professor de todo o mundo. Nada explica melhor essas ferramentas do que as histórias reais de professores reais sobre como elas funcionam.

Nunca nos cansaremos de reconhecer nossas raízes – os conceitos e princípios de Alfred Adler e Rudolf Dreikurs. A filosofia deles mudou nossas vidas e a vida de milhões de pais e professores que se dedicam a ter uma influência positiva nas crianças do mundo.

Você notará que muitas das histórias de sucesso das ferramentas de professores são de Trainers Certificados em Disciplina Positiva que agora estão viajando por todo o mundo para compartilhar as ferramentas da Disciplina

Positiva. Nossos agradecimentos vão para a Positive Discipline Association (Associação de Disciplina Positiva – www.positivediscipline.org), uma organização sem fins lucrativos que é responsável pelas certificações e pela garantia de qualidade desses treinadores.

Se acreditássemos em elogios, eles seriam direcionados para nossa editora, Michele Eniclerico. Como não acreditamos em elogios, seremos específicas. Michele é encorajadora. Ela tem uma maneira de fazer nossa escrita soar melhor sem que nos sintamos mal. Ela reconhece nossas contribuições e depois as melhora sem reclamar da quantidade de trabalho despendida para reorganizar nossos capítulos de uma forma que faça sentido.

Da Kelly: também quero reconhecer todos os professores que me influenciaram e, especificamente, aqueles que me apresentaram a Adler e Dreikurs. Agradeço ao Dr. Roy Kern e ao Dr. Bill Curlette, que primeiro me apresentaram à Psicologia Adleriana durante meus estudos de pós-graduação na Universidade Estadual da Geórgia. Obrigada por me ensinarem a importância de estudar empiricamente a teoria e a prática aplicada de Adler e Dreikurs. Sua orientação moldou minha carreira e aspirações ao longo da vida. Agradeço também à Dra. Dana Edwards, que foi a primeira a me apresentar ao poder das reuniões de classe para resolver problemas e ajudar as crianças a se sentirem capazes e conectadas na escola.

INTRODUÇÃO

O fator estressante número um para os professores que desejam fazer a diferença na vida de seus alunos é o tempo que eles passam lidando com o mau comportamento. Professores de todo o mundo compartilharam como as ferramentas deste livro podem economizar tempo e estresse – e tornar a disciplina encorajadora e útil, em vez de desanimadora e estressante.

Este livro ajudará os educadores a compreender melhor as desvantagens de usar um sistema de recompensa e punição e o que fazer para inspirar e motivar os alunos. Pesquisas científicas (incluindo pesquisas neurológicas) mostram que o uso de recompensas e punições na verdade diminui a motivação interna, a cooperação, o autocontrole e a resolução independente de problemas.[1] A Disciplina Positiva aumenta todas essas características importantes.

A maioria dos educadores preferiria não usar punição se tivesse outras ferramentas que não fossem apenas respeitosas, mas também mais eficazes. Neste livro compartilhamos décadas de investigação que demonstram que a punição não é eficaz em longo prazo e oferecemos muitas ferramentas da Disciplina Positiva (novamente baseadas em estudos de pesquisas) que são respeitosas e úteis em longo prazo.

A seguir está uma lista de crenças e comportamentos de longo prazo que provavelmente serão criados pela punição.

Os quatro "R" da punição

1. Ressentimento: "Isso é injusto. Não posso confiar nos adultos".
2. Rebeldia: "Farei exatamente o oposto para provar que não preciso fazer isso do jeito deles".
3. Retaliação: "Eles estão ganhando agora, mas eu vou me vingar".
4. Recuo:
   a. Dissimulação: "Não vou ser pego da próxima vez".
   b. Redução da autoestima: "Eu sou uma pessoa ruim".

Alguns professores concluem que, se a punição não ajudar, só lhes resta uma alternativa para lidar com o mau comportamento de um aluno: a permissividade. Essa escolha, contudo, pode ser tão prejudicial quanto a punição. A permissividade convida os alunos a desenvolverem crenças equivocadas como "Eu deveria ser capaz de fazer o que eu quiser", "Preciso que você cuide de mim porque não sou capaz de assumir responsabilidades", ou mesmo "Estou deprimido porque você não atende a todas as minhas demandas".

"Mas", você pode perguntar, "se não for punição nem permissividade, então o quê?" As ferramentas da Disciplina Positiva deste livro ajudam a mostrar quantas possibilidades existem que não incluem recompensas e punições. As ferramentas da Disciplina Positiva abordam a crença por trás do comportamento, bem como o comportamento em si, e seguem estes critérios:

Os cinco critérios da Disciplina Positiva

1. Ajuda as crianças a terem um senso de conexão, pertencimento e importância.
2. É gentil e firme ao mesmo tempo.
3. É eficaz em longo prazo.
4. Ensina habilidades sociais e de vida valiosas para um bom caráter: promovendo respeito, preocupação com os outros, capacidade de resolução de problemas e cooperação.
5. Convida as crianças a descobrirem quão capazes são e a usarem o seu poder de forma construtiva para contribuir em ambientes sociais.

Embora as ferramentas da Disciplina Positiva sejam concebidas para satisfazer esses critérios, é essencial compreender que se baseiam nos princípios e filosofias de Alfred Adler e Rudolf Dreikurs. Essas ferramentas não são eficazes se utilizadas como "técnicas", isto é, baseadas em um roteiro memorizado. Ao compreender o princípio no qual a ferramenta se baseia, você poderá usar sua própria sabedoria para aplicá-las em muitas situações diferentes, de maneiras genuínas e atenciosas do seu coração.

Em contraste com os behavioristas que defendiam recompensas e punições externas na sala de aula para motivar a mudança, Adler acreditava que a melhor maneira de mudar o comportamento era de dentro para fora, usando o encorajamento para ajudar as pessoas a vivenciarem profundo pertencimento e conexão, o que é balanceado pela contribuição em seus ambientes sociais. *Um senso de pertencimento sem contribuição resulta no sentimento de se achar no direito de tudo e de todos.* A Disciplina Positiva inclui muitas ferramentas que equilibram as necessidades de pertencimento e de contribuição, envolvendo os alunos de várias maneiras, incluindo a resolução de problemas, que é uma habilidade necessária em todos os aspectos da vida.

A revista *Forbes* relatou recentemente que as empresas poderiam aprender com programas escolares que baseiam a sua disciplina no respeito mútuo e na dignidade, em vez da punição.[2] A Disciplina Positiva é especificamente reconhecida nesse artigo, com relatórios surpreendentes de uma escola de Ensino Médio que parou de usar a punição. A Lincoln Alternative High School, em Walla Walla, Washington, tem recebido muita atenção da imprensa desde que o diretor Jim Sporleder, inspirado no Estudo de Experiências Adversas na Infância do Dr. Vincent Felitti e do epidemiologista do Centers for Disease Control Robert Anda, decidiu usar o amor e o respeito em vez da punição com alunos "malcomportados". Os resultados foram reveladores:

2009-2010 (antes da nova abordagem)
- 798 suspensões (dias em que os alunos estiveram fora da escola).
- 50 expulsões.
- 600 advertências escritas

2010-2011 (após a nova abordagem)
- 135 suspensões (dias em que os alunos estiveram fora da escola).
- 30 expulsões
- 320 advertências escritas

Três anos depois, o número de brigas na Lincoln Alternative High School caiu 75% e a taxa de graduação aumentou cinco vezes.[3]

Alfred Adler e Rudolf Dreikurs propagavam a ideia de evitar recompensas e punições por causa dos efeitos negativos. Eles foram líderes no desenvolvimento do campo da psiquiatria, bem como os primeiros a focar a psicologia na sala de aula, e há muito tempo recomendaram uma liderança democrática focada em gestão gentil e firme da sala de aula.

Isso pode exigir uma grande mudança de paradigma para muitos professores e gestores escolares, uma vez que historicamente as escolas têm dependido do uso de recompensas e punições. No entanto, fazer essa adaptação mudará sua sala de aula para melhor e tornará seu trabalho como professor muito mais fácil. Você ajudará seus alunos a desenvolverem motivação interna para aprender, bem como as habilidades para trabalhar com outras pessoas de forma cooperativa. Como resultado, seus alunos aprenderão a administrar a si mesmos. Não perca mais tempo com quadros de adesivos, marcadores de comportamento por cor vermelha/amarela/verde ou programas como Class-Dojo. Todos esses materiais didáticos envergonham publicamente os alunos.

Esses sistemas de recompensa e punição não só são ineficazes em longo prazo como também são exaustivos e demorados. Por outro lado, a Disciplina Positiva enfatiza ferramentas como reuniões de classe, roda de escolhas, quatro passos para resolução de problemas, funções para ajudar na sala de aula, pausa positiva (para autorregulação) e erros como oportunidades de aprendizagem para ajudar seus alunos a aprender e prosperar na escola e na vida. Eles estarão aprendendo as competências de que necessitam para ter sucesso no século XXI, em vez de aprenderem apenas como agradar aos professores, sobreviver na escola ou abandonar os estudos.

Ouvimos seu próximo argumento: "Como posso encontrar tempo para ensinar habilidades socioemocionais quando me pedem para me concentrar no currículo acadêmico, tanto para fazer meus alunos passarem nos testes quanto porque há a pressão de saber que todos verão as pontuações e classificações escolares impressas nos jornais e discutidas na TV nacional?". Concordamos que isso é extremamente desencorajador e esperamos que algum dia isso mude. Entretanto, podemos oferecer ferramentas para ensinar competências socioemocionais que sejam divertidas e eficazes. Pense no tempo que você economizará quando tiver uma sala de aula cheia de solucionadores de problemas e autorreguladores treinados, em vez de ter que punir ou recompensar constantemente por bom comportamento.

Considere também esta questão: como os alunos usarão seu aprendizado acadêmico se não possuírem habilidades socioemocionais? Você pode estar pensando: "Obviamente os alunos precisam de aprendizagem socioemocional, mas esse é o trabalho dos pais; meu trabalho é acadêmico". Não queremos diminuir a responsabilidade dos pais, mas os alunos passam mais horas acordados nas salas de aula do que em suas casas. As escolas são ambientes sociais – o lugar perfeito para praticar habilidades socioemocionais. E os alunos que possuem fortes competências socioemocionais são mais cooperativos na sala de aula e assumem mais responsabilidade pelo seu ambiente de aprendizagem.

Disciplina Positiva não significa permitir que os alunos "saiam impunes" de alguma coisa. Trata-se, em primeiro lugar, de compreender por que os alunos cometem erros (as crenças por trás do seu comportamento) e de utilizar ferramentas que os encorajem a mudar as suas crenças e, portanto, o seu comportamento. Significa ensinar habilidades com o intuito de focar soluções para comportamentos desafiadores, em vez de fazê-los "pagar" por comportamentos desafiadores. Significa proporcionar um lugar onde eles se sintam pertencentes (conexão), um forte senso de capacidade e o valor da contribuição.

A ANALOGIA DO *ICEBERG*

Descobrimos que a analogia de um *iceberg* é uma excelente forma de transmitir a filosofia de Adler e Dreikurs. O comportamento de um aluno, como a ponta visível do *iceberg* mostrado aqui, é o que você vê. Contudo, a base oculta do *iceberg*, que é muito maior que a ponta, representa a *crença* por trás do comportamento e a real motivação para o comportamento, que é a profunda necessidade de pertencimento e contribuição do aluno. A maioria dos modelos de gestão de sala de aula aborda apenas o comportamento. A Disciplina Positiva aborda o comportamento, a crença por trás do comportamento e as habilidades para ajudar os alunos a criarem crenças mais saudáveis.

Quando os alunos se comportam mal, geralmente têm uma *crença equivocada* sobre como obter um senso de pertencimento. A crença gera o que os professores consideram mau comportamento. Sem reconhecer a crença por trás do comportamento, alguns adultos reagem ao comportamento com algum tipo de punição, como culpar, envergonhar ou infligir dor física. Esse tipo de resposta apenas confirma a crença do aluno de que ele ou ela não pertence, criando um ciclo vicioso que leva a mais episódios de mau comportamento. Nesse ciclo, a profunda necessidade de pertencimento, contribuição e competências do aluno não é abordada de forma alguma.

Adler e Dreikurs ensinaram que "uma criança que se comporta mal é uma criança desencorajada". O desencorajamento vem da crença da criança de que "eu não pertenço". Essa conclusão muitas vezes leva ao mau comportamento porque se baseia em crenças como "Só pertencerei se receber muita atenção" (ou "se eu for o chefe" ou "se magoar os outros como me sinto magoado" ou "se eu desistir"). Essas crenças e comportamentos não produzem os resultados desejados de pertencimento e contribuição. É por isso que Adler as chamou de "crenças *equivocadas*". Rudolf Dreikurs, um psiquiatra vienense e seguidor de Adler, desenvolveu ainda mais essas quatro crenças principais e as chamou de "quatro objetivos equivocados" de comportamento – "equivocados" porque o verdadeiro objetivo é pertencer, e o "equívoco" é uma maneira disfuncional de atingir o pertencimento. Adler e Dreikurs afirmaram que a única maneira de mudar o comportamento é ajudar os indivíduos a mudarem a crença por trás do comportamento. (Consultar as ferramentas "Entenda o objetivo equivocado", que começam na p. 14.)

CRIANDO UM PLANO DE AÇÃO DE RESULTADOS

Em nossos *workshops* realizamos uma atividade chamada As duas listas: desafios e características e habilidades de vida para criar um guia visual sobre o que os professores esperam desenvolver em seus alunos. Durante esse processo, descobrimos que professores de todo o mundo compartilham os mesmos desafios e esperam influenciar os seus alunos a desenvolverem as mesmas características e competências de vida. Para a lista de "desafios", os professores enfrentam os mesmos comportamentos inadequados, como retrucar, falta de motivação, se achar no direito, interromper, brigar, mentir e não ouvir. Para a lista "características e habilidades de vida", professores de todo o mundo listam responsabilidade, honestidade, autocontrole, resolução de problemas, independência, resiliência, cooperação e compaixão, apenas para citar algumas. O que é único na Disciplina Positiva é que cada desafio é visto como uma oportunidade de ensinar características e habilidades de vida. Tão impossível quanto às vezes parece, a Disciplina Positiva o ajudará a lidar com o mau comportamento e, ao mesmo tempo, ensinará habilidades para a vida e contribuição.

COLOCAR-SE NO LUGAR DELES

Durante nossos *workshops* e cursos de Disciplina Positiva, ensinamos por meio de atividades experienciais, em que os professores têm a oportunidade de se colocar no lugar de seus alunos por meio da encenação. Essas atividades de dramatização ajudam os professores a terem uma noção do que funciona e do que não funciona com os alunos. Esse processo ajuda os professores a compreenderem como as suas palavras, comportamentos e métodos de ensino podem ter um papel na criação ou no reforço dos próprios comportamentos inadequados que pretendem mudar. Quando os professores vivenciam como é ser o aluno por meio da dramatização, eles apreciam melhor a eficácia das ferramentas da Disciplina Positiva para ajudar os seus alunos a desenvolverem as características e competências de vida que esperam deles.

Dreikurs destacou que a mudança pode ser difícil quando os alunos estão acostumados a regras autocráticas estritas. Pode haver um período de caos quando os alunos entram em uma sala de aula democrática porque não estão habituados a assumir responsabilidades ou a contribuir. No entanto, esse período é curto, e ensinar aos alunos as competências para a cooperação traz benefícios de longo alcance e em longo prazo. Adler e Dreikurs reconheceram que a disciplina respeitosa é a única maneira de ensinar a resolução de problemas e outras habilidades importantes para a vida.

O *Guia da Disciplina Positiva para professores* irá resolver todos os seus desafios de gerenciamento de sala de aula? Não podemos prometer isso, mas podemos prometer que as ferramentas da Disciplina Positiva ajudarão os seus alunos a terem um maior senso de pertencimento e contribuição, bem como uma crença mais forte na sua capacidade pessoal. E, sempre que seus alunos testarem os limites, você terá ferramentas para ajudá-los a aprender com o mau comportamento deles, em vez de serem punidos por isso.

Para encorajá-lo ao longo de sua jornada da Disciplina Positiva, este livro oferece explicações e exemplos de muitas ferramentas de Disciplina Positiva para professores. Para enfatizar os volumes de pesquisas que apoiam as ideias originais de Adler e Dreikurs (e são aceitas como melhores práticas para gerenciamento de sala de aula), cada ferramenta de Disciplina Positiva para os professores termina com uma seção chamada "O que as pesquisas científicas dizem". Mais importante ainda, apresentamos histórias de professores de todo o mundo que utilizam essas ferramentas nas suas salas de aula. Embora todos os professores e as suas histórias sejam reais, alteramos os nomes e as informações de identificação de todos os alunos para proteger a privacidade deles. Esperamos que os sucessos compartilhados por esses professores o inspirem à medida que você aprende sobre cada uma dessas ferramentas e começa a colocar a Disciplina Positiva em prática em sua própria sala de aula.

1
COMPREENDENDO SEUS ALUNOS

TORNE-SE UM DETETIVE DO OBJETIVO EQUIVOCADO

Quando conhecemos o objetivo de uma pessoa, sabemos aproximadamente o que virá em seguida.

— Alfred Adler

Como descrito na Introdução, a perspectiva mais importante e única da Disciplina Positiva é a compreensão de que existe uma crença por trás de cada comportamento. Os alunos têm uma razão para fazer o que fazem. Adler chamou isso de "lógica pessoal". O comportamento de um aluno pode não fazer sentido para nós, mas faz sentido para ele. Na Disciplina Positiva ensinamos os adultos a serem "detetives do comportamento", tentando compreender a crença por trás do comportamento.

"Eu respeito, *sim*, o seu estilo de aprendizado, mas não a parte em que você amassa o papel e o arremessa pela sala."

É hora de canalizar seu detetive interior e começar a ler os sinais que seus alunos estão lhe enviando. Isso significa que você será um professor cuja energia está focada em seguir pistas para descobrir a crença por trás do comportamento de um aluno, em vez de um professor focado em punir desnecessariamente comportamentos inaceitáveis. Isso significa que você usará suas melhores habilidades de ensino para convidar o aluno a desenvolver uma nova crença e um novo comportamento.

O Quadro dos objetivos equivocados (p. 4) e o Formulário de dicas para ser um detetive dos objetivos equivocados (logo abaixo) ajudam você a se tornar um detetive mestre em comportamento. Use-os para resolver o mistério de como encorajar um aluno desafiador.

Formulário de dicas para ser um detetive dos objetivos equivocados

1. Pense em um desafio recente que você enfrentou com um aluno. Anote-o. Descreva o que aconteceu como se você estivesse escrevendo um roteiro: o que seu aluno fez? Como você reagiu? O que aconteceu depois?
2. O que você sentiu quando estava no meio desse desafio? (Escolha um sentimento na coluna 2 do Quadro dos objetivos equivocados.) Anote.
3. Agora mova o dedo para a coluna 3 do Quadro dos objetivos equivocados para ver se o seu comportamento, conforme descrito no desafio, se aproxima de alguma dessas respostas típicas de adultos. Se o que você fez estiver mais bem descrito em uma linha diferente, verifique novamente se há algum sentimento em outra linha da coluna 2 que represente melhor como você estava se sentindo em um nível mais profundo. (Por exemplo, muitas vezes dizemos que nos sentimos irritados quando, em um nível mais profundo, nos sentimos desafiados ou magoados, ou podemos dizer que nos sentimos desesperados e desamparados quando realmente nos sentimos desafiados ou derrotados numa disputa por poder.) Como você reage é uma pista para seus sentimentos mais profundos.
4. Mova o dedo para a coluna 4. Alguma dessas descrições se aproxima do que a criança fez em resposta à sua reação?
5. Agora mova o dedo de volta para a coluna 1 do Quadro dos objetivos equivocados. É provável que este seja o objetivo equivocado do seu aluno. Anote-o.
6. Mova o dedo para a direita, para a coluna 5. Você acabou de descobrir qual pode ser a crença desencorajadora que está na base do objetivo equivocado do aluno. Anote-a.

7. Mova o seu dedo para a coluna 6. Isso se aproxima de uma crença que você tem que pode contribuir para o mau comportamento do aluno? (Lembre-se, não se trata de culpa, apenas de conscientização.) Enquanto aprende habilidades para encorajar o aluno, você também mudará sua própria crença! Tente isso agora escrevendo uma resposta que seria mais encorajadora para o seu aluno. Você encontrará pistas nas duas últimas colunas.

8. Mova o dedo para a coluna 7, onde você encontrará a mensagem codificada que a criança está enviando sobre o que precisa para se sentir encorajada.

9. Vá mais uma vez para a coluna 8, a última, para encontrar algumas ideias que você poderá tentar na próxima vez que o aluno apresentar esse comportamento desafiador. Você também pode usar sua própria sabedoria para pensar no que fazer ou dizer que corresponda à mensagem codificada na coluna 7. Escreva seu plano.

10. Como foi? Registre em seu diário exatamente o que você descobriu e o que aconteceu. O comportamento do aluno mudou? E o seu? Se o seu plano não der certo na primeira vez, tente outra ferramenta. Certifique-se de que em cada esforço você comece fazendo uma conexão antes de tentar uma correção.

Outra forma de discernir objetivos equivocados é usar o que Dreikurs chamou de "descoberta do objetivo". O Quadro dos objetivos equivocados pode não incluir a crença de um aluno em particular, mas pode ajudá-lo a fazer suposições informadas e úteis sobre qual pode ser a crença motivadora. O processo de descoberta do objetivo pode ajudá-lo a confirmar suas suposições de um modo que crie uma conexão com o aluno, porque proporciona a forma mais profunda de empatia: ajudar o aluno a se sentir profundamente compreendido.

Descoberta do objetivo

Espere por um momento calmo (não durante o conflito) para conversar em particular com um aluno. Uma atmosfera amigável é essencial. Peça permissão ao aluno para fazer suposições sobre por que ele está se comportando de determinada maneira. Avise o aluno de que ele pode dizer se você acertou ou não. (Isso geralmente é um desafio intrigante para o aluno.) Faça as perguntas

QUADRO DOS OBJETIVOS EQUIVOCADOS

1 O objetivo do aluno é:	2 Se os pais/ professores se sentem:	3 E tendem a reagir:	4 E se a resposta do aluno é:	5 A crença por trás do comportamento do aluno é:
Atenção indevida (manter os outros ocupados ou obter tratamento especial)	Incomodados Irritados Preocupados Culpados	Lembrando Adulando Fazendo coisas pelo aluno que ele/a mesmo/a poderia fazer para si	Para temporariamente, mas depois retoma o mesmo ou outro comportamento desordeiro Para quando recebe atenção individual	"Eu conto (pertenço) apenas quando estou sendo notado ou recebendo tratamento especial." "Eu sou importante apenas quando estou mantendo você ocupado comigo."
Poder mal direcionado (ser o chefe)	Bravos Desafiados Ameaçados Derrotados	Brigando Cedendo Pensando "Você não pode se safar dessa" ou "Eu vou te forçar" Querendo estar certo	Intensifica o comportamento Obedece, mas com resistência Sente que ganhou quando o pai/ professor está irritado Poder passivo	"Eu pertenço apenas quando sou o chefe, quando estou no controle ou provando que ninguém pode mandar em mim." "Você não pode me obrigar."

Compreendendo seus alunos

6 Como os adultos podem contribuir para o problema:	7 As mensagens codificadas do aluno:	8 Respostas proativas e empoderadoras dos pais/ professores incluem:
"Não confio em você para lidar com os desapontamentos." "Eu me sinto culpado se você não está feliz."	"Perceba-me. Envolva-me de maneira útil."	Redirecionar envolvendo o aluno em uma tarefa útil para ganhar atenção útil. Dizer à criança que você se importa, e depois dizer o que você vai fazer: "Eu te amo e ___" (por exemplo: "Eu me importo com você e passarei um tempo com você mais tarde"). Evitar dar tratamento especial. Dizer apenas uma vez e depois agir. Ter confiança na capacidade da criança para lidar com os seus próprios sentimentos (não consertar ou resgatar). Planejar um tempo especial. Criar rotinas. Envolver o aluno na busca de soluções. Fazer reuniões de família ou de classe. Ignorar (tocar sem palavras). Combinar sinais não verbais.
"Eu estou no controle e você deve fazer o que eu digo." "Acredito que dizer o que fazer e dar um sermão ou punir quando você não faz é a melhor maneira de motivá-lo a fazer melhor."	"Deixe-me ajudar. Dê-me escolhas."	Reconhecer que você não pode obrigá-los a fazer algo e redirecionar para o poder positivo pedindo ajuda. Oferecer uma escolha limitada. Não brigar e não ceder. Afastar-se do conflito e se acalmar. Ser firme e gentil. Agir, sem falar. Decidir o que você vai fazer. Deixar que as rotinas sejam o chefe. Desenvolver respeito mútuo. Pedir ajuda da criança para definir alguns limites razoáveis. Praticar o acompanhamento. Fazer reuniões de família ou de classe.

(continua)

QUADRO DOS OBJETIVOS EQUIVOCADOS (*continuação*)

1 O objetivo do aluno é:	2 Se os pais/ professores se sentem:	3 E tendem a reagir:	4 E se a resposta do aluno é:	5 A crença por trás do comportamento do aluno é:
Vingança (ficar quite)	Magoados Desaponta-dos Descrentes Ressentidos	Retaliando Ajustando contas Pensando "Como você pôde fazer isso comigo?" Levando o comportamento para o lado pessoal	Retaliar Magoar os outros Causar danos às coisas Ficar quite Intensificar Escalonar o mesmo com-portamento ou escolher outro com-portamento negativo	"Eu não acho que pertenço, então vou magoar os outros como eu me sinto magoado." "Eu não posso ser querido ou amado."
Inadequação assumida (desiste e quer ser deixado sozinho)	Desespera-dos Desesperan-çosos Desampara-dos Inadequados	Desistindo Fazendo a tare-fa pelo aluno Ajudando demais Mostrando falta de confiança no aluno	Recuar ainda mais Tornar-se passivo Não mostrar melhorias Não responder Evitar tentar	"Eu não acredito que posso pertencer, então vou convencer os outros a não esperar nada de mim." "Eu estou desamparado e sou incapaz, não adianta tentar porque não farei direito."

Compreendendo seus alunos

6 Como os adultos podem contribuir para o problema:	7 As mensagens codificadas do aluno:	8 Respostas proativas e empoderadoras dos pais/ professores incluem:
"Eu dou conselhos (sem ouvir você) porque acho que estou ajudando." "Eu me preocupo mais com o que os vizinhos pensam do que com o que você precisa."	"Estou sofrendo. Valide meus sentimentos."	Validar os sentimentos feridos do aluno (talvez você tenha que adivinhar quais são eles. Não levar o comportamento do aluno para o lado pessoal. Quebrar o ciclo da vingança ao evitar punição e retaliação. Sugerir uma pausa positiva e depois focarem juntos em soluções. Usar a escuta reflexiva. Compartilhar seus sentimentos usando uma mensagem em primeira pessoa. Pedir desculpas e fazer as pazes. Encorajar os pontos fortes. Colocar as crianças no mesmo barco. Fazer reuniões de família e de classe.
"Espero que você corresponda às minhas altas expectativas." "Achei que era meu trabalho fazer coisas por você."	"Não desista de mim. Mostre-me um pequeno passo."	Dividir as tarefas em pequenos passos. Facilitar a tarefa até que o aluno experimente o sucesso. Criar oportunidades para o sucesso. Reservar um tempo para treinamento. Ensinar habilidades e mostrar como, mas não fazer a tarefa pelo aluno. Parar todas as críticas. Encorajar qualquer tentativa positiva, não importa quão pequena ela seja. Mostrar confiança nas habilidades do aluno. Focar os pontos fortes do aluno. Não ter pena do aluno. Não desistir. Apreciar o aluno. Desenvolver atividades com base nos interesses do aluno. Fazer reuniões de família e de classe.

seguintes, uma de cada vez. Se depois de qualquer pergunta você obtiver um sim ou um reflexo de reconhecimento (por exemplo, um sorriso espontâneo mesmo dizendo não – o não é uma negação automática, enquanto o sorriso sugere que o aluno adquiriu subconscientemente uma compreensão mais profunda de si mesmo), você pode acompanhar os planos para que o aluno atenda às suas necessidades de maneira positiva e fortalecedora. Se não ocorrer nenhuma resposta esclarecedora a uma pergunta, passe para a próxima pergunta.

1. "Será que você apresenta esse comportamento específico para chamar minha atenção?" (Atenção indevida)
2. "Será que você quer me mostrar que não posso obrigar você a fazer o que peço?" (Poder mal direcionado)
3. "Será que você se sente magoado e quer machucar de volta?" (Vingança)
4. "Será que você acredita que não pode ter sucesso e quer ser deixado sozinho?" (Inadequação assumida)

Aqui estão algumas respostas eficazes se o aluno responder sim (ou um reflexo de reconhecimento) a uma pergunta que indica um objetivo específico.

1. **Atenção indevida:** "Todo mundo quer atenção. Existem maneiras encorajadoras e maneiras desencorajadoras de chamar a atenção. Você estaria disposto a trabalhar comigo em um plano para chamar a atenção de maneiras positivas e encorajadoras para os outros e também para você, como alguém responsável por recepcionar os colegas pela manhã?".
2. **Poder mal direcionado:** "O poder pode ser usado de maneiras encorajadoras ou desencorajadoras. Eu apreciaria sua ajuda para usar seu poder de maneiras que sejam úteis para você e para toda a turma. Você estaria disposto a liderar nossa reunião de classe amanhã ou gostaria de ser tutor em um dos anos iniciais de um aluno que precisa de ajuda?".
3. **Vingança:** "Vejo que você está se sentindo magoado. Eu sinto muito. Há algo que eu possa fazer para ajudar?". Quando o objetivo equivocado é a vingança, validar os sentimentos feridos costuma ser suficiente para provocar uma mudança de comportamento. Se parecer que a validação não é suficiente, continue dizendo: "Você gostaria que nos reuníssemos novamente amanhã para ver se podemos descobrir algumas maneiras de encontrar uma solução para este desafio?".

4. **Inadequação assumida:** "Não vou desistir de você. Eu me importo demais. Faremos o que for preciso para ajudá-lo a ter sucesso. Deixe-me mostrar alguns pequenos passos para ajudá-lo a começar". (Por exemplo, se a criança está tendo dificuldade para desenhar um círculo, diga: "Vou desenhar a primeira metade do círculo e você pode desenhar a segunda metade". Essa técnica pode ser eficaz em qualquer tarefa de aprendizagem com a qual o aluno esteja enfrentando dificuldades.)

A descoberta do objetivo pode ser uma ferramenta poderosa. Quando a empatia do professor é genuína, o aluno vivencia uma conexão com o professor que é profundamente afetuosa. A descoberta do objetivo ajudará você a entender melhor seu aluno, e ele terá informações valiosas sobre suas necessidades e motivações mais profundas.

O comportamento amigável de um professor durante a descoberta do objetivo demonstra o quanto ele ou ela se importa. Como a descoberta eficaz do objetivo inclui empatia autêntica por parte do professor e um novo sentido de conexão para o aluno, o processo aumentará o sentimento de pertencimento e de contribuição do aluno. Lembre-se, quando o pertencimento e a contribuição aumentam, o mau comportamento diminui.

Ferramenta na prática de Kowloon, Hong Kong

Alex é um menino de 8 anos. Ele é muito inteligente, mas não consegue fazer amigos na escola. A maioria das garotas simplesmente se afasta dele. A maioria dos meninos briga com ele. Recusar-se a seguir as instruções dos professores ou dos pais é um grande problema para Alex. Ele evita a participação quando não tem interesse em um assunto. O professor de educação física tem muita dificuldade em acalmá-lo quando ele interrompe a aula porque quer evitar a participação em grupo. Ele é muito bom em matemática e ciências, mas, quando termina as tarefas atribuídas mais cedo e fica entediado, começa a provocar desordem. Ele me disse que entende que às vezes seus comportamentos não são aceitáveis, mas que não consegue controlar suas emoções.

A maioria dos nossos professores se sente desafiada, derrotada e irritada com Alex. Eles preferem lidar com Alex por meio de métodos que o excluam do grupo. Pedem a ele que se acalme ficando do lado de fora da sala de aula, ou o mandam fazer uma pausa quando ele interrompe a aprendizagem dos outros na aula.

Eu me sinto chateada com o comportamento dele. Ele é inteligente o suficiente para entender o que está fazendo. Ele sabe o que é certo e o que é errado, mas opta por não fazer o que é certo. Ele cria problemas para si mesmo nas aulas. Em razão do seu mau comportamento, era inevitável que, no fim das contas, ninguém quisesse ser seu amigo.

Quando sigo o Quadro dos objetivos equivocados, vejo que seu objetivo é o poder mal direcionado. Ele quer ter poder, "ser o chefe". Alex pode estar pensando: "A professora não pode me obrigar a seguir suas instruções. Sinto-me seguro e feliz se consigo controlar esta situação. Eu sou o chefe e ninguém pode me dizer o que fazer".

Usando a coluna de mensagens codificadas ("Deixe-me ajudar. Dê-me escolhas") e as sugestões da última coluna, decidimos criar mais responsabilidades para Alex e convidá-lo a ajudar outras pessoas. Tive uma reunião com Alex na qual discutimos as questões e o convidei a escolher algumas opções razoáveis para tentar durante um período de pelo menos um mês. Criei o quadro abaixo para acompanhar o comportamento existente e duas opções de novos comportamentos para Alex escolher.

Durante as semanas seguintes, Alex poderia voltar aos seus antigos comportamentos, e eu perguntaria: "O que você decidiu que faria quando estivesse entediado?". Ele se lembraria de sua escolha e a faria. O comportamento de Alex não se tornou perfeito, mas melhorou drasticamente. Ele compartilhou que se sente bem e forte quando assume essa responsabilidade.

Problema na sala	Comportamentos existentes	Nova opção 1	Nova opção 2	Decisão e resultado
Ele está entediado quando completa seu trabalho na sala.	Ele anda pela sala e interrompe ou distrai seus colegas.	Ele pode pedir a seu professor que lhe dê mais tarefas para que fique ocupado até que a turma complete a atividade.	Ele pode pedir ao professor permissão para ajudar outros colegas, que podem se beneficiar do seu conhecimento.	Alex escolheu a opção 1. Isso o deixa ocupado focando sua própria tarefa, e ele não tem tempo para interromper os outros.

(continua)

Compreendendo seus alunos

(continuação)

Problema na sala	Comportamentos existentes	Nova opção 1	Nova opção 2	Decisão e resultado
Ele não gosta das atividades em grupo na aula de educação física.	Ele discute com o professor de educação física ou corre, deixando a sala de aula ou o grupo.	Ele pode perguntar ao professor de educação física se pode fazer uma pausa e sentar longe do grupo. (Pausa positiva)	Ele pode perguntar para o professor de educação física se pode observar a atividade primeiro e tentar sozinho quando sentir que está pronto para realizá-la.	Alex escolheu a opção um. O professor de educação física me deu o *feedback* de que é mais fácil ajudá-lo a se acalmar quando ele escolhe a pausa positiva. O professor de educação física foi capaz de focar o seu ensino, não gastando tempo corrigindo ou discutindo com Alex durante a atividade.
Ele sempre briga com os outros.	Quando os colegas discordam de suas ideias durante o trabalho em grupo, ele tem intenções fortes de provar que está certo e acaba brigando com os outros.	Alex pode escrever as suas ideias opiniões dos membros do grupo primeiro, e depois ter a chance de compartilhar suas próprias ideias.		Alex percebeu que, quando anotava as opiniões dos colegas e focava os pontos comuns entre eles, podia votar com a maioria. Ele gostava de servir o grupo em vez de passar o tempo brigando pelo certo ou pelo errado.

— Siu Mei (Veronica) Ho, Orientadora educacional, Educadora Certificada em Disciplina Positiva

Ferramenta na prática de Atlanta, Geórgia

Depois de mais de trinta anos ensinando crianças de diferentes origens e com diferentes habilidades, descobri que o programa que funciona para todas as crianças de uma forma positiva, encorajadora e respeitosa é a Disciplina Positiva. A Disciplina Positiva me ajudou a redirecionar meus métodos disciplinares para uma abordagem mais focada na criança. Sou mais eficaz em ajudar meus alunos a encontrar comportamentos novos e mais apropriados, com um senso de pertencimento e significado em minha sala de aula.

A ferramenta que uso durante cada dia na escola é o Quadro dos objetivos equivocados. Essa ferramenta fez a maior diferença na minha compreensão do comportamento intencional, embora às vezes equivocado, das crianças. Ao reconhecer a crença da criança por trás do seu comportamento de escolha, consegui redirecionar o comportamento para que resultados positivos possam ocorrer para a criança, para mim e para toda a turma.

Em vez de ficar irritada com uma criança que constantemente requer atenção indevida, agora vejo o propósito por trás de seu comportamento e entendo a lógica pessoal e o objetivo equivocado da criança. Em vez de reagir ao meu próprio estresse quando me sinto irritada, torno-me uma detetive de objetivos e procuro a mensagem codificada no mau comportamento da criança. Percebo que o comportamento da criança é a sua maneira de dizer "perceba-me, conecte-se comigo". Tenho um plano de jogo que coloca imediatamente em ação as ferramentas que ajudarão o aluno a se conectar de maneira positiva e construtiva, em vez de continuar a buscar essa conexão de maneira negativa. Eu sei que dar uma função ao aluno, envolvê-lo em um grupo de aprendizagem cooperativa e simplesmente reservar um momento para conversar com ele individualmente são formas de atingir o seu objetivo de forma positiva e facilitar a mudança. Saber que há sempre um objetivo por trás do comportamento de um aluno me impede de reagir apenas emocionalmente e de me tornar parte do comportamento equivocado da criança. Em vez disso, posso pensar racionalmente e concentrar-me nas pistas que revelam a necessidade real do aluno, em oposição à crença equivocada que está motivando o seu comportamento negativo.

— Meg Frederick, Professora de Educação Infantil

DICAS DA FERRAMENTA

1. É necessária uma mudança de paradigma para lembrar de lidar com a crença por trás do comportamento, em vez de apenas com o comportamento.

2. Usar o Formulário de dicas para ser um detetive dos objetivos equivocados e a descoberta do objetivo leva um tempo que será economizado dez vezes mais quando ajudar o aluno a vivenciar o tipo de incentivo que convida à mudança de comportamento.

O que as pesquisas científicas dizem

Estudos indicam que os alunos que percebem seu professor como empático e atencioso ficam mais atentos e engajados no processo de aprendizagem. Quando a descoberta do objetivo é feita com empatia genuína, o processo comunicará compreensão e ajudará o aluno a se conectar com o professor de forma duradoura. Alunos de diferentes origens culturais beneficiam-se particularmente de professores que demonstram compreensão e estão abertos a discutir diversas perspectivas com empatia.[4]

Os pesquisadores Beaty-O'Ferrall, Green e Hanna identificam a importância da empatia, que oferece suporte sobre como a descoberta do objetivo por trás do mau comportamento pode ser uma estratégia útil para conectar-se e redirecionar alunos difíceis.[5] Eles ressaltam que a empatia na sala de aula é um conceito amplamente incompreendido e difícil de praticar para muitos educadores. Eles definem a empatia como distintamente diferente do cuidado ou afeição e destacam que Adler definiu empatia como "ver com os olhos do outro, ouvir com os ouvidos do outro e sentir com o coração do outro". O resultado final da demonstração de empatia é que a pessoa "se sente compreendida". Essa sensação de ser compreendido é crucial para alcançar e se relacionar com os alunos. Mostrar empatia quando um aluno tenta envolver-se em disputas por poder é eficaz para comunicar a sua compreensão e aceitação do aluno. Sentir-se compreendido aumenta o sentimento de pertencimento, o que impacta diretamente o desempenho escolar.

ENTENDA O OBJETIVO EQUIVOCADO: ATENÇÃO INDEVIDA

> Uma vez que tomamos consciência do objetivo equivocado da criança, estamos na posição de perceber o propósito de seu comportamento.
>
> — Rudolf Dreikurs

Todo mundo quer atenção. Faz parte da necessidade de pertencimento e contribuição. Os problemas começam quando um aluno (ou qualquer pessoa) busca atenção de maneiras inúteis e irritantes porque acredita que "só estou bem se receber atenção".

Para aumentar o desafio, há muitas maneiras inúteis de chamar a atenção. Ser o palhaço da turma, agir de forma desamparada, exigir tratamento indevido e ter ataques de birra são apenas algumas das maneiras irritantes de chamar a atenção motivadas por crenças decorrentes do desencorajamento e que levam à obtenção de atenção de todas as maneiras erradas.

Usando a analogia do *iceberg*, oferecemos uma sinopse do objetivo equivocado da atenção indevida.

Para atenção indevida, a crença por trás do mau comportamento é "Eu pertenço apenas quando você presta atenção constante em mim e/ou me dispensa um tratamento especial". A mensagem codificada que oferece pistas para o encorajamento é "Perceba-me. Envolva-me de maneira útil". Você pode ir para o Quadro dos objetivos equivocados (p. 4) e olhar a coluna 2 para identificar os sentimentos que são sua primeira pista para entender o objetivo equivocado de um aluno.

"Só porque todos aplaudiram quando você deixou cair o almoço no refeitório não significa que você deva seguir carreira no ramo do entretenimento."

Na seção "Ferramenta na prática" a seguir, a professora Joy se sentiu aborrecida, irritada e preocupada, o que indica o objetivo equivocado de atenção indevida. Encontrar isso no Quadro dos objetivos equivocados ajudou-a a compreender a crença por trás do comportamento e a encontrar maneiras de encorajar um aluno muito desordeiro.

Ferramenta na prática de Londres, Inglaterra

Descobri a Disciplina Positiva em 2007, quando dirigia uma organização educacional sem fins lucrativos na cidade de Nova York. Naquele ano, lembro-me vividamente de ter entrado pela primeira vez em uma sala de aula do quarto ano em Brownsville, Brooklyn, quando uma cadeira passou voando pela minha cabeça.

A sala estava um caos completo, a maior parte causada por um garotinho. Minha reação inicial foi mandá-lo para fora da sala a fim de preservar sua própria segurança e a dos outros. No entanto, lembrei-me de uma lição importante que Rudolf Dreikurs ensinou: "Uma criança malcomportada é uma criança desencorajada".

Pensei na visão do *iceberg* e lembrei que o comportamento é apenas a ponta do *iceberg*. Eu estava determinada a compreender a crença daquele menino por trás de seu comportamento. Ao explorar meus próprios sentimentos de estar aborrecida, irritada e preocupada, percebi que o que esse garoto estava realmente dizendo era "Eu pertenço apenas quando você está prestando atenção em mim".

Sempre que ele se comportava mal, eu o imaginava vestindo uma camiseta que dizia: "Perceba-me, envolva-me de maneira útil". Isso mudou toda a minha perspectiva e minha resposta ao comportamento dele. Em vez de mandá-lo para fora da sala de aula, fiz exatamente o oposto: pedi sua ajuda.

Ele se tornou meu ajudante e entregava papéis, distribuía os lanches e monitorava o material. Não só o seu comportamento melhorou, mas também a sua assiduidade tornou-se mais consistente e ele até chegava mais cedo à escola e perguntava se havia algo que pudesse fazer para ajudar. Ele agora tinha um senso de pertencimento e importância na sala de aula e não precisava se comportar mal para tentar satisfazer essas necessidades.

Quando mudei minha perspectiva e também minha resposta, todo o clima na sala de aula mudou. O Quadro dos objetivos equivocados mudou minha vida como educadora e era a única ferramenta sem a qual eu não deixaria nenhum professor entrar na sala de aula.

— Joy Marchese, Professora do décimo ano, American School of London, Trainer Certificada em Disciplina Positiva

DICAS DA FERRAMENTA

1. Fale sobre a mensagem codificada, orientando seus alunos para que obtenham atenção de maneira útil. A seguir estão alguns exemplos:
   - "Você poderia, por favor, distribuir esses papéis para mim?"
   - "Vamos fazer um acordo. Você se senta em silêncio e faz seu trabalho, e teremos tempo para ficar juntos por alguns minutos no recreio."
   - "Amanhã você pode reservar um minuto inteiro no início da aula para liderar a turma fazendo caretas e piadas."
   - "Hoje você pode ser o monitor para me avisar quando alguém precisa de ajuda."
2. A última coluna do Quadro dos objetivos equivocados inclui outras maneiras de responder à mensagem codificada "Perceba-me. Envolva-me de forma útil".

O que as pesquisas científicas dizem

O pesquisador Robert Blum resume uma extensa pesquisa mostrando que, "perdendo apenas para a família, a escola é a força estabilizadora mais importante na vida dos jovens".[6] O valor de se sentir significativo na escola é apoiado por fortes evidências científicas que demonstram que o aumento da conexão entre os alunos na escola diminui faltas, brigas, intimidação e vandalismo. Por outro lado, quando os alunos vivenciam sentimentos de conexão na escola, aumenta a motivação, o envolvimento na sala de aula, o desempenho acadêmico e a frequência.

ENTENDA O OBJETIVO EQUIVOCADO: PODER MAL DIRECIONADO

> Ao não fazer nada em uma disputa por poder, você derrota o poder da criança.
>
> — Rudolf Dreikurs

O que Dreikurs quer dizer quando sugere "não fazer nada" em uma disputa por poder? A resposta reside em quantas pessoas são necessárias para se envolver numa disputa por poder, ou seja, pelo menos duas. Se uma pessoa decidir não se envolver, não poderá haver uma disputa por poder.

Observe que Dreikurs não disse "derrotar a criança"; ele disse "derrotar o poder da criança". Também sabemos que ele não se referia a todo o poder da criança – apenas ao poder mal direcionado.

Existem muitas maneiras de não se envolver. Um exemplo é simplesmente validar os sentimentos do aluno. Outro exemplo é nomear o que está acontecendo: "Parece que estamos em uma disputa por poder. Vamos esperar até nos acalmarmos". Outra maneira é dizer: "Conte-me mais sobre o que está acontecendo com você".

É importante continuar a ser encorajador quando a disputa por poder for eliminada. No entanto, como o encorajamento pode não ser útil quando um aluno está chateado, a primeira coisa a fazer é esperar por um período de reflexão. (Ver a ferramenta "Entenda o cérebro", p. 143, e a ferramenta "Pausa positiva", p. 155.)

Dreikurs tinha uma maneira poderosa de descrever como neutralizar uma disputa por poder: "Retire as velas do vento". Se você não reconhecer ou não validar o poder mal direcionado da criança reagindo negativamente, ela acabará ficando sem fôlego.

"Não é uma boa hora. Estou em apuros com o diretor por usar o celular na sala. Eu te ligo mais tarde."

Mais uma vez, o *iceberg* oferece uma ilustração gráfica para a compreensão desse objetivo equivocado. Para poder mal direcionado, a crença é "Eu pertenço apenas quando sou o chefe, ou, pelo menos, quando não deixo você mandar em mim". A mensagem codificada que oferece pistas de encorajamento é "Deixe-me ajudar. Dê-me escolhas". A mensagem codificada oferece dois exemplos para orientar os alunos a usarem o seu poder de forma útil. Existem vários outros exemplos na última coluna do Quadro dos objetivos equivocados. Quando você adiciona seu coração e sabedoria a qualquer uma dessas ideias, isso desbloqueia maneiras adicionais e exclusivas de abordar de forma produtiva suas crenças ocultas, o que o levará a ajudá-los a usar seu poder de maneiras úteis.

Ferramenta na prática de Paris, França

Virginie, uma menina de 4 anos da minha turma de trinta alunos, começou a cantar nos momentos de silêncio. Com um sorriso, mostrei-lhe as diretrizes que havíamos decidido na aula.

Ela olhou para mim com um sorriso provocativo e cantou mais alto. Coloquei meu dedo contra meus lábios para mostrar a ela que ficasse quieta. Não funcionou. Eu me senti desafiada, o que me deu a pista de que seu objetivo equivocado era poder mal direcionado. Resolvi dar a ela algum poder, pois parecia que era isso que ela pedia com seu comportamento. Fui até ela e perguntei: "Virginie, o que ajudaria você a ficar quieta agora?".

Ela demonstrou interesse pela minha pergunta, assumiu uma atitude superior e disse: "Preciso que você desenhe uma boca e a cruze".

Fiquei aliviada por ela estar realmente assumindo o poder que eu estava lhe oferecendo. Decidi dar mais poder a ela perguntando de que cor ela queria que eu desenhasse a boca.

Ela disse: "Vermelho".

Perguntei se ela queria pegar a caneta ou se eu deveria pegar. Ela decidiu pegar a caneta. Continuei dando a ela mais poder, perguntando o que fazer com a folha de papel. Ela queria dobrar, então passei-a para ela.

Quando senti que já tinha lhe dado opções suficientes, perguntei: "Você vai conseguir ficar quieta agora?".

Ela assentiu e nunca mais perturbou o silêncio.

— Nadine Gaudin, Professora de Educação Infantil e Ensino Fundamental I,
Trainer Certificada em Disciplina Positiva

Ferramenta na prática de Guayaquil, Equador

Sou diretora de uma grande escola de Educação Infantil, e nos esforçamos muito para praticar as ferramentas da Disciplina Positiva em nossas aulas. Outro dia, Marta, que é uma de nossas melhores professoras (e Trainer Certificada em Disciplina Positiva), veio até mim chateada. Ela leciona para crianças de 5 anos. Era apenas a segunda semana do ano letivo e ela não conseguia se conectar com um menino. Ele brincava o tempo todo, zombando dela e estimulando as outras crianças a se comportarem mal. Ela achava que ele estava arruinando suas atividades escolares e estava triste pelas outras crianças. Ela tentou ser gentil com ele, dando-lhe responsabilidades especiais. Isso funcionou por um tempo e depois o mau comportamento começou novamente. Ela não sabia o que fazer.

Eu estava preocupada, mas ansiosa para confiar no processo, então perguntei se ela havia lido o Quadro dos objetivos equivocados. Seu rosto esmoreceu e ela disse: "Não. Eu simplesmente presumi que o objetivo dele era atenção indevida". Então convidei-a a olhar comigo o Quadro dos objetivos equivocados e descobrir o sentimento que *ela* tinha. Imediatamente ela disse: "Não é atenção indevida. Seu objetivo equivocado é o poder mal direcionado! Não me sinto irritada, sinto raiva e me sinto desafiada!". Então ela descobriu que suas estratégias não eram eficazes porque ela não dava ao menino a oportunidade de tomar decisões. Ela me disse que iria envolvê-lo em algumas atividades úteis, mas que deixaria que ele escolhesse.

Três dias depois, ela veio radiante à minha sala. Ela tinha o Quadro dos objetivos equivocados nas mãos e disse: "Esta coisa realmente funciona! Agora as coisas estão melhorando. Sinto-me confiante e meu menino está feliz. Agora quero falar com você sobre uma menina...".

Gostei tanto dessa experiência que pedi permissão para compartilhá-la com outros professores em um encontro sobre Disciplina Positiva. Acho que ajudará os professores a usar o quadro antes de tirar conclusões precipitadas!

— Gabriela Ottati, Diretora, Delta-Torremar Educação Infantil,
Educadora Certificada em Disciplina Positiva

DICAS DA FERRAMENTA

1. São necessários dois para se envolver em uma disputa por poder. Assuma a responsabilidade por sua parte e então use a mensagem codificada de "Deixe-me ajudar. Dê-me escolhas". Para crianças com menos de 4 anos, isso pode significar concentrar-se em escolhas limitadas para envolver a criança na ajuda. Para crianças mais velhas, tente qualquer uma das seguintes opções:
   - "Eu preciso de sua ajuda. Que ideias você tem para resolver esse problema?"
   - "Acho que estamos em uma disputa por poder. Vamos tirar um tempo para nos acalmar e tentar novamente."
   - "Qual é a sua compreensão do nosso acordo?"
   - "O que mais nos ajudaria agora, colocar isso na pauta da reunião da classe ou fazer uma lista de soluções e encontrar uma que funcione para nós dois?"
2. Use o Formulário de dicas para ser um detetive dos objetivos equivocados (p. 2) para ficar mais familiarizado com o objetivo equivocado do poder mal direcionado.

O que as pesquisas científicas dizem

Estudos examinaram as reações fisiológicas associadas ao sentimento de falta de pertencimento e encontraram evidências de que uma delas é a secreção de cortisol, que é o hormônio mais conhecido por seu envolvimento em nossa resposta fisiológica ao estresse.[7] Esse estudo mostra que os alunos realmente têm uma reação de luta, fuga ou congelamento quando não se sentem pertencentes e importantes na sala de aula, aumentando assim a probabilidade de brigar ou se envolver em disputas por poder. O estudo mostra também que as reuniões de classe podem facilitar o senso de pertencimento e, portanto, servir como um meio proativo de ajudar a aumentar o pertencimento e diminuir os níveis de estresse dos alunos. Quando os alunos experimentam níveis mais baixos de estresse, eles são menos propensos a se envolver em disputas por poder e maior é a probabilidade de envolvimento na resolução positiva de problemas em grupo. Demonstrou-se que as reuniões de classe criam uma atmosfera de sala de aula positiva e inclusiva que tem um impacto no bem-estar social e emocional dos alunos, incluindo o sucesso acadêmico. Além disso, as reuniões de classe ajudam a evitar disputas por poder porque proporcionam um local controlado para a resolução de problemas e de conflitos. Quando surgem problemas e são incluídos na pauta das reuniões de classe, isso permite um período de reflexão.[8] Além disso, as reuniões de classe encorajam professores e alunos a resolverem conflitos sem entrar em disputas por poder, o que ocorre facilmente nos momentos em que os níveis de estresse estão altos. Browning, Davis e Resta usaram reuniões de classe com vinte alunos do primeiro ano para ensinar-lhes formas positivas de resolução de conflitos e diminuição dos atos de agressão verbal e física.[9] Esses pesquisadores relataram que, antes da introdução da reunião de classe, os atos de agressão eram comuns. Contudo, após repetidas reuniões de classe, o número de atos agressivos foi significativamente reduzido.

ENTENDA O OBJETIVO EQUIVOCADO: VINGANÇA

As crianças se comportam mal e sacrificam a paz, a felicidade e o relaxamento pelo valor incerto do dano porque estão desencorajadas.

— Rudolf Dreikurs

Pode ser complicado entender a vingança porque muitas vezes não sabemos onde ela começa. Um aluno pode ficar magoado com algo que aconteceu em casa ou com seus colegas e depois descontar em você. Muitos alunos passaram por traumas graves que você desconhece. Pode ser que um aluno se sinta magoado por algo que você fez sem querer – algo que não faria nenhum sentido para você, mesmo que você soubesse a respeito disso. Por exemplo, uma professora do terceiro ano ficou perplexa quando um aluno de quem ela se sentia próxima começou a ignorá-la. Isso foi especialmente doloroso porque suas famílias eram amigas. Essa professora se ofereceu para participar do processo Professores ajudam professores a resolver problemas (p. 224). Durante o processo ela descobriu que seu aluno se sentiu magoado porque ela havia saído de férias. Quem poderia ter adivinhado? Quando ela conversou com ele, ele chorou ao contar que se sentiu magoado porque ela não lhe disse que iria embora ou quando voltaria. Lembre--se de que as crenças geralmente não fazem sentido para ninguém exceto para o crente.

"Certo, eu não passei em nenhum teste e nunca entreguei as tarefas. Então, o que você quer dizer?"

Quando Jane era professora do Ensino Fundamental, havia uma turma do segundo ano em que todas as crianças reclamavam de um garoto problemático chamado Phillip. Ela pediu a Phillip que se sentasse na biblioteca enquanto ela conversava com a turma. Jane perguntou a todos os alunos por que eles estavam tão bravos com Phillip. Eles compartilharam todas as coisas maldosas e dolorosas que ele fez, como pisar nos castelos de areia que construíram, pegar a bola de futebol e fugir com ela para que eles não pudessem jogar e xingá-los com nomes ofensivos.

Ela perguntou: "Por que vocês acham que ele faz essas coisas?".

Eles tiveram todos os tipos de ideias, levantando a hipótese de que ele era mau e valentão. Finalmente, um garotinho disse: "Talvez seja porque ele é um filho adotivo".

Ela perguntou: "Como você acha que é ser um filho adotivo?".

A atmosfera mudou quando eles começaram a ter empatia e a compartilhar como seria ruim não estar mais com sua família, mudar-se, mudar de escola e não ter amigos.

"Quantos de vocês estariam dispostos a ajudar encorajando Phillip?" Todos levantaram as mãos.

Jane convidou a turma a compartilhar exatamente o que fariam para ajudar e escrever suas ideias no quadro. Suas ideias incluíam brincar com ele no recreio, caminhar com ele para a escola, almoçar com ele, elogiá-lo etc. Ela anotou o nome de cada aluno que se ofereceu para fazer cada uma dessas coisas.

Ela então se sentou com Phillip e lhe disse: "Seus colegas me contaram sobre alguns dos problemas que você tem enfrentado. Você sabe quantos deles gostariam de ajudá-lo?".

Ele parecia pálido e disse: "Provavelmente nenhum deles".

Ela disse: "Todos eles querem ajudar".

Ele pareceu incrédulo e perguntou: "Todos?".

Os alunos seguiram com suas ideias encorajadoras e o comportamento de Phillip mudou drasticamente. Como um grupo, eles foram capazes de realizar mais do que um professor poderia.

Como disse Dreikurs: "Uma criança precisa de encorajamento como uma planta precisa de água". Saber que existe uma crença por trás de cada comportamento, e descobrir qual é essa crença, pode ser muito útil para oferecer pistas sobre como encorajar.

Para o objetivo equivocado da vingança, a crença é "Eu não pertenço, e isso dói, então vou me vingar magoando os outros". A mensagem codificada que oferece pistas de encorajamento é "Estou sofrendo. Valide meus sentimentos".

É claro que validar os sentimentos de um aluno vingativo não é tudo. É apenas o começo. A necessidade básica de pertencer deve ser abordada, seguida pela busca de soluções para os problemas.

O *bullying* é um comportamento comum do aluno vingativo. A próxima "Ferramenta na prática" oferece um excelente exemplo de como abordar o *bullying* com os alunos durante uma reunião de classe – uma das melhores formas de se concentrar em soluções e ao mesmo tempo criar um senso de pertencimento.

Ferramenta na prática de Cuernavaca, México

Trabalhamos com a Disciplina Positiva em nossa escola há mais de cinco anos. Como diretor assistente, sou responsável pelo programa de desenvolvimento de caráter socioemocional. Há alguns meses, observamos alguns incidentes entre alguns alunos do quinto ano que poderiam se transformar em *bullying* se não os abordássemos adequadamente.

Esses alunos já praticam os princípios da Disciplina Positiva na escola há algum tempo, mas sabíamos que o *bullying* pode acontecer em qualquer comunidade quando os alunos não se sentem pertencentes. Então decidimos conversar com eles para ter certeza de que entenderam que o *bullying* não se refere apenas ao agressor, mas também diz respeito às vítimas e aos observadores. Tivemos uma breve conversa sobre a compreensão de que todos podem ser vítimas e que qualquer um pode se sentir desencorajado ou impotente, até mesmo o agressor. Pedimos a eles que debatessem ideias para três listas com os seguintes títulos: "O que fazer se eu for intimidado", "O que fazer quando souber que estou cometendo *bullying*" e "O que fazer quando vir alguém cometendo *bullying*". Eles tiveram as seguintes ideias:

O que fazer se eu for intimidado
Dizer para a pessoa parar.
Sair correndo.
Pedir ajuda a um amigo.
Pedir ajuda a um adulto.
Dizer ao agressor com voz forte: "Não gosto do que você está fazendo comigo e não vou permitir que você faça isso!".

O que fazer quando souber que estou cometendo *bullying*
Fazer terapia.
Bater em um saco de pancadas ou em um travesseiro.
Pedir ajuda ao professor.
Pedir a um amigo para me ajudar.
Respirar fundo.

O que fazer quando vir alguém cometendo *bullying*
Dizer para a pessoa parar.
Pedir à pessoa intimidada para vir conosco.
Pedir ajuda.
Convidar o agressor para brincar conosco.

As ideias que os alunos tiveram foram tão poderosas que os incidentes diminuíram. E os alunos se sentiram tão empoderados e engajados que decidiram fazer uma campanha anti-*bullying* em todos os anos do Ensino Fundamental com o lema "Somos a solução para o *bullying*". Aprendemos novamente a não subestimar o poder dos alunos e a nunca esquecer que eles são o nosso melhor recurso para resolver problemas.

— Ari Hurtado de Molina, Diretor Assistente, Colegio Róndine

Ferramenta na prática de Augusta, Geórgia

O meu primeiro emprego foi em uma escola, fui orientadora e professora de estudos sociais no Ensino Médio. A escola tinha um pequeno programa específico para alunos com dificuldades de aprendizagem. Muitos alunos dessa escola relativamente nova tinham experimentado muito desencorajamento nas suas escolas anteriores porque esses programas simplesmente não tinham os recursos disponíveis para servir adequadamente os alunos com deficiência. Quando não existem estratégias e adaptações adequadas, os alunos com dificuldades de aprendizagem correm o risco de sofrer grande frustração e desânimo. Quando os alunos percebem os professores como frustrados ou oprimidos pelas necessidades dos alunos, isso pode ser realmente desanimador e doloroso. Eu vi o resultado disso pessoalmente. Compreender os objetivos do mau comportamento me ajudou a decodificar rapidamente a mensagem oculta e a oferecer o apoio e o encorajamento necessários.

Era apenas a primeira semana de aula, e toda vez que eu passava pelo quadro de avisos no *hall* de entrada notava que alguma coisa estava rasgada ou que marcas aleatórias de caneta haviam sido feitas nele. Certa tarde, enquanto os alunos se aproximavam da entrada de carros, notei um aluno do sexto ano pegando sua caneta e marcando uma linha preta horizontal enquanto passava. Hummm. Bem, minha primeira resposta (já que estava muito orgulhosa do meu primeiro quadro de avisos) foi: "Hum, não acredito que ele fez isso". Eu me senti magoada. Minha mágoa foi uma pista imediata para a crença do aluno: ele estava sofrendo e queria retribuir a dor. Como orientadora/professora escolar em meu primeiro emprego, nem consigo dizer o quanto foi útil ter essa visão do objetivo equivocado do aluno.

No dia seguinte, na hora do almoço, pedi ajuda aos alunos do sexto ano. Eu disse: "Percebi que o quadro de avisos no corredor da frente já está parecendo um pouco desgastado. Preciso da sua ajuda para criar um quadro de avisos que seja mais durável em uma área de tráfego tão intenso. Além disso, estou percebendo que alguns alunos não estão tratando o quadro de avisos com respeito. Espero que possamos trabalhar juntos de modo a chegar a um plano para cuidar da nossa escola e substituir o quadro de avisos a fim de que a entrada da nossa escola fique bonita". Mencionei também que, na semana anterior às aulas, os outros professores e eu tínhamos pensado em um quadro de avisos com o tema "boas-vindas" para alegrar o *hall* de entrada e dar as boas-vindas a todos no início das aulas. Usei uma mensagem "em primeira pessoa" para compartilhar como me sentia: desapontada e surpresa por já estar parecendo uma bagunça.

Os alunos adoraram a ideia de criar um quadro de avisos e trabalharam juntos para realizá-lo. Os alunos do sexto ano decidiram colocar fotos dos colegas de cada ano no recreio, na carona e no almoço – em qualquer lugar onde pudessem encontrar alunos se divertindo. Eles usaram câmeras descartáveis doadas pelos pais em cada turma e tiraram fotos. Eu gostaria de ter tirado uma foto do produto final; era uma entrada fantástica da escola, muito melhor do que eu tinha feito, e desenvolvida 100% pelos alunos. Eles se sentiram capazes e conectados!

Você pode ver diversas ferramentas em ação nessa história. Primeiro, quando percebi meus próprios sentimentos, compreendi de imediato a crença por trás do comportamento e fui capaz de identificar o que realmente estava acontecendo. Os alunos que ficaram magoados na escola estavam magoando de volta. Em vez de responder com punição, vergonha ou culpa, as ferramentas da Disciplina Positiva me ajudaram a ser uma força encorajadora. Usei mensagens "em primeira pessoa" para compartilhar meus sentimentos sobre o que estava acontecendo no quadro de avisos. Usei a ferramenta "Funções na sala" para ajudar os alunos a se sentirem capazes e conectados por meio do trabalho conjunto para planejar e criar um novo quadro de avisos. Finalmente, desenvolvemos diretrizes e acordos sobre como respeitar a propriedade escolar e o trabalho árduo dos outros. Como os alunos tiveram a oportunidade de eles mesmos fazerem o quadro de avisos, compreenderam agora, por experiência própria, como seria desanimador se ele fosse danificado. Fazer o quadro de avisos também os ajudou a se sentirem capazes e conectados, pois contribuíram trabalhando juntos e fazendo isso por si mesmos. Isso também modelou o trabalho em equipe e a cooperação para os alunos mais jovens da escola.

— Kelly Gfroerer, Ph.D., Orientadora Educacional, Trainer em Disciplina Positiva

DICAS DA FERRAMENTA

1. Nossa reação instintiva (mesmo para adultos) é contra-atacar quando nos sentimos magoados.
2. Quebre o ciclo de vingança e fale com a mensagem codificada. Exemplos:
   - "Suponho que você se sentiu magoado por alguma coisa e quer retribuir a dor."
   - "Agora eu vejo por que você se sente magoado quando parece que sempre se mete em problemas enquanto os outros não são pegos."
   - "Parece que você está tendo um dia ruim. Gostaria de falar sobre isso?"
   - "Eu me importo com você. Por que não fazemos uma pausa e tentamos novamente mais tarde?"

O que as pesquisas científicas dizem

O artigo de Gere e MacDonald "Atualização do caso empírico para a necessidade de pertencer" resume pesquisas que mostram que, quando as pessoas se sentem desconectadas e rejeitadas, elas tendem a retaliar e são menos propensas a buscar conexão.[10] Essa linha de pesquisa tem implicações importantes para a sala de aula e explica o objetivo equivocado por trás de alguns maus comportamentos – um desejo de vingança. Por exemplo, uma equipe de pesquisa deu aos participantes a opção de usar "buzina em *spray*" para expressar os seus sentimentos feridos. Os pesquisadores relatam que, quando os participantes foram rejeitados ao serem informados de que outras pessoas não queriam trabalhar com eles e depois tiveram a oportunidade de usar a buzina em *spray*, os participantes rejeitados da pesquisa subsequentemente emitiram buzinas mais intensas para outras pessoas do grupo.[11]

Estudos mostram que a diminuição dos sentimentos de pertencimento tem impacto nos esforços de uma pessoa para gerir as respostas emocionais, causando uma diminuição nos recursos para interações intrapessoais bem-sucedidas. Isso tem um impacto negativo nos comportamentos orientados para a tarefa, bem como na capacidade de aprender. Adler e Dreikurs identificaram há muito tempo o objetivo equivocado da vingança, e a investigação apoia agora a conclusão de que, após a percepção de rejeição ou mágoa, a pessoa pode retaliar com vingança em vez de com um comportamento pró-social mais útil.

ENTENDA O OBJETIVO EQUIVOCADO: INADEQUAÇÃO ASSUMIDA

O quarto objetivo é a deficiência, que é encontrada em crianças que estão tão desencorajadas que não esperam ter sucesso.

— Rudolf Dreikurs

O aluno cujo objetivo equivocado é inadequação assumida pode não chamar sua atenção durante o dia escolar. É fácil ignorar esse aluno porque ele ou ela em geral não está abertamente envolvido em mau comportamento. Contudo, esse aluno pode assombrá-lo à noite porque você sabe que ele ou ela precisa de ajuda e gostaria de ter mais tempo para oferecer apoio individual.

Dreikurs chamou isso de inadequação "assumida" porque ele não acreditava que nenhuma criança fosse inadequada, mas a criança poderia acreditar que fosse assim e evitar até mesmo tentar. O aluno que adotou o objetivo de inadequação assumida poderia ser o mais desencorajado de todos – acreditando não ser possível pertencer ou contribuir.

Esse é também o objetivo equivocado que pode ser o menos desafiador para os professores durante o dia, porém o mais desencorajador quando eles se sentem desesperados quanto à possibilidade de encorajar esse aluno. Pode se tornar um ciclo vicioso: o aluno desiste e não tenta, o professor desiste de tentar ser encorajador, o aluno vê isso como evidência de que não pertence e se afasta ainda mais. Muitas vezes a cooperação é necessária (na forma de reuniões de classe ou de toda a equipe ajudando) para encorajar um aluno com o objetivo equivocado de inadequação assumida, como você verá na história "Ferramenta na prática" a seguir.

"Não consigo convencer meu professor a desistir de mim."

Para inadequação assumida, a crença é "Eu desisto. Deixe-me em paz". A mensagem codificada que oferece pistas de encorajamento é "Não desista de mim. Mostre-me um pequeno passo".

Ferramenta na prática de Morristown, Nova Jersey

Em um fevereiro gelado, um aluno novo do sétimo ano chamado Stephen chegou a uma escola onde a Disciplina Positiva havia sido adotada como filosofia em toda a escola. Ficou evidente desde o início, porém, que Stephen estava tendo dificuldades tanto social como academicamente. Vários alunos tentaram acolher Stephen e ajudá-lo a se sentir confortável, mas suas reações causaram preocupação a todos.

Stephen frequentemente irritava seus colegas de classe. Eles ficavam desconfortáveis com as coisas que ele dizia e não sabiam como responder. Stephen frequentemente adormecia nas aulas. Ele raramente fazia o dever de casa. Ele falava em momentos inadequados, fazendo comentários que não eram relevantes para o que estava acontecendo na sala de aula. Ele reclamava regularmente: "Não consigo fazer isso" e "Não entendo". Muitas vezes ele parecia estar em um mundo próprio.

Stephen disse que nunca fazia o dever de casa porque não tinha um lugar em casa tranquilo o suficiente para trabalhar. Ele rejeitou esforços para ajudar a resolver seus problemas: até mesmo as ofertas de uma pequena escrivaninha para seu quarto e uma viagem para comprar material foram rejeitadas. Ele resistia a qualquer tentativa de amizade.

Com o passar do tempo, a equipe aprendeu com Stephen que o ambiente em sua casa estava longe de ser estável. Stephen tinha um relacionamento difícil com sua irmã de 19 anos, que em muitos aspectos agia como sua mãe. Stephen estava ligeiramente acima do peso, a maioria de suas roupas era muito pequena e fora de moda. Stephen não parecia bem, ele não se comportava direito. Stephen não se enturmava nos grupos e sabia disso.

Os professores e funcionários deram a Stephen muita ajuda e apoio extra. Eles tentaram vários métodos para chegar até ele, na esperança de conseguir que ele fizesse seu trabalho. A professora de educação especial passou a trabalhar diretamente com ele e a treinar a equipe.

Nessa escola, os funcionários realizavam uma reunião de Disciplina Positiva a cada três semanas. Várias semanas se passaram antes que o nome de Stephen aparecesse como parte dos passos Professores ajudam professores a resolver problemas. Depois de ouvir sobre Stephen, a equipe revisou o Quadro dos objetivos equivocados. Estava dolorosamente claro que Stephen estava vivendo o objetivo da inadequação assumida. A crença por trás de seu comportamento era "Não acredito que possa pertencer, então convencerei os outros a não esperarem nada de mim. Sou indefeso e incapaz, não adianta tentar, porque nunca vou fazer direito".

A equipe discutiu o que eles acreditavam que Stephen precisava e o que eles acreditavam que ele estava realmente dizendo com seu comportamento, que era: "Não desista de mim!". Todos concordaram que seus estudos e trabalhos de casa não eram importantes quando ele estava tão desencorajado em relação a si mesmo, ao seu mundo e ao fato de pertencer ou não. Juntos, os funcionários debateram um plano que todos concordaram em experimentar, incluindo o diretor, os professores, o pessoal da cozinha, a secretária do escritório e os funcionários do pós-atendimento (acompanhamento). O plano era o seguinte:

1. Desde o momento em que Stephen saía do ônibus pela manhã até o momento em que voltava ao ônibus à tarde, ele recebia encorajamento. (O encorajamento é um princípio fundamental da Disciplina Positiva, que tem origem em uma palavra francesa que significa "dar o coração".)
2. Todos que encontrassem Stephen o reconheceriam e encontrariam algo positivo para dizer.

3. A equipe faria um esforço para aprender sobre seus interesses pessoais.
4. Foram tomadas providências para que Stephen ficasse depois da escola até as 18h no programa estendido, dois dias por semana, sem nenhum custo para sua família. Lá ele teria um lugar tranquilo para trabalhar e poderia receber ajuda com o dever de casa. Ele também seria convidado a ajudar os alunos mais jovens.
5. O professor de educação especial conversaria com ele em particular e lhe diria que a equipe se preocupava e não desistiria de ajudá-lo.

A equipe comprometeu-se a seguir esse plano durante um mês e planejou verificar o progresso de Stephen na próxima reunião de Disciplina Positiva. Menos de duas semanas depois, o diretor descobriu que a equipe mal podia esperar pela próxima reunião para compartilhar suas histórias sobre Stephen. Juntos, eles aprenderam quão eficaz tinha sido o seu plano de encorajamento.

A mudança em Stephen foi notável. Ele não apenas ficava acordado nas aulas, mas também participava. Ele sorria. Seu dever de casa estava sendo entregue e ele até pediu algumas tarefas extras de crédito. Ele se vestia de maneira diferente e cuidava melhor de si mesmo. Na hora do almoço ele sentava com os colegas (sentava na ponta da mesa, mas estava lá). Na aula, durante a parte de reconhecimento das reuniões de classe, seus colegas reconheciam seus atos de bondade. Eles também notaram a mudança em Stephen e estavam respondendo a isso.

Durante a reunião de equipe, a mãe de Stephen ligou para o diretor. Ela notou as mudanças em seu filho e queria saber se poderiam ser tomadas providências para que Stephen frequentasse o programa estendido *cinco* dias por semana.

Stephen agora é um aluno do oitavo ano. Os relatórios sobre o seu progresso continuam a ser positivos. Ele tenta se comunicar, demonstra responsabilidade em seu trabalho e participa de atividades na hora do almoço com os outros alunos. Em breve Stephen irá para outra escola e seguirá com sua vida. Ele certamente vivenciará contratempos e desafios. Contudo, o encorajamento mudou para sempre a vida de Stephen e de seus professores. Encorajamento, sentimentos de valor e importância, bem como a crença em nosso próprio potencial, são essenciais na vida. Nunca perca a oportunidade de estender a mão e encorajar alguém!

— Teresa LaSala, Trainer Certificada em Disciplina Positiva

Ferramenta na prática do Cairo, Egito

Tive um aluno na sala que era extremamente violento; ele costumava bater e morder todos na classe, inclusive seus professores. Ele saía correndo da sala de aula ou saía do jardim se estivéssemos do lado de fora. Os professores corriam atrás dele para trazê-lo de volta antes que ele fizesse algo que pudesse machucá-lo.

Eu era muito ligada emocionalmente a ele – quando estava calmo, ele era gentil e atencioso, e um dos alunos mais brilhantes da classe.

Ele costumava bater e depois me fazer desenhos para dizer que me amava. Às vezes, depois de bater ou morder, ele vinha correndo até mim e me abraçava com força. Às vezes ele ajudava outros alunos a consertar coisas. Ele era cheio de contradições.

Conversei com ele para entender o que exatamente o incomodava. Eu lhe disse que ele era meu amigo e que ele podia me dizer o que sentia ou o que queria. Mas não fez diferença.

Eu me senti impotente. Isso me permitiu entender que ele podia estar sentindo uma inadequação assumida sobre como encontrar pertencimento e significado. Sua crença era: "Não posso pertencer porque não sou perfeito, então convencerei os outros a não esperarem nada de mim. Sou indefeso e incapaz, não adianta tentar porque não vou fazer direito".

Após vários encontros com seus pais, descobri que o pai era perfeccionista e sempre buscava a perfeição em todos os membros de sua família. Se não fizessem as coisas do jeito que ele queria, ele gritava e dizia que não conseguiam fazer nada certo.

A mensagem codificada do filho era: "Não desista de mim. Mostre-me um pequeno passo".

Decidi criar mais conexão contando mais sobre mim a esse garoto. Queria que ele se sentisse confortável e entendesse que eu sempre estaria ao seu lado. Comecei a dar tarefas desafiadoras a ele e a lhe dizer que tinha plena confiança de que ele seria capaz de realizá-las. Eu o mantive ocupado tanto quanto pude. Alguns dos outros professores até sentiram que eu o estava ajudando demais.

Às vezes, não importava o que eu fazia, não havia melhora alguma. Sempre ajudava começar o dia com um jogo de sentimentos, para que ele pudesse continuar a evitar comportamentos desafiadores, contando para mim o que estava sentindo.

Eu encorajava quaisquer tentativas positivas dele, concentrando-me apenas nas suas qualidades, e encorajava os outros professores e o seu pai a fazerem o mesmo. Eu não desisti dele.

Depois de experimentar os métodos da Disciplina Positiva em sala de aula, especialmente a ferramenta de encorajamento, ele me surpreendeu com resultados impressionantes. Ele ficou mais calmo e começou a sentir orgulho de si mesmo. Quando seu pai tentou mudar um pouco, isso fez uma grande diferença no comportamento do menino. Consequentemente, o pai começou a usar seriamente as ferramentas da Disciplina Positiva em casa.

No final do ano, vimos mudanças significativas nesse adorável menino. Ficamos todos maravilhados. Alguns comportamentos desafiadores ainda ocorrem, mas podem ser resolvidos rapidamente.

— Noha Abdelkhabir, Professora de Educação Infantil

O que as pesquisas científicas dizem

Estudos mostram que, quando os alunos não se sentem pertencentes e importantes na sala de aula, isso afeta a sua aprendizagem. Em um estudo, quando os participantes se sentiram excluídos, o processamento cognitivo e a capacidade de concentração foram afetados de forma negativa. Especificamente, os participantes tiveram um desempenho pior em testes de inteligência ao recordar passagens complexas e questões analíticas complexas em comparação com os participantes que vivenciaram aceitação.[12]

Além disso, pesquisadores da Universidade de Yale relatam que os professores que criam um clima emocional positivo para a aprendizagem têm alunos que se sentem mais conectados e envolvidos e, portanto, têm mais sucesso acadêmico. Estudos mostram que, quando os alunos não têm um senso de pertencimento e de conexão, é menos provável que se envolvam na aprendizagem, e, como resultado, o desempenho acadêmico diminui.[13]

2
PRINCÍPIOS FUNDAMENTAIS

ENCORAJAMENTO

Uma criança que se comporta mal é uma criança desencorajada.

— Rudolf Dreikurs

Este capítulo começa com uma das nossas citações favoritas de Dreikurs. Também adoramos sua citação relacionada: "Uma criança precisa de encorajamento como uma planta precisa de água". O encorajamento é um dos princípios fundamentais sobre os quais todas as ferramentas de Disciplina Positiva são baseadas. Como esse é um princípio tão básico, referimo-nos à Disciplina Positiva como um "modelo de encorajamento".

"Lembre-se, Edward, dentro de cada aluno 'F' existe um aluno 'A' tentando se revelar."

É importante notar que encorajamento é muito diferente do elogio. O elogio coloca o foco no aluno e comunica a aprovação ou reconhecimento do adulto. A criança logo aprende: "Estou bem se você me disser que estou". Embora os alunos possam amar o elogio, com o tempo isso pode promover insegurança e dependência. O elogio leva os alunos a se perguntarem "Como eu me comparo aos outros?" em vez de "Como posso usar meus pontos fortes para ajudar os outros?". Por outro lado, o encorajamento ensina a autoavaliação: "Como me sinto sobre mim mesmo e minhas ações?". Encorajamento significa transferir o controle para os jovens o mais rápido possível para que eles tenham poder sobre suas próprias vidas. Isso significa permitir que eles descubram as coisas por si mesmos e acreditar na capacidade deles para aprender e se recuperar de seus erros. Seu encorajamento ajudará seus alunos a olhar para dentro a fim de descobrir suas próprias forças e encontrar a coragem para lidar com dificuldades na escola e na vida.

Uma das melhores maneiras de entender a diferença entre elogio e encorajamento é por meio de uma atividade experiencial. Finja que você é um aluno e observe o que está pensando, sentindo e decidindo quando ouve o primeiro conjunto de frases a seguir, em oposição ao que você está pensando, sentindo e decidindo ao ouvir o segundo conjunto de frases. Será ainda mais eficaz se você pedir a outra pessoa que leia estas frases para você, de modo que você possa se concentrar em ser o aluno. (Observe que algumas das frases são exageradas para enfatizar o significado.)

Frases de elogio

Tudo nota dez – você vai ganhar uma grande recompensa.

Estou muito orgulhoso de você.

Estou feliz que você me ouviu.

Gostei do que você fez!

Estou feliz que você seguiu meu conselho.

Ótimo! Era o que eu esperava.

Você é um aluno muito bom.

Frases de encorajamento

Você trabalhou duro. Você merece.

Você deve estar muito orgulhoso de si mesmo.

Como você se sente sobre isso?

Eu confio no seu julgamento.

Acredito que você pode aprender com seus erros.

Você conseguiu sozinho.

Eu me importo com você, aconteça o que acontecer.

Quais dessas frases pareceram mais encorajadoras para você? Quais você acha que seriam os efeitos em longo prazo dessas frases para os alunos?

Se você fizer essa atividade com outros indivíduos, não se surpreenda se alguns deles preferirem as frases de elogio. Eles podem ter aprendido a ser "viciados em aprovação". Mais frequentemente, no entanto, a pessoa que recebe as frases de elogio fará comentários assim: "Eu me senti amado condicionalmente", ou "Era tudo sobre você" ou "Eu me senti pressionado a atender às expectativas dos adultos".

A pessoa que recebe as frases de encorajamento geralmente faz comentários assim: "Eu me senti empoderado para ser eu mesmo e melhorar. Eu me senti aceito incondicionalmente e encorajado a fazer ainda melhor".

Esse exercício não foi criado para você ficar paranoico sobre fazer elogios de vez em quando. O elogio, como um doce, pode ser agradável ocasionalmente, mas doce demais pode ser prejudicial e viciante. No entanto, o encorajamento deve ser o alimento básico que você dá a si mesmo e aos seus alunos todos os dias. O encorajamento permite que seus alunos se vejam como capazes e valoriza seu esforço e melhoria, em vez de se concentrar na perfeição ou em agradar aos outros.

Seu tom de voz e a especificidade de suas palavras ao notar os esforços e o progresso dos alunos mostrarão que você acredita neles. O encorajamento é especialmente importante para alunos desencorajados. Quando você demonstra confiança nos alunos por meio do processo de encorajamento, isso os ajuda a desenvolver um diálogo interno que diz: "Eu consigo fazer isso, meu esforço conta e faz bem continuar tentando".

Ferramenta na prática de Mountain View, Califórnia

Com frequência, as crianças são suspensas por mau comportamento na escola, em vez de serem encorajadas de maneiras que mudem seu comportamento. Em uma das escolas onde trabalhei como consultora psicológica, um aluno do terceiro ano estava sendo diagnosticado com TDAH. Ele era muito disruptivo na sala de aula e estava à beira da suspensão.

Quando ele atrapalhou a aula novamente, a professora (que estava começando a aprender a utilizar a Disciplina Positiva na sala de aula) o enviou para a minha sala, e sua mãe foi chamada à escola. Conversar com ela me ensinou muito sobre esse aluno, e eu quis empoderá-lo. Sugeri que, em vez de suspensão, esse aluno precisava receber mais responsabilidades para que pudesse praticar habilidades de liderança.

Com a permissão de sua mãe, pedi que ele se voluntariasse para me ajudar em uma turma da Educação Infantil. Ele ficou entusiasmado. Lá, ele supervisionou brincadeiras, leu livros para as crianças menores e liderou a limpeza que acontecia após o recreio livre. Essa atividade realçou sua autoestima, senso de responsabilidade e sentimento de capacidade. Os pais ficaram gratos por nossos esforços em trabalhar com seu filho de maneira não julgadora, e todos trabalhamos juntos para ajudar essa criança.

— Keren Shemesh, Ph.D., Psicóloga clínica

Ferramenta na prática de Atlanta, Geórgia

John é um menino de 5 anos da minha turma. Montar quebra-cabeças tem sido muito desafiador para esse garoto. Enquanto tentava completar um quebra-cabeça de 25 peças, ele declarou, frustrado: "Eu não consigo fazer isso!".

Discutimos por que era difícil, revisamos estratégias para a conclusão, compartilhamos o trabalho, e usei palavras de encorajamento como: "Você continuou girando a peça até descobrir se ela se encaixava. Você está persistindo em um trabalho difícil. Você está trabalhando duro".

Quando ele terminou, perguntei: "Como você se sente por ter terminado o quebra-cabeça?".

Ele respondeu com um grande sorriso: "Posso fazer de novo?".

— Barb Postich, Professora de Pré-escola, Escola Kingswood

DICAS DA FERRAMENTA

1. O encorajamento se concentra no esforço e no progresso, não na perfeição. O encorajamento ensina um lócus de controle interno para autoavaliação. Exemplos:
   - "Vejo que você estudou muito e se sente preparado."
   - "Isso é difícil para você, mas você está persistindo."
   - "Você confiou em si mesmo e encontrou uma solução."
   - "Agradeço sua ajuda."
2. Quando você se flagrar usando frases de elogio, mude para palavras de encorajamento.

O que as pesquisas científicas dizem

Uma expressão de confiança de um professor em seus alunos e a disposição para fornecer *feedback* genuíno, atencioso e encorajador aumentam diretamente a autoeficácia e a motivação dos alunos. A Dra. Carol Dweck, professora na Universidade de Stanford, divulgou pesquisas que mostram quão importante é o *feedback* do professor em relação à motivação do aluno e à disposição para crescer e aprender com o sucesso e com o fracasso.[14] Por exemplo, Dweck relata que alunos que foram elogiados por serem inteligentes quando realizaram uma tarefa depois escolheram tarefas mais fáceis. Para manter esse elogio, esses alunos não estavam dispostos a correr o risco de cometer um erro, e sua motivação diminuiu. Por outro lado, alunos que foram encorajados por seus esforços escolheram tarefas mais desafiadoras quando tiveram opções e não tinham medo de falhar. Os professores encorajadores focaram o esforço, melhorias, contribuição, prazer e confiança.

A extensa pesquisa de Dweck também mostra como o elogio prejudica a motivação e o desempenho do aluno.[15] Sua pesquisa valida o que Adler e Dreikurs ensinaram sobre encorajamento *versus* com elogio desde o início dos anos 1900.[16] Infelizmente, o elogio é uma resposta comum ao trabalho bem-feito no ambiente escolar. No entanto, a pesquisa apoia o uso de *feedback* orientado para o processo que fornece encorajamento pelo trabalho árduo e esforço dos alunos.

CUIDADO

A tarefa mais importante de um educador, poder-se-ia dizer seu sagrado dever, é garantir que nenhum aluno seja desencorajado na escola e que um aluno que chegue à escola já desencorajado recupere a autoconfiança por meio da escola e de seu professor.

— Alfred Adler

Alfred Adler cunhou a palavra alemã *Gemeinschaftsgefühl*. Não é fácil fornecer uma definição para essa palavra em outro idioma porque ela significa muitas coisas. Alguns tentaram resumi-la como "interesse social" ou "sentimento social". Gostaríamos de defini-la como "cuidado" no sentido mais amplo possível: professores preocupados com os alunos, alunos preocupados com os professores, alunos preocupados uns com os outros, preocupados com sua sala de aula, preocupados em fazer contribuições sempre que possível, preocupados com a paz no mundo. Depois vem a parte importante de mostrar todo esse cuidado e preocupação por meio de ações. Essas ações poderiam ser chamadas de "contribuições" em todos os ambientes sociais. (Ver a ferramenta "Contribuições", na p. 128.)

Maya Angelou uma vez disse: "Aprendi que as pessoas esquecerão o que você disse, esquecerão o que você fez, mas nunca esquecerão como você as fez se sentirem". Dedicar tempo para mostrar propositalmente aos alunos que você se importa os ajuda a prosperar social, emocional e academicamente porque sua necessidade básica de pertencimento está sendo atendida. Os professores descobrem que, quando dedicam tempo para se conectar de maneiras significativas, há menos problemas de disciplina e um maior senso de coesão na sala de aula.

Nós sabemos que você se importa, mas seus alunos sabem? Você poderia se surpreender se perguntasse. Garantir que a mensagem de cuidado

"Seu coração é um pouco maior que o coração humano médio, mas isso é porque você é uma professora."

seja transmitida é outra forma de criar uma conexão – um fator importante na previsão de sucesso nas escolas (conforme indicado pelas pesquisas) e um conceito básico da Disciplina Positiva. Como o objetivo principal das crianças é pertencer e contribuir, você poderia chamar de cuidado uma necessidade básica que deve ser fornecida pelos adultos nas vidas das crianças para que elas prosperem.

A primeira "Ferramenta na prática" a seguir fornece um belo exemplo de como uma orientadora educacional e um professor criaram um ambiente onde um aluno pôde compartilhar algo muito pessoal por causa do ambiente de cuidado que havia sido criado pelo uso de várias ferramentas de Disciplina Positiva, incluindo reuniões de classe.

Ferramenta na prática de Seattle, Washington

Na segunda-feira, C. me contou que descobriu que tem autismo. Perguntei a ele se queria compartilhar essa informação com os colegas de classe naquele momento ou mantê-la em particular. Ele disse que gostaria de mantê-la em particular por enquanto.

Durante a semana seguinte, aconteceram alguns incidentes envolvendo colegas de classe que frustraram C. de maneira significativa. Julietta, nossa psicóloga escolar, e eu conversamos sobre o fato de que compartilhar o diagnóstico de C. com a classe poderia ser incrivelmente poderoso e importante para C.

Julietta e C. discutiram isso durante o tempo particular deles juntos. Quando voltou para a sala de aula no dia seguinte, ele me disse: "Lembra que eu te falei que queria manter a notícia do meu autismo só entre nós? Eu mudei de ideia". Eu lhe disse o quanto ele era corajoso e perguntei quando ele gostaria de fazer isso. Ele respondeu que queria que eu contasse para a turma.

No final do dia, nós nos sentamos ao redor do nosso tapete como costumamos fazer para nosso Círculo de gratidão de sexta-feira. Foi isso que eu disse à classe: "C. tem uma notícia que ele me pediu para compartilhar com todos vocês. Ele descobriu recentemente que tem autismo. O autismo é uma diferença cerebral que se apresenta de maneiras diferentes. Li recentemente que pessoas com autismo são como flocos de neve – nenhum é igual ao outro. Para C., seu autismo significa que ele às vezes enfrenta desafios com comunicação, reações fortes aos outros e dificuldade em se expressar. Quero elogiar

C. por compartilhar sua diferença conosco. Todos sabemos que nossas diferenças são nossos superpoderes e que C. tem muitos superpoderes incríveis. Vamos passar a pedra da fala e deixar C. saber os superpoderes que enxergamos nele". Ao que C. disse, com um sorriso: "Eu não estava esperando por isso".

Gostaria que você pudesse ter estado aqui para ouvir as palavras incríveis de compaixão, apreciação e verdade. C. estava radiante e sentado muito ereto o tempo todo. O sinal tocou para encerrar o dia de aula, mas os alunos o ignoraram e continuaram até que todos tivessem a chance de reconhecer os superpoderes de C. Eu não poderia ter me orgulhado mais da classe e de C.

— Julie Colando, Professora do quarto ano, Queen Anne Elementary, e Julietta Skoog, Psicóloga Escolar

Ferramenta na prática de Salt Lake City, Utah

Robert Rasmussen, chamado de "Ras" por seus alunos, foi eleito o Professor do Ano do Ensino Médio por cinco anos consecutivos pelos alunos do segundo e do terceiro anos. O Distrito Escolar de Granite também o homenageou como Professor do Ano. Enquanto Ras estava fora da sala, perguntamos a seus alunos por que eles achavam que ele recebia essas honras. Suas respostas poderiam ser divididas em três categorias: (1) "Ele nos respeita", (2) "Ele nos ouve", e (3) "Ele gosta do seu trabalho".

"O que gostar do trabalho tem a ver com isso?", perguntamos. Um dos alunos explicou: "Muitos professores vêm trabalhar com um problema de atitude. Eles nos odeiam. Odeiam seus trabalhos. Parecem odiar a vida. Eles descontam isso em nós. Ras está sempre animado. Ele parece gostar de seus alunos, do seu trabalho, da vida em geral – e de nós".

Ras tem uma maneira única de garantir que a mensagem de cuidado (conexão) seja transmitida. Ele tem um urso de pelúcia em sua sala de aula. Ele apresenta o urso aos seus alunos e diz: "Este é o nosso ursinho carinhoso. Se algum de vocês se sentir desencorajado ou um pouco triste, venha pegar o urso. Ele vai fazer você se sentir melhor". No início, os alunos acham que Ras é maluco. Afinal, eles são alunos do segundo e terceiro anos do Ensino Médio, jovens adultos. Mas não demora muito para eles entrarem no espírito. Todos os dias, vários alunos, incluindo os grandes jogadores de futebol americano, vão à mesa de Ras e dizem: "Eu preciso do urso".

O conceito do urso se tornou tão popular que Ras teve que providenciar mais ursos para acompanhar a demanda. Às vezes os alunos os carregam o dia todo, mas sempre os trazem de volta. Às vezes, quando Ras vê um aluno que parece um pouco abatido, ele joga um urso para o aluno. Essa é sua maneira simbólica de dizer: "Eu me importo com você. Não tenho tempo para passar com você pessoalmente agora, mas eu me importo".[17]

Ferramenta na prática de Atlanta, Geórgia

Crianças que não estão alcançando as metas acadêmicas na escola muitas vezes chegam ao ambiente da sala de aula retraídas e na defensiva. Essas crianças parecem carecer de um senso de pertencimento à comunidade de aprendizado. Trabalhar com os alunos de primeiro e segundo anos com os mais baixos rendimentos em leitura em um ambiente de escola independente me deu a oportunidade não apenas de melhorar suas habilidades de leitura, mas também de abordar as preocupações sociais e emocionais subjacentes que são vitais para a aprendizagem. Essas crianças frequentemente são muito capazes, mas sofrem com diferenças de aprendizagem que tornam o desenvolvimento tradicional da leitura um desafio. Quando recebem instruções apropriadas para suas necessidades de aprendizagem, em conjunto com um senso de pertencimento e apoio que o programa de Disciplina Positiva promove, os resultados podem ser impressionantes.

Embora eu esteja com meus alunos apenas em uma pequena parte do dia escolar, faço das reuniões de classe uma prioridade durante nosso tempo juntos como uma maneira de demonstrar cuidado. Reunir-se em roda para essas reuniões é muito importante porque a roda representa igualdade e espaço para todos.

Acredito que dois componentes do nosso tempo juntos nessa roda tenham contribuído diretamente para o sucesso dos meus alunos na leitura. Primeiro, nós nos cumprimentamos, focando o contato visual e sorrindo enquanto damos as boas-vindas uns aos outros no grupo. Também apertamos as mãos ao nos cumprimentar, incorporando o sentido do toque em nossas conexões.

Esse simples ato de cumprimento aumentou o senso de pertencimento e conexão para meus alunos de formas que eu nunca esperava. Cumprimentar uns aos outros centraliza tanto as crianças como a mim e permite que a aprendizagem aconteça. Em segundo lugar, praticamos fazer elogios uns aos outros durante nossas reuniões de classe. Alguns exemplos de elogios que meus alunos oferecem são: "Sam é muito gentil com os outros. Ele gosta muito de aprender e ajuda as pessoas quando elas têm problemas" e "Meg é sempre gentil, sempre tem um sorriso no rosto e sempre ajuda pessoas que estão com dificuldade". A natureza genuína dos elogios que as crianças fazem umas às outras só ajuda a criar conexão, pertencimento e confiança dentro do nosso grupo. A partir desse início positivo, ensinar meus alunos a ler flui naturalmente de uma maneira que acredito que não ocorreria sem essa construção do senso de si mesmo de cada criança.

— Rosalyn Devine, Professora de leitura de primeiro e segundo anos

DICAS DA FERRAMENTA

1. Durante uma reunião de professores, faça um *brainstorming* sobre maneiras de mostrar aos alunos que você se importa. Os exemplos incluem: sorrir, cumprimentar os alunos na porta, passar tempo especial com os alunos, pedir ajuda deles e encorajá-los frequentemente.
2. Tire uma cópia dessa lista para cada professor manter em sua mesa.
3. Verifique a lista frequentemente para mostrar diariamente que você se importa.
4. Peça aos seus alunos para criarem uma lista de maneiras que mostrem que eles se importam uns com os outros.
5. Peça aos alunos para criarem um Cartaz de Cuidado ilustrado para pendurar na sala de aula.

O que as pesquisas científicas dizem

Os Centers for Disease Control relatam que um forte senso de conexão na escola está diretamente relacionado ao aumento do desempenho acadêmico, à diminuição das taxas de abandono escolar e à frequência regular nas aulas. Além disso, os alunos que se sentem conectados na escola têm menos probabilidade de fumar cigarros, consumir álcool, ter relações sexuais, portar armas, envolver-se em violência, desenvolver distúrbios alimentares ou angústia emocional, ou considerar/tentar suicídio.[18] Quando os professores dedicam tempo para mostrar que se importam e para construir um relacionamento significativo com os alunos, fica claro que há benefícios de longo alcance. A Dra. Kathryn Wentzel, da Universidade de Maryland, examinou as relações dos adolescentes com seus professores, pais e colegas. Em sua amostra de 167 alunos do sexto ano, o apoio do professor foi um preditor positivo de motivação na escola e interesse relacionado às aulas. Responsabilidade social e busca de objetivos também foram positivamente atreladas a um relacionamento carinhoso entre professor e aluno.[19]

Outros estudos mostram resultados semelhantes, apoiando a importância de os professores formarem relacionamentos cuidadosos baseados na confiança com seus alunos.[20] Tschannen-Moran relata que o relacionamento professor-aluno é a chave para prevenir comportamentos disruptivos e que os alunos que percebem seus professores como cuidadosos colocam maior esforço em seu trabalho e demonstram um aumento na responsabilidade social. Finalmente, alunos em escolas de baixa renda e inseguras identificaram os professores que eram mais eficazes em lidar com situações difíceis como os mais cuidadosos.[21]

Este livro pode ajudar os professores a encontrarem maneiras de se conectar e mostrar diariamente que se importam. Pesquisas mostram que o senso de pertencimento dos alunos na escola diminui à medida que eles avançam para níveis de ensino mais altos.[22] Reuniões de classe, dedicar alguns minutos individuais após a aula para alunos (tempo especial) e muitas outras ferramentas de Disciplina Positiva podem ajudar alunos de todos os níveis de ensino a perceber um senso de pertencimento, que é crucial para o sucesso geral do aluno.

FOCO EM SOLUÇÕES

Às vezes o problema pode ser resolvido discutindo-o com as crianças e vendo o que elas têm a oferecer.

— Rudolf Dreikurs

Você pode ter ouvido a história sobre o homem que deixou sua casa e viajou pelo mundo em busca de riqueza. Finalmente, com um sentimento de fracasso e desespero, ele voltou para casa. Um dia, enquanto plantava um jardim, ele descobriu ouro em seu próprio quintal.

Muitos professores não sabem que têm tal riqueza em suas próprias salas de aula. Tudo o que precisam fazer é reconhecer esse fato e então "cavar para encontrar o ouro". Esse "ouro" é uma sala cheia de solucionadores de problemas. Tudo o que é necessário fazer é reconhecer esse fato, ensinar algumas habilidades de resolução de problemas aos alunos e então observar as "soluções" fluírem.

Concentrar-se em soluções é uma habilidade importante para a vida e é outro princípio fundamental da Disciplina Positiva. Uma ótima pergunta que ajuda os alunos e professores a lembrarem desse princípio é: *Você está procurando culpa ou soluções?*. Os alunos gostam de criar um pôster com esse lema para pendurar em um lugar visível na sala de aula. Depois, eles adoram lembrar uns aos outros, e especialmente os professores, sempre que alguém se concentra na culpa: "Você está procurando culpa ou soluções?".

Em vez de focar soluções, é muito comum algumas pessoas perguntarem: "Que punição deve ser aplicada por esse comportamento?". Essa é a pergunta errada. A punição é projetada para fazer as crianças pagarem pelo que fizeram no passado. "Qual é a solução que resolverá

"Não tinham giz de cera vermelho."

esse problema?" é uma pergunta melhor. Focar soluções ajuda os alunos a aprenderem para o futuro em vez de exigir que eles paguem por um evento passado que nunca poderá ser mudado.

Esteja preparado para a resistência inicial quando começar a "cavar para encontrar o ouro". É normal os alunos não saberem o quanto são capazes quando não lhes são fornecidos treinamento e oportunidades para descobrir e praticar suas habilidades de resolução de problemas. Se pedir aos seus alunos para pensarem em soluções e eles disserem "Eu não sei", você pode responder com encorajamento: "Reserve um tempo para pensar sobre isso. Você pode me dizer o que você pensou quando nos encontrarmos novamente".

Claro, se você estiver tendo reuniões de classe regulares em que seus alunos estejam praticando suas habilidades de resolução de problemas com regularidade isso vai ajudar. E, se você estiver fazendo perguntas curiosas (pp. 90 e 94) com frequência, convidará os alunos a pensarem por si próprios e a procurarem soluções.

Um conjunto de critérios para avaliar soluções pode ser resumido nos Três "R" e um "U". Uma solução deve ser:

Relacionada
Respeitosa
Razoável
Útil

Depois de fazer um *brainstorming* (tempestade de ideias) de soluções, analise cada ideia e pergunte aos seus alunos se suas soluções se encaixam nos critérios citados. Ainda melhor, envolva os alunos revezando-se para avaliar cada solução levantada a fim de determinar quais ideias correspondem aos três "R" e um "U" e quais não correspondem. Risque qualquer solução proposta que não atenda a todos os critérios. Em pouco tempo será natural para seus alunos avaliarem soluções e identificarem as mais úteis para testarem.

Recebemos o seguinte questionamento, que representa a crença de muitas pessoas: "Eu preciso fazer uma pergunta sobre punir crianças que batem em seus colegas. Na escola onde trabalho, eles não conseguem aceitar que crianças que batem em outras crianças não sejam punidas. Por favor, me dê exemplos de políticas escolares para lidar com a agressão física que não sejam punitivas e que sejam gentis e firmes ao mesmo tempo".

A resposta para esse dilema é bem simples, mas pode ser muito difícil para alguns entenderem se não tiverem feito a mudança de paradigma necessária para entender que a punição pode parecer eficaz imediatamente, mas não tem resultados positivos em longo prazo. Não faz sentido modelar o oposto do que você deseja ensinar. Punir um aluno que machucou outro é humilhante. Em vez de "fazê-lo pagar", é muito melhor fazer um aluno reparar o dano que causou a outro focando uma solução juntos.

Você já pensou que é irônico alguns adultos quererem machucar crianças como uma maneira de ensinar os filhos a não machucar os outros? Esses mesmos adultos provavelmente concordarão que ensinar pelo exemplo é o melhor professor. No entanto, quando usam a punição, eles modelam o oposto do que querem ensinar.

Como frequentemente dizemos neste livro, a punição é projetada para fazer as crianças pagarem pelo que fizeram no passado. A Disciplina Positiva, por outro lado, usa o encorajamento. Como seria a abordagem da Disciplina Positiva em comparação com a punição? Aqui estão várias possibilidades:

1. Validar os sentimentos do agressor: "Você deve ter ficado muito bravo". Sabemos que pode parecer mais lógico cuidar primeiro do aluno que foi agredido. Por que esse pode não ser o melhor método será explicado mais tarde.
2. Fazer perguntas curiosas (p. 94) de maneira gentil e amigável para descobrir o que aconteceu.
3. Em seguida, vire-se para o aluno que foi agredido e pergunte a versão dele sobre o que aconteceu. Você pode descobrir que o aluno que parece ser a vítima inocente pode ter realmente provocado a agressão.
4. Se descobrir que a agressão não foi provocada, pergunte ao agressor: "O que você pode fazer para reparar isso?".
5. Se ambos os alunos forem responsáveis, concentre-se em soluções: "Que ideias vocês dois têm para resolver esse problema?". (Revise a ferramenta "Todos no mesmo barco" na p. 201.)
6. Outra possibilidade é pedir aos alunos envolvidos que coloquem o problema na pauta da reunião de classe para que possam obter ajuda de todos sobre como fazer as pazes e resolver o problema.

Aqueles que estão convencidos de que as crianças devem ser punidas continuarão a punir. O aluno punido continuará ficando mais e mais desencorajado e estará ainda mais propenso a agredir outros no futuro. A punição inevitavelmente cria um "ciclo de vingança".

Compreender que o encorajamento é a melhor maneira de mudar o comportamento futuro manterá professores e alunos focados na busca por soluções reais. Focar soluções em vez de punição e vingança ajudará a criar paz, e não apenas na sala de aula!

Ferramenta na prática de St. Catharine, Kentucky

Como instrutora universitária para o nosso curso de Gestão de Sala de Aula: Disciplina Positiva na Sala de Aula, durante os dois semestres, observo meus alunos universitários enquanto eles são voluntários nas escolas públicas locais. Esses alunos ajudam nas salas de aula, escolhendo as séries para as quais esperam lecionar. Em troca, os professores concordaram que os alunos universitários poderiam ensinar tanto as atividades fundamentais de Disciplina Positiva como as Oito habilidades essenciais para reuniões de classe bem-sucedidas em suas salas de aula.

Em uma manhã, passei pelo diretor da escola secundária quando ele saía da sala de aula do oitavo ano. Quando cheguei, os rostos dos alunos pareciam bastante sombrios. Rapidamente, os alunos começaram por conta própria a mover suas mesas e a formar uma roda para começar sua reunião de classe. Depois de apreciações e elogios, o líder da reunião revisou as sugestões da reunião anterior e então perguntou se alguém tinha algo a discutir.

A sala ficou em silêncio. Depois de alguns momentos, minha aluna universitária levantou a mão e perguntou se havia algum problema que precisasse de soluções. Novamente, a sala ficou quieta. Eu esperei um pouco mais e finalmente disse: "Posso fazer uma pergunta?".

"Claro", foi a resposta.

"Notei que o diretor tinha acabado de sair desta sala de aula quando entrei. Alguém poderia compartilhar o que ele disse?"

"Ele estava chateado porque estamos 'fora do uniforme' e deixamos nossas camisas para fora ou não usamos nossos cintos", mencionou um aluno.

"Bom", eu perguntei: "alguém tem alguma ideia de como podemos resolver esses problemas?".

Os alunos logo entraram no modo solução. As mãos foram levantadas e o secretário rapidamente escreveu no quadro as sugestões para resolver ambos os problemas. Então os alunos votaram nas três possíveis soluções que estavam dispostos a tentar:

1. Ter dois alunos de pé na porta enquanto a turma entra e lembrar àqueles de nós que deixaram as camisas para fora para enfiá-las para dentro.
2. Os alunos que têm cintos extras podem trazê-los para a escola e colocá-los em uma caixa para armazenar cintos extras. Novamente, os dois alunos na porta podem lembrar a todos para colocar um cinto. (Os cintos seriam devolvidos à caixa no final do dia.)
3. Dois alunos se voluntariaram para fazer um pôster com lembretes para "estar uniformizado com as camisas para dentro e cintos".

Havia sorrisos por toda parte após essa reunião de classe. Os alunos não apenas assumiram a responsabilidade pelo código de vestimenta de sua escola, mas também trabalharam juntos para encontrar uma solução que fosse relacionada, razoável, respeitosa e útil.

— Mary Hogan Jones, Professora na St. Catharine College,
Trainer Certificada em Disciplina Positiva

Ferramenta na prática de San Diego, Califórnia

Um dos meninos de 9 anos da minha turma de educação especial está realmente aprendendo e absorvendo as lições de Disciplina Positiva. A Disciplina Positiva parece apelar fortemente para o seu senso de justiça. Hoje, esse aluno estava muito chateado porque a professora ia puni-lo por ser desrespeitoso, limitando onde ele poderia brincar no recreio. Quando perguntei à professora sobre isso, ela disse que estava disposta a fazer uma mudança se ele pudesse encontrar uma solução para seu comportamento desrespeitoso em sala de aula.

Sentei com ele e fizemos um *brainstorming* juntos, e quinze minutos depois esse aluno tinha soluções escritas. Todas as suas soluções eram relacionadas, respeitosas e razoáveis, então conversamos sobre qual ele queria tentar primeiro. Ele decidiu que, se o seu carrinho de brinquedo estivesse fazendo muito barulho, a professora poderia tirá-lo dele por três minutos. Se ele causasse distração novamente, teria que colocar o carrinho na mochila. Ele apresentou sua solução à professora, e ela concordou em tentar. Ele ficou muito orgulhoso de si mesmo. O carrinho não se tornou mais um problema.

— Jackie Freedman, Assistente de instrução em Educação Especial na sala de aula do quarto e quinto anos, Educadora Certificada em Disciplina Positiva

Ferramenta na prática de Poway, Califórnia

Sou professora de inglês de educação especial do Ensino Médio. Este ano, leciono para alunos do nono e décimo anos. Infelizmente, no início do ano letivo, sempre há muitos materiais distribuídos para minha turma. O problema que tive em minha sala de aula era que os alunos estavam perdendo ou não pegando os materiais quando eram distribuídos pela primeira vez, e assim não tinham os materiais necessários em sala de aula. Consequentemente, coloquei esse problema na pauta de uma reunião de classe. Dei o título de "Materiais perdidos" e expliquei que, quando os alunos não têm os materiais necessários para a aula, seu aprendizado pode ser impactado de maneira negativa. Isso era uma preocupação para mim, como professora. Quando os alunos não têm o que precisam, isso interrompe o tempo de instrução. Perguntei: "Como os alunos podem obter cópias duplicadas dos materiais distribuídos que eles não têm para a aula? Preciso da ajuda de vocês para que todos tenham o que precisam".

Durante uma reunião de classe discutimos soluções: (1) os alunos poderiam ir até o arquivo e pegar o que precisavam, desde que houvesse cópias extras; (2) os alunos poderiam compartilhar com o colega; e (3) poderíamos rastrear os materiais quando distribuídos pela primeira vez, e, se um aluno recebesse uma cópia mas não conseguisse encontrá-la depois, esse aluno ficaria responsável por copiar a de outro aluno.

O que decidimos foi que, uma vez que um material fosse distribuído para a turma, um aluno ficaria responsável por armazenar as cópias restantes em um único fichário de materiais mantido no fundo da sala de aula. Se um aluno percebesse que não tinha um material necessário, ele iria silenciosamente ao fichário e pegaria o que precisava. Se um aluno fosse ao fichário e descobrisse que estava pegando a última cópia, ele escreveria um bilhete. Seria uma das funções de sala de aula da turma copiar materiais extras e modelos para manter no fichário.

Esse sistema simples mudou a dinâmica da minha aula. Os alunos estão obtendo o que precisam de forma independente, e eu posso me concentrar na minha aula sem ser interrompida por alunos que estão sem os materiais necessários!

— Diana Loiewski, Professora do Ensino Médio, Educadora Certificada em Disciplina Positiva

DICAS DA FERRAMENTA

1. Ensine seus alunos a focarem soluções, não apenas durante as reuniões de classe, mas o dia todo.
2. Convide alguns alunos para fazerem um pôster dos seguintes passos para focar soluções:
   - Identificar um problema.
   - Fazer um *brainstorming* para o maior número possível de soluções.
   - Escolher uma solução que funcione para todos.
   - Experimentar a solução por uma semana.
   - Após uma semana, avaliar. Se a solução escolhida não funcionou, começar o processo novamente e continuar tentando.

O que as pesquisas científicas dizem

Os efeitos negativos da punição estão bem documentados, mas os estudos que abordam isso geralmente estão ocultos em periódicos acadêmicos.[23] A punição, por sua natureza, visa fazer os alunos "pagarem" pelo que fizeram, em vez de buscar soluções. A teoria da aprendizagem mostra que a punição não é benéfica para a aprendizagem e pode levar ao distanciamento de quem pune, a uma mudança para comportamentos mais negativos e até mesmo a uma resposta emocional de medo. Além disso, pesquisadores descobriram que o uso da punição para obter controle na sala de aula leva a níveis mais baixos de motivação interna. A punição, um componente-chave no ensino autocrático, demonstrou diminuir a autorregulação e aumentar o comportamento problemático.[24]

Por outro lado, existem muitos benefícios de longo prazo em desenvolver habilidades sociais e emocionais para resolução de problemas e foco em soluções. Pesquisas mostram que os alunos que estão aprendendo habilidades de autorregulação, expressão emocional, cooperação, compartilhamento e resolução de problemas têm mais probabilidade de fazer uma transição tranquila na escola e alcançar maior sucesso acadêmico.[25]

Princípios fundamentais

GENTIL E FIRME

Firmeza refere-se ao seu comportamento em uma situação de conflito: dominação significa impor sua decisão à criança.

— Rudolf Dreikurs

Como professor, você tem uma tendência a ser um pouco gentil demais e tem dificuldade em ser firme? (Você não quer ser um daqueles professores maus e autocráticos.) Ou você é um pouco firme demais porque acha que a gentileza pode ser indecisa? (Você não quer ser um daqueles professores permissivos.) Sua tendência é ser gentil até que ocorra um mau comportamento e, então, ser muito firme? É fácil cair em um ciclo de oscilação entre ser muito gentil e muito firme, especialmente quando você ensina turmas grandes com dinâmicas de sala de aula desafiadoras. Ou talvez você tenha tantos desafios individuais de alunos que se sinta sobrecarregado.

Sua reação ao comportamento dos alunos não precisa ser nem muito gentil nem muito firme. Rudolf Dreikurs promoveu o método respeitoso de ser gentil *e* firme ao mesmo tempo. Os alunos prosperam quando confiam que sempre serão tratados com gentileza, mesmo quando cometem erros. Ao mesmo tempo, eles aprendem sobre ordem quando sabem que as regras e expectativas estabelecidas estão firmemente em vigor. Ser gentil *e* firme comunica "Eu me importo e compreendo, *e* você ainda é responsável". Essa resposta congruente expressa um sentimento de confiança na capacidade de seus alunos para lidar com situações difíceis e desafios na escola.

Embora a maioria dos professores reconheça prontamente os benefícios da liderança democrática (resolução cooperativa de problemas) em oposição à liderança autocrática ("Eu sou o chefe, faça o que eu digo") e à liderança *laissez-faire* (sem estrutura e com frequência muito permissiva), pode ser

"Meu nome é Sra. Clawson e tenho mestrado em Educação Infantil... e sou faixa preta em caratê."

difícil ser consistentemente gentil *e* firme na sala de aula se não houver um plano em vigor. Para evitar uma alternância inconsistente e ineficaz entre gentileza e firmeza, a Disciplina Positiva ensina a linguagem específica que é ao mesmo tempo gentil *e* firme. Alguns professores acham útil escrever frases em Post-its para servir como lembrete visual. Os professores relatam que memorizar umas poucas frases-chave ajuda enquanto eles lidam com a difícil tarefa de implementar consistentemente uma liderança democrática gentil *e* firme na sala de aula. Aqui estão alguns exemplos de frases que ajudarão. Observe que existem muitas maneiras de demonstrar gentileza antes de estabelecer um limite firme.

- Validar sentimentos: "Percebi que você está chateado com algo *e* é hora de trabalhar no seu projeto. Estou disponível depois da escola se você quiser conversar sobre o que está te incomodando".
- Mostrar compreensão: "Entendo por que você preferiria estar fazendo outra coisa agora *e* sua tarefa precisa ser feita primeiro".
- Mensagem em primeira pessoa: "Você não quer fazer sua lição de casa *e* eu não quero que você falhe. Vamos encontrar um momento para conversar sobre o que você precisa para ter sucesso".
- Cumprir um acordo previamente estabelecido: "Notei que você não entregou sua tarefa no prazo. *E* qual era o nosso acordo sobre quando ela deveria ser feita?". Espere gentil e silenciosamente pela resposta.
- Oferecer uma escolha: "Eu sei que você preferiria estar jogando agora e *é* hora de trabalhar em silêncio. Você quer que eu segure seu celular até depois da aula, ou você pode guardá-lo na sua mochila?".

Mesmo que sejam *scripts*, lembre-se de que as ferramentas são eficazes apenas quando baseadas em princípios sólidos e quando você adiciona seu coração e sabedoria para adaptar suas palavras à situação. Se usar gentileza *e* firmeza não for eficaz, pode ser que você esteja envolvido em uma disputa por poder ou não esteja compreendendo alguma outra crença desencorajadora por trás do comportamento do aluno. Pode ser hora de construir relacionamentos por meio de outras ferramentas da Disciplina Positiva, como tempo especial ou perguntas curiosas, ou por meio da resolução conjunta de problemas durante as reuniões de classe.

Ferramenta na prática de Lima, Peru

A filosofia da Disciplina Positiva – que pretende aplicar firmeza e gentileza ao mesmo tempo, compreende emoções, capacita crianças na busca por soluções e assume que os erros são grandes oportunidades de aprendizado – abriu meus olhos para novas formas de gerenciar comportamentos na sala de aula.

Tenho aplicado a Disciplina Positiva há dois anos. No primeiro ano, meus colegas professores me disseram: "Claro, funcionou para você porque você teve um grupo de alta qualidade". No segundo ano, recebi um grupo de alunos muito difícil, e meus colegas disseram: "Vamos ver agora se você será capaz de aplicar a Disciplina Positiva". Isso me deixou ainda mais ansiosa para me esforçar a fim de ser respeitosa e firme ao mesmo tempo.

No final do ano, meus colegas observaram o quanto meu grupo tinha avançado e apreciaram o trabalho que eu tinha feito com meus alunos. Eles perceberam que o que eu tinha feito (e o que eu tinha proposto a eles para suas próprias salas de aula) poderia ser bem-sucedido porque viram as mudanças positivas nas crianças. Além disso, a professora que recebeu meus alunos do ano passado constatou que as crianças estabeleciam rotinas facilmente sem serem orientadas, que tinham a capacidade de resolver situações problemáticas e autorregular-se, e que conseguiam ouvir umas às outras com respeito e empatia.

Ela me perguntou como continuar o trabalho que eu tinha começado, e eu consegui transmitir a ela minha compreensão e experiências. Agora ela está encorajando seus colegas do quarto ano a aplicarem as ferramentas da Disciplina Positiva.

— Sandra Colmenares, Professora do terceiro ano, Educadora Certificada em
Disciplina Positiva

Ferramenta na prática do Cairo, Egito

Há um aluno no sétimo ano do Ensino Fundamental que desde a escola primária se recusava a seguir a regra da escola que exigia cabelo curto para os meninos. O fato de ele se recusar intencionalmente a cumprir essa regra estabeleceu um exemplo muito ruim para outros alunos, especialmente os mais jovens, que estão sempre observando os alunos mais velhos e seguindo os modelos que eles definem com seus comportamentos.

Este ano, decidimos tentar outras maneiras de lidar com ele sobre essa regra da escola. Primeiro, tentamos a ferramenta "Conexão antes da correção" e validamos seus sentimentos. Fizemos perguntas curiosas para explorar o que ele estava sentindo sobre esse pedido da escola e por que ele não queria respeitar essa política escolar. Depois de ouvi-lo, expressamos nossos sentimentos sobre a política e explicamos por que seu desrespeito à política era um problema. Após essa discussão privada, demos a ele escolhas limitadas: deixamos que ele escolhesse quando voltaria para a escola com o cabelo curto.

Infelizmente não fomos bem-sucedidos na primeira tentativa, mas decidimos permanecer gentis *e* firmes. Dissemos a ele de forma muito clara e calma que estávamos frustrados com a situação e explicamos o que faríamos: se não viesse para a escola com o cabelo curto, ele não teria mais acesso à escola. No dia seguinte, ele voltou para a escola mais uma vez com o cabelo comprido, então perguntamos mais uma vez o que ele entendeu sobre sua escolha. Ele reconheceu que nós dissemos a ele que não poderia vir para a escola sem cabelo curto.

No dia seguinte, ele veio para a escola com o cabelo curto. Ele estava muito orgulhoso ao nos mostrar seu cabelo, e nós o encorajamos por sua escolha. Desde então, nos encontramos com ele periodicamente para verificar se está tudo bem com ele. Mais de três meses depois, não recebemos reclamações sobre seu comportamento.

— May El Yamani, Coordenadora de assuntos estudantis e orientação, e Fabienne Labouré, Coordenadora de Disciplina Positiva na Oasis International School

DICAS DA FERRAMENTA

1. Ser muito gentil é a linguagem da permissividade, e ser muito firme é a linguagem do controle excessivo.
2. É necessário reflexão e autocontrole para ser ao mesmo tempo gentil e firme. Por exemplo:
    - "É fácil buscar culpados, e estamos focando soluções."
    - "Eu sei que você preferiria passar tempo no computador, e é hora de leitura."
3. Deixe os alunos saberem que é normal sentir o que estão sentindo, mas que nem sempre é aceitável agir de acordo com esses sentimentos: "Você pode sentir raiva e não pode magoar os outros". (Ver também "Mensagens em primeira pessoa" na p. 162.)

O que as pesquisas científicas dizem

Dreikurs utilizou a pesquisa clássica de dinâmica de grupo de Lewin para ajudar os professores a desenvolverem habilidades de liderança eficazes para a sala de aula.[26] Dreikurs desenvolveu técnicas eficazes de liderança gentil e firme na sala de aula com base nas descobertas de Lewin de que a liderança democrática de grupo (caracterizada por liberdade e ordem) era ótima em comparação com o estilo autocrático (obediência cega) ou *laissez-faire* (permissivo).[27] A pesquisa de Lewin foi realizada em um acampamento apenas para meninos em Iowa. Os conselheiros do acampamento foram treinados especificamente em cada um dos três estilos de liderança para os propósitos do estudo. As crianças no grupo com estilo de liderança democrática mostraram cooperação e compartilhamento. Seu trabalho em grupo foi bem-feito. No grupo autocrático, as crianças interagiram de acordo com as prescrições dos líderes, com suas ações controladas pelos líderes do grupo. As crianças no grupo *laissez-faire* demonstraram relativamente pouca interação ou cooperação; ao longo do tempo, foi observado que se comportavam de maneiras isoladas e desconectadas.

RESERVE TEMPO PARA TREINAMENTO

A segurança vem do sentimento de ser capaz de lidar efetivamente com qualquer coisa que a vida possa oferecer.

— Rudolf Dreikurs

Na Introdução, compartilhamos que os alunos podem aprender as características e habilidades para a vida que você espera para eles usando as ferramentas da Disciplina Positiva. A questão é: quanto tempo leva? Não há uma resposta exata para essa pergunta. Cada aluno é diferente e existem muitas circunstâncias diferentes. No entanto, algumas ferramentas parecem funcionar em segundos, como mágica, enquanto outras podem exigir mais treinamento. Pense em qualquer matéria acadêmica, como leitura. Não ficamos desapontados se os alunos não se tornam leitores do quarto ano quando estão no primeiro ano. Sabemos que leva tempo e muita prática. Assim como os alunos não dominam a leitura ou a matemática após uma única lição, uma semana ou mesmo um ano, leva tempo para aprender habilidades sociais e de vida valiosas.

Conhecemos alguns professores que tentaram uma ferramenta de Disciplina Positiva, como as reuniões de classe, e disseram: "Então, isso não funcionou. Esqueça essa ferramenta". Esses mesmos professores nunca diriam: "Meus alunos não aprenderam a ler no primeiro dia ou mesmo na primeira semana. Esqueça o ensino da leitura".

Quando Jane tentou ensinar reuniões de classe pela primeira vez, ela disse aos professores para "se prepararem para um mês de inferno", já que as crianças não estavam acostumadas à responsabilidade e às habilidades necessárias para as reuniões de classe. Então ela descobriu a importância de reservar tempo para o treinamento nas Oito habilidades essenciais para reuniões de classe bem-sucedidas (p. 100) antes de convidar os alunos a usarem essas habilidades para resolver problemas reais. "Não era que as crianças não estavam prontas; eu tive que mudar meus métodos de ensino", ela relatou. Esses novos métodos eliminaram o "mês de inferno" e ajudaram os

"Os computadores da escola têm seis meses. Como posso competir no mercado de trabalho se estou sendo treinado em equipamentos obsoletos?"

alunos a aprenderem as habilidades para o sucesso. De fato, reservar tempo para treinamento é importante para usar muitas das ferramentas da Disciplina Positiva. Na próxima seção "Ferramenta na prática", você verá como a encenação foi usada para reservar tempo para o treinamento.

Ferramenta na prática do Cairo, Egito

Em setembro de 2015, adotamos a abordagem da Disciplina Positiva em nossa escola, desde as classes do Ensino Infantil até o Ensino Médio. Como na maioria das escolas, enfrentamos algumas situações bastante desafiadoras. Tentamos resolver esses problemas usando a Disciplina Positiva. Eu gostaria de compartilhar uma situação que aconteceu em novembro passado (um dia antes de um feriado) em uma aula de biologia do Ensino Médio com um de nossos alunos do nono ano. Um aluno estava se movendo pela sala, perturbando a aula. A professora pediu para ele voltar ao seu lugar, mas ele se recusou na frente de toda a turma.

Para evitar uma disputa por poder, a professora decidiu ignorar a situação e continuar sua aula. No final da aula, ela pediu para ter uma reunião com o aluno. Eu também participei. Durante a reunião, usamos perguntas curiosas para perguntar ao aluno exatamente o que havia acontecido. Então o convidamos a participar de uma encenação em que ele era o professor e sua professora era a aluna. Depois da encenação, perguntamos o que ele estava pensando e sentindo quando estava no papel de seu professor. Sua professora também compartilhou seus sentimentos quando estava interpretando o papel de aluna. Ele ficou muito tocado pela encenação e pela conversa com sua professora, porque isso o ajudou a compreender o que havia acontecido na aula por outra perspectiva (a de sua professora e de seus colegas). Em seguida, nós o convidamos a pensar em como poderia se recuperar do erro que cometeu ao interromper a aula. Ele primeiro reconheceu exatamente o que tinha feito de errado e decidiu apresentar suas desculpas à professora durante nossa reunião. Ele também decidiu enviar um *e-mail* para toda a turma explicando a situação e pedindo desculpas. (Ele preferiu enviar o *e-mail* imediatamente em vez de esperar até voltarmos à escola após o feriado.) Para resolver a situação, ele concordou em ter uma atitude respeitosa na aula de biologia, e, se precisasse se mover durante a aula, comunicaria respeitosamente sua professora em vez de interromper a aula.

Temos tido *feedback* regular com a professora sobre o comportamento desse aluno, e ele está realmente trabalhando em sala de aula e não perturbando os outros.

— May El Yamani, Coordenadora de assuntos estudantis e orientação, e Fabienne Labouré, Coordenadora de Disciplina Positiva na Oasis International School

Ferramenta na prática de Atlanta, Geórgia

Ter um plano bem desenvolvido para uma sala de aula que funcione sem problemas é um objetivo para muitos professores. Para desenvolver esse tipo de máquina bem ajustada na qual a aprendizagem dos alunos é o foco central, é importante reservar um tempo para o treinamento. Em minha experiência, os alunos querem estar de alguma maneira no comando de sua aprendizagem. Como há tantas coisas para administrar em uma sala de aula de maneira eficaz, muitas vezes priorizo meus objetivos com base nas necessidades de minha turma atual.

Para manter o caos a distância, peço às crianças para levantar a mão e esperar sua vez ao responder a uma pergunta. Essa é uma prática ótima e minimiza o nível de ruído. Mas e quanto ao aluno que está levantando ou agitando freneticamente a mão, mas não tem intenção de responder à pergunta? Estou me referindo ao aluno que precisa ir ao banheiro. Essa criança e sua necessidade podem se perder no mar de mãos erguidas.

Para aliviar tal situação e a emergência que ela implica, peço às crianças para colocarem o polegar para cima se precisarem de uma pausa imediata para ir ao banheiro. Esse é um sinal silencioso e direto para mim de que uma pausa para esse aluno é necessária. Também pode ser reconfortante para eles saberem que não somos tão arregimentados a ponto de permitir que as pausas ocorram apenas no meio da manhã e após o almoço.

Como reservo tempo para aulas sobre esse sinal silencioso de polegar para cima, não tenho visto abusarem desse plano. No começo, alguns podem querer experimentar o "sinal mágico". Mas, depois de reservar tempo para treinamento e prática, isso se torna apenas mais uma parte de nosso protocolo de sala de aula que contribui para o senso de propriedade e responsabilidade dos alunos.

— Patty Spall, Professora do primeiro ano, St. Jude the Apostle Catholic School, Atlanta, Geórgia

DICAS DA FERRAMENTA

1. As reuniões de classe oferecem um excelente exemplo de situação em que a Disciplina Positiva pode falhar em razão da falta de treinamento. As Oito habilidades essenciais para reuniões de classe bem-sucedidas (p. 100) fornecem aos alunos o treinamento necessário para o sucesso.
2. Reserve um tempo para praticar cada habilidade com os alunos antes de enfrentar desafios reais.
3. Use problemas fictícios, mas típicos, para fazer jogos de dramatização como uma maneira divertida de praticar.
4. Algumas habilidades podem levar vários dias ou semanas para serem dominadas. Outras habilidades podem levar apenas um ou dois dias.
5. Encoraje a aprendizagem com os erros sempre que as coisas não saírem como planejado.

O que as pesquisas científicas dizem

Emmer e Stough revisaram uma extensa pesquisa sobre os princípios do ensino eficaz.[28] Esses estudos incluem salas de aula altamente heterogêneas e classes com muitos alunos de estratos socioeconômicos mais baixos. As descobertas indicam que, no início do ano letivo, os professores eficazes dedicam tempo para ensinar expectativas e procedimentos da sala de aula aos seus alunos de maneiras muito específicas. Eles planejam e ensinam cuidadosamente rotinas e procedimentos para atividades em sala de aula, mesmo que o treinamento leve várias semanas. Os professores eficazes monitoram o comportamento dos alunos e dedicam tempo adicional, conforme necessário, para trabalhar de perto com cada aluno em relação às expectativas e procedimentos de sala de aula. Essa ênfase em dedicar tempo para o treinamento resulta em um clima mais positivo e aumenta a cooperação dos alunos durante todo o ano escolar.

ERROS COMO OPORTUNIDADES DE APRENDIZAGEM

Cometer erros é humano. Considere seus erros inevitáveis em vez de se sentir culpado, e você aprenderá melhor.

— Rudolf Dreikurs

Os erros não são tão importantes quanto o que fazemos depois de cometê-los.

— Rudolf Dreikurs

Os alunos podem ser ensinados a sentir vergonha quando cometem um erro, ou podem ser ensinados a ficar animados com as oportunidades de aprendizado que os erros apresentam. O primeiro leva à baixa autoestima e ao medo de aprender. O segundo leva a um senso de confiança, capacidade e resiliência.

Muitos de nós crescemos acreditando que os erros eram vergonhosos, então decidimos que deveríamos fazer uma ou todas as seguintes coisas:

1. Não correr riscos com medo de cometer erros.
2. Se cometer um erro, tentar escondê-lo – mesmo que isso signifique mentir sobre ele.
3. Encontrar desculpas ou, ainda melhor, culpar outra pessoa.
4. Tornar-se um perfeccionista e obsessivo em não cometer erros.
5. Decidir que você não é "bom o suficiente" porque não é perfeito.

Imagine uma sala de aula onde os erros são celebrados e bem-vindos como oportunidades de aprendizado. Nessa sala, os alunos se sentem seguros (e até encorajados) a compartilhar seus erros e o que aprenderam com eles. Quando o erro cria um problema, os alunos são encorajados a focar soluções. Quando o erro envolve sentimentos feridos, os alunos (e professores) podem usar os Quatro "R" da reparação dos erros para fazer as pazes:

"Bem, estou dentro da margem de erro?"

1. Reconheça que você cometeu um erro. Sinta a vergonha e depois a deixe ir embora.
2. Assuma a responsabilidade pelo seu erro sem culpa ou vergonha.
3. Reconcilie-se pedindo desculpas. (Os alunos são muito propensos a perdoar quando outros, incluindo adultos, estão dispostos a se desculpar. A resposta universal é "Tudo bem".)
4. Resolva, concentrando-se em soluções para o futuro.

Professores que dedicam tempo para celebrar os erros e compartilhar seus próprios erros ajudam os alunos a desenvolverem uma atitude saudável e habilidades que lhes servirão ao longo de suas vidas.

Ferramenta na prática de Yangpyeong, Coreia

Um dia, um dos meus alunos esbarrou em uma mesa por acidente e muitos materiais escolares caíram no chão. Eu estava prestes a ficar irritado e repreendê-lo. No entanto, antes que eu falasse, vários alunos foram até a mesa dele e o ajudaram a organizar o que havia caído. Esse aluno agradeceu aos amigos pela ajuda.

Um dos meus alunos me disse: "Nossa turma não condena nem envergonha, mas nos ajudamos quando um amigo comete um erro".

Meus alunos estavam me ensinando o que eu estava ensinando a eles, e eu lamentei que estivesse prestes a condenar um aluno por um contratempo simples e honesto.

— Seonghwan Kim, Professor do sexto ano, Escola Primária Johyeon

Ferramenta na prática de Paris, França

Eu estava ajudando uma professora a implementar a Disciplina Positiva em sua turma de crianças de 9 anos. Quando cheguei à escola naquele dia, todas as meninas vieram até mim no recreio, como passarinhos, todas falando ao mesmo tempo e me dizendo que havia um ladrão na sala de aula. Sugeri discutirmos isso durante uma reunião de classe.

Durante a reunião de classe, elas explicaram que um ladrão havia roubado a bola do lugar da pausa positiva. Então perguntei a elas: "Quando cometemos um erro, nos tornamos o erro que cometemos?".

Todas responderam ao mesmo tempo: "Não, não nos tornamos um erro!".

Então eu disse: "Quando vocês dizem que há um ladrão, estão dizendo que a pessoa é o erro que cometeu. Mas o erro é o que a pessoa fez, não quem ela é. Se alguém roubou a bola, como vocês acham que essa pessoa se sente?".

Elas responderam que a pessoa deve se sentir terrível e deve se arrepender totalmente de ter feito isso.

Eu estava começando a sugerir que a criança poderia devolver a bola em um momento em que ninguém estivesse olhando quando, para surpresa de todos, um menino levantou a mão com a bola na mão e disse: "Fui eu que peguei. Desculpe".

Todas as outras crianças olharam para ele e disseram: "Uau, isso foi realmente corajoso da sua parte. Obrigado por devolver a bola".

Ele disse: "Eu gostei muito da bola, e agora entendi que não foi legal fazer isso".

Fiquei impressionada ao ver que a criança se sentia segura o suficiente na sala de aula para admitir seu erro. Ele sabia que cometer um erro era uma oportunidade de aprendizado e que ele poderia se recuperar disso.

— Nadine Gaudin, Professora de Pré-escola e Ensino Fundamental, Trainer Certificada em Disciplina Positiva

Ferramenta na prática de Seattle, Washington

Eu queria compartilhar uma história sobre pedir desculpas por um erro. Na nossa aula de Disciplina Positiva na sala de aula, nós, professores, falamos sobre pedir desculpas e mostrar aos nossos alunos que também cometemos erros e nem sempre conseguimos manter a calma. Naquela noite, eu tinha um concerto de tambores africanos para as turmas do quarto e quinto anos, e estava usando a aula de música para praticar com os alunos. Um dos meus alunos do quarto ano, que é um dos mais talentosos e líder no tambor, não estava levando a prática a sério. Ele estava fazendo bagunça, sendo bobo e acabou distraindo todo o grupo. Sem paciência, às vésperas da apresentação, chamei a atenção dele diante de toda a classe. Assim que o humilhei na frente do grupo, vi que ele estava arrasado. Sabia que tinha cometido um erro. Terminamos a prática, e ele se saiu muito bem. No final da aula, chamei-o de lado e disse: "Só queria pedir desculpas por ter chamado sua atenção na frente de toda a classe. Você sempre trabalha muito, e eu perdi a paciência e não devia ter feito isso".

Ele imediatamente sorriu e disse: "Não, eu não estava seguindo suas instruções, e posso me comportar melhor".

Respondi: "Sim, você pode, mas ainda sinto muito pela forma como lidei com a situação".

Naquele momento, tudo o que tínhamos discutido e praticado finalmente se encaixou – não apenas com esse aluno do quarto ano, mas também com muitos outros alunos. Eu me seguro, respiro e penso na criança antes de me irritar.

— Tricia Hill, Professora de música na Woodside Elementary, após participar
de um curso de Disciplina Positiva em sala de aula com Casey O'Roarty, Trainer
Certificada em Disciplina Positiva

DICAS DA FERRAMENTA

1. A verdadeira disciplina ajuda as crianças a aprenderem com seus erros. A punição faz as crianças pagarem por seus erros.

2. Coloque um pôster com os Quatro "R" da reparação dos erros (pp. 62-63) em um lugar onde os alunos possam usá-los para praticar aprender com os erros de maneiras respeitosas e encorajadoras.

3. Compartilhe histórias com seus alunos em que você seguiu os Quatro "R" da reparação após um erro.

4. Se o erro do aluno exigir reparação ou uma solução, envolva o aluno (ou toda a classe) em um plano para a melhor maneira de fazer reparos ou para um *brainstorming* de soluções.

5. Compartilhe histórias inspiradoras sobre grandes homens e mulheres que cometeram erros e aprenderam com eles, como Thomas Edison, que é amplamente mencionado como tendo dito: "Eu não falhei. Eu encontrei dez mil maneiras que não funcionam".

6. Uma vez por semana, durante as reuniões de classe, passe o bastão de fala ao redor da roda e convide os alunos a compartilharem um erro que cometeram e o que aprenderam com ele.

O que as pesquisas científicas dizem

Carol Dweck, professora e pesquisadora da Universidade de Stanford, estudou extensivamente a aprendizagem relacionada ao processamento de erros e falhas.[29] Em suas pesquisas, Dweck descobriu que os alunos que percebem os erros como oportunidades de aprender e crescer são mais bem-sucedidos em longo prazo em comparação com os alunos que evitam tarefas difíceis porque temem cometer erros. Dweck aponta que os alunos que são ensinados a abraçar os erros como oportunidades desenvolvem estratégias que levam a um maior sucesso acadêmico e pessoal. Esses alunos parecem ter um maior senso de autoeficácia e motivação para enfrentar tarefas mais difíceis.

Kornell, Hays e Bjork relataram que os alunos que cometeram erros em testes demonstraram uma aprendizagem aprimorada quando os erros foram avaliados como oportunidades de aprendizagem.[30] Suas descobertas mostram que assumir tarefas mais desafiadoras – e cometer erros – na verdade proporciona uma oportunidade mais profunda de aprendizado. Outros pesquisadores identificam o papel importante dos erros no desenvolvimento da autodisciplina.[31] Os alunos precisam ser autorizados a cometer erros para crescer e aprender.

3
FORMANDO UM VÍNCULO

CONEXÃO ANTES DA CORREÇÃO

Os efeitos benéficos da construção moral, proporcionando um sentimento de união e considerando as dificuldades como projetos de compreensão e melhoria, e não como objetos de desprezo, superam qualquer dano possível.

— Rudolf Dreikurs

"Eu canalizei John Dewey. Ele diz que, se você quiser ser um bom professor, não ensine a ler nem a escrever. Ensine os alunos."

De onde tiramos a ideia maluca de que, para motivar as crianças a agirem melhor, primeiro temos de fazê-las se sentir pior? Infelizmente, essa ainda é a abordagem utilizada por muitos pais e professores nas suas tentativas de motivar os alunos a melhorarem o seu comportamento e a sua aprendizagem.

Fazer as crianças se sentirem pior cria distância e hostilidade, não melhora de comportamento. Pesquisas deixam muito claro que a conexão cria proximidade e confiança, bem como uma plataforma para correção gentil e firme que motivará a mudança. Sabe-se que as crianças agem melhor quando se sentem melhor! Quando os alunos têm um senso de conexão e capacidade, eles podem aprender. Alfred Adler chamou isso de necessidade de um senso de pertencimento – o objetivo principal de todas as pessoas.

Alguns argumentam que ajudar os alunos a se sentirem bem depois de terem se comportado mal só vai "dar a eles o que querem" e reforçar o mau comportamento. Isso ocorre porque eles entendem mal o que significa "ajudá-los a se sentirem bem". Ajudá-los a se sentirem bem não significa ceder ou mimar. Não significa perder uma disputa por poder. Significa compreender como funciona o cérebro e compreender que os alunos precisam se sentir seguros e respeitados antes de poderem ter acesso ao córtex pré-frontal para o pensamento racional. Trata-se de "conquistar os alunos" em vez de "ganhar dos alunos".

A conexão, para ajudar os alunos a se sentirem seguros e respeitados, é uma ferramenta fundamental da Disciplina Positiva e, portanto, é a base de muitas das ferramentas. Queremos começar com alguns exemplos de como usar abraços para criar uma conexão. Abraços podem não parecer apropriados para alunos mais velhos, mas um cumprimento com o punho fechado, um *high-five* ("toca aqui") ou simplesmente validar os sentimentos, podem transmitir a mesma mensagem; outros métodos para se conectar com alunos mais velhos são transmitidos em histórias de sucesso posteriores.

Ferramenta na prática de Portland, Oregon

Steven Foster, Professor de Educação Especial, compartilhou estas duas histórias sobre abraços.[32]

História do abraço nº 1

Hoje, um menino de 4 anos saiu furioso da mesa de arte, gritando que estava "bravo, frustrado e infeliz". Minha assistente o seguiu até a almofada confortável, onde ele havia se enrolado em um cobertor e agora gritava sem palavras e chutava a almofada. Ele se recusou a falar com a assistente, apenas continuando a gritar.

Eu me sentei ao lado dele e sussurrei: "Preciso de um abraço".
Ele continuou gritando e se contorcendo.

Depois de cerca de quinze segundos, repeti: "Preciso de um abraço".

Ele parou de gritar e se debater, mas ficou de costas para mim.

Mais dez segundos. "Eu preciso de um abraço".

Depois de uma longa pausa, ele se virou, subiu no meu colo e me abraçou.

Perguntei se ele queria voltar sozinho para a mesa de arte ou se queria que eu fosse com ele. Ele me pediu para ir com ele. Ele voltou, terminou seu projeto com alegria e saiu da mesa.

História do abraço nº 2

Durante minha aula de habilidades sociais para crianças em idade pré-escolar, Ryan estava tendo uma manhã horrível: batendo repetidamente nas crianças, mandando os adultos calarem a boca, correndo para longe etc.

Perto do fim do dia, chamei-o de lado e disse-lhe que parecia que ele estava tendo um dia muito difícil: as crianças estavam bravas com ele, ele mandava os adultos calarem a boca. Previsivelmente, ele me disse para calar a boca... de novo.

Perguntei-me em voz alta se teria acontecido alguma coisa em casa que o estivesse incomodando.

"Cale a boca!"

Eu disse que queria muito ajudá-lo, mas não sabia o que fazer.

"Cale a boca!"

Perguntei se ele queria um abraço.

"Não!"

Eu disse: "Hum. Você está se sentindo muito estranho e não quer um abraço. Quer saber? Eu poderia usar um abraço. Você vai me dar um?

Olhar fixo.

Eu não disse nada.

Ele se lançou sobre mim e me apertou.

"Uau, que lindo abraço! Eu poderia usar outro assim."

Ele me deu outro e fomos fazer um lanche. Sua vida ainda poderia estar um caos, mas seus últimos dez minutos de aula transcorreram bem. Os abraços podem ser uma ferramenta poderosa, mesmo nos momentos de birra.

— Steven Foster, Professor de Educação Especial, Lead Trainer Certificado em Disciplina Positiva e coautor de *Disciplina Positiva para crianças com deficiência*

Ferramenta na prática de San Ramon, Califórnia

Um aluno estava tendo dificuldade em manter o foco na aula. Ele era muitas vezes desrespeitoso e se desconcentrava facilmente da tarefa.

Fiz um esforço para me conectar com ele diariamente. Cumprimentava-o na porta, fazia um *check-in* (verificação) para saber como ele estava e conversava com ele sobre assuntos não relacionados à aula. Aos poucos consegui construir um relacionamento com ele que me permitiu ter uma discussão objetiva sobre sua atitude em sala de aula, sem que eu parecesse ameaçador ou negativo.

— Shanin McKavish, Professor do Ensino Médio

Ferramenta na prática de San Diego, Califórnia

Achei o conceito de "conexão antes da correção" particularmente poderoso e tenho muitas lembranças de momentos em que esse conceito me ajudou a manter a calma, para que eu pudesse ajudar com sucesso uma criança a manter a calma também.

Por exemplo, uma das minhas alunas com deficiência, uma menina de 10 anos, decidiu um dia que não queria ir para a fila depois do recreio. Ela não apenas se recusava a ir para a fila como decidiu no corredor, o que era proibido.

Eu poderia ter gritado e ameaçado a aluna. Em vez disso, optei por me abaixar, ficar na altura dos olhos dela, descruzar os braços e sorrir. Então perguntei por que ela não estava na fila com as outras crianças. Ela respondeu que não "estava com vontade".

Quando perguntei se estava brava com uma amiga, ela confirmou meu palpite.

Eu validei seus sentimentos, dizendo que também brigava com meus amigos quando tinha a idade dela. Então perguntei o que ela precisava fazer para se sentir melhor.

Ela disse que gostaria de poder conversar com a amiga e fazer as pazes.

Eu a consolei dizendo que as duas poderiam discutir a situação quando voltássemos para a aula.

Quando voltamos para a sala de aula, ela e a amiga saíram da sala para conversar. Em cinco minutos elas voltaram prontas para aprender.

— Jackie Freedman, Assistente de Educação Especial, sala de aula do quarto e quinto anos, Educadora Certificada em Disciplina Positiva

Ferramenta na prática de San Diego, Califórnia

Uma aluna chegou à escola usando uma camisa com uma cava decotada embaixo dos braços – uma blusa inadequada para a escola. O diretor foi avisado e dirigiu-se à sala.

ALUNA: Oh, vou ter problemas?
DIRETOR: Não, você não está com problemas. Você está adorável hoje.
ALUNA: Obrigada.
DIRETOR: Essa blusa que você está usando é adorável. Só um pouco aberta demais para a escola.
ALUNA: Ah. Eu poderia vestir minha camiseta de tênis.
DIRETOR: Isso seria ótimo.

Em vez de repreender a aluna, o diretor fez uma conexão adorável com ela e depois gentilmente a informou de que a blusa era imprópria para a escola. Essa aluna normalmente rebelde chegou à sua própria conclusão sobre como corrigir o problema e o fez de boa vontade e com espírito positivo.

— Sheri Johnson, Diretora da Health Sciences High and Middle College

DICAS DA FERRAMENTA

1. Conexão antes da correção é a melhor maneira de motivar a mudança de comportamento. Exemplos:
   Conexão: Vejo que você está frustrado e com raiva.
   Correção: Não há problema em sentir o que você sente, mas não é correto bater. O que mais você poderia fazer?
   Conexão: Eu me importo com o que você tem a dizer.
   Correção: Vamos encontrar tempo para sentar juntos e pensar em soluções que sejam respeitosas para todos.
2. Consultar a ferramenta "Reuniões de classe" (p. 99) para conhecer uma das melhores maneiras de ajudar as crianças a alcançarem um senso geral de conexão e pertencimento.

O que as pesquisas científicas dizem

Pesquisas sobre vínculo com a escola já se estendem por várias décadas, demonstrando que ter uma conexão positiva na escola é um fator primordial para o desempenho acadêmico. Estudos relacionados à conectividade com a escola identificam especificamente a importância da relação entre professor e aluno. O Estudo Longitudinal Nacional de Saúde do Adolescente (*The National Longitudinal Study of Adolescent Health*) relatou que a conexão escolar era o fator mais forte na proteção dos alunos contra comportamentos negativos.[33] Esse estudo longitudinal incluiu mais de 36 mil alunos do Ensino Fundamental e Médio. As descobertas indicam que a conectividade com a escola está associada à diminuição do consumo de drogas e álcool, à diminuição do comportamento sexual precoce e menos violência, bem como à diminuição de muitos outros comportamentos de risco. Outros estudos mostram que o vínculo com a escola está positivamente relacionado com uma autoestima saudável, autoeficácia, otimismo e relações positivas com os colegas.[34] Em um estudo relacionado, 476 adolescentes do sexto e sétimo anos foram avaliados com base no nível de conectividade com a escola ao longo de um ano. Os resultados mostraram que os elevados níveis de vínculo escolar compensaram os efeitos adversos das relações familiares negativas, tanto para os meninos como para as meninas. Além disso, o vínculo escolar diminuiu a ocorrência, por vezes observada, em meninas de menor esforço escolar. Ou seja, as meninas que tinham tendência a não se esforçar nos estudos acadêmicos na verdade se esforçavam mais quando tinham um senso de conexão com a escola. Quando os professores reservam tempo para conexão antes da correção, os benefícios são de longo alcance. A motivação, a autorregulação e a atitude dos alunos em relação à escola melhoram.[35]

SAUDAÇÕES

A professora tem uma chance de conquistar o aluno no primeiro dia de aula se ficar na porta e cumprimentar cada aluno pessoalmente.

— Rudolf Dreikurs

Cumprimentar os alunos quando eles entram na sala de aula é uma oportunidade de conexão que não deve ser desperdiçada. Ouvimos uma aluna do sexto ano nos dizer que se lembrava vividamente dos professores entre a Educação Infantil e o sexto ano que a cumprimentaram e daqueles que não a cumprimentaram.

Você notará que muitas das ferramentas da Disciplina Positiva funcionam bem quando combinadas com outras. A ferramenta "Saudação" está vinculada ao mesmo propósito fundamental que está por trás da ferramenta "Conexão antes da correção" e da ferramenta "Tempo especial" porque ajuda os alunos a sentirem imediatamente o quanto você se importa. Para alguns alunos, sua saudação matinal pode fazer toda a diferença na forma como eles abordam o dia inteiro na escola.

Cumprimentar seus alunos pode ser contagiante – seguindo seu exemplo, os alunos começarão a se cumprimentar. Na verdade, ser o recepcionista matinal pode ser uma das funções na sala de aula que se alternam entre os alunos. Modelar maneiras positivas e afetuosas de cumprimentar uns aos outros pela manhã (e até mesmo dramatizar se os alunos precisarem de prática) pode ser um passo importante, dependendo do ano.

Estudos mostram que os alunos ficam mais envolvidos na aprendizagem quando os professores dedicam alguns poucos minutos para se conectar.

"Oba, que bom! Vocês estão todos aqui hoje!"

Ferramenta na prática de Raleigh, Carolina do Norte

Todas as manhãs, cerca de vinte minutos antes do início do dia escolar, eu seguro a porta aberta da frente da escola para alunos e visitantes. Tenho a oportunidade de cumprimentar os alunos com um sorriso e um olhar nos olhos. Às vezes falamos: "Bom-dia". "Obrigado". "De nada". Às vezes simplesmente acenamos um para o outro. Mas segurar a porta aberta é um evento regular, lembrado por muitos ex-alunos. É um tempo bem aproveitado para o diretor ficar nos corredores, observando a frente do *campus*, incluindo a fila de carros na hora do desembarque dos alunos.

Cada vez mais, tenho notado que os alunos seguram as portas abertas para os colegas e para os convidados. Ocasionalmente, os alunos seguram a porta aberta para mim com um sorriso e a consciência de que eles também gostam de fazer parte da gentileza e da conexão.

— Thomas Humble, Ph.D., Diretor, Raleigh Charter High School

Ferramenta na prática de Eureka, Illinois

Tive recentemente uma experiência maravilhosa enquanto fazia um treinamento de acompanhamento em uma pequena escola católica com a qual tinha feito outros treinamentos no ano passado. Tive um mês de agosto bastante movimentado, visitando muitas escolas para treinamento contínuo de professores, e o St. Mary's foi meu último compromisso. Eu me sentia um pouco sem energia e aquela manhã tinha sido difícil em casa.

Quando cheguei ao St. Mary's, o padre me cumprimentou calorosamente, perguntando como eu estava, e eu disse a ele que estava bem, mas admiti que havia tido um começo difícil naquela manhã. As pessoas se reuniram em volta da mesa e ele iniciou, como sempre faz, com uma oração, e então disse: "Acho que vamos começar a sessão desta manhã com uma Lava Jato, e vamos para a Lava Jato Dina".

Agora, para aqueles que nunca ouviram falar de Lava Jato, é algo que fazíamos na minha antiga escola quando alguém precisava de um pouco de encorajamento. Colocávamos essa pessoa no centro do círculo (apenas figurativamente) e a "lavávamos" com reconhecimentos e apreciações. A ideia é de que, assim como as escovas grandes e o sabão com espuma deixam seu carro, que estava empoeirado e sujo, todo brilhante e limpo como novo, uma lavagem humana de apreciações deixa você esperançoso e encorajado a continuar tentando.

Eu havia compartilhado a ideia com eles no ano anterior e tinha esquecido completamente que havia contado a eles sobre isso. Então, o padre começou com um belo reconhecimento de tudo o que havia aprendido comigo e o quanto apreciava meu estilo de apresentação. Então, todas as pessoas do círculo me agradeceram. Até as três novas pessoas da equipe que não me conheciam e não sabiam nada sobre Disciplina Positiva participaram. Eu simplesmente fiquei lá e observei todos eles, ainda um pouco em estado de choque! Depois que todos falaram, agradeci novamente e começamos nossa manhã.

Eu me senti tão diferente, como se tivesse sido literalmente transformada. Percebi que fiquei relaxada durante toda a manhã e que a informação que queria compartilhar saiu facilmente da minha boca. Eu me senti muito presente no grupo e consegui responder às perguntas de forma muito confiante e positiva.

— Dina Emser, ex-Diretora da Blooming Grove Academy, Lead Trainer em Disciplina Positiva

Ferramenta na prática de Atlanta, Geórgia

Um dos pontos altos do meu dia é ficar na porta todas as manhãs e iniciar um breve diálogo com cada um dos meus alunos. A boa vontade é contagiante! Beneficia quem dá e quem recebe. Seja sobre o jogo de beisebol da noite anterior, seu lanche favorito, brincos novos, um penteado fofo ou um sorriso contagiante, cada comentário nos une muito mais do que uma aula.

As saudações também convidam a conversa entre eles, e as crianças observam detalhes sobre seus colegas de classe que poderiam ter passado despercebidos antes de verem um modelo de comportamento positivo. Apreciações, acenos de concordância e expressões de empatia iniciam nossa manhã. É muito poderoso ver as crianças se conectarem e carregarem esse espírito ao longo do dia.

— Patty Spall, Professora do primeiro ano, St. Jude the Apostle Catholic School

DICAS DA FERRAMENTA

1. Cumprimente cada aluno na porta com "Bom-dia".
2. Você pode querer adicionar um aperto de mão ou um *high-five* ("toca aqui").
3. Se notar algo específico (como uma mudança de penteado ou um sorriso feliz), mencione.
4. As saudações matinais também podem ser uma função rotativa – um aluno fica ao seu lado para dar as boas-vindas aos colegas.
5. Os alunos também podem se revezar no final do dia dizendo "Tchau" ou "Tenha um bom-dia".

O que as pesquisas científicas dizem

Allday e Pakurar estudaram sistematicamente o efeito das saudações dos professores no comportamento dos alunos.[36] Nessa pesquisa, os professores foram instruídos a cumprimentar os alunos à porta usando o nome do aluno e uma frase positiva. Não foram oferecidos roteiros específicos em razão da necessidade de que essa interação fosse percebida pelos alunos como sincera e coerente com o ambiente. Os resultados mostraram que as saudações aumentaram o comportamento dos alunos nas tarefas em sala de aula de 45 para 72% durante a fase de "intervenção" da saudação. As saudações dos professores podem ser facilmente implementadas nas salas de aula para melhorar o comportamento dos alunos nas tarefas.

Marzano e Marzano relatam pesquisas que mostram que as ações dos professores impactam o desempenho dos alunos mais do que o currículo, a avaliação, a escolaridade do corpo docente ou o envolvimento da comunidade. Além disso, estudos mostram que a qualidade da relação aluno-professor é fundamental para uma gestão eficaz da sala de aula.[37]

TEMPO (MOMENTO) ESPECIAL

O maior estímulo para o desenvolvimento da criança é expô-la a experiências que parecem estar fora do seu alcance mas não estão.

— Rudolf Dreikurs

Como orientadora educacional, Kelly tinha aulas de trinta minutos em cada sala de aula todas as semanas. É comum, principalmente para os alunos mais novos, precisar de estrutura e rotina durante a transição da saída do professor da sala para a entrada da Kelly e o início da aula. Para uma turma da Educação Infantil, essa transição parecia particularmente desafiadora, porque eles vieram do parquinho. Passar alguns segundos conectando-se com os alunos ajudou. Kelly identificou alunos que poderiam parecer inquietos ou nervosos após o recreio e foi até lá para um rápido "olá" enquanto os outros alunos penduravam os casacos e se acomodavam na sala de aula.

Um aluno em particular parecia ter dificuldade em entrar porque estava concentrado no jogo de futebol que terminava rapidamente no final do recreio. Esse aluno muitas vezes tinha sentimentos para compartilhar sobre algo que não era justo no jogo (do seu ponto de vista). Levou alguns segundos para cumprimentá-lo com contato visual, e validar seus sentimentos com apenas uma frase ou duas facilitou uma transição suave. Depois que Kelly se conectou com esse aluno, ele se sentiu ouvido e conseguiu se concentrar mais facilmente na atividade seguinte em sala de aula, em grupo. Na hora do *brainstorming*, esse aluno sempre tinha algumas das melhores soluções. Os poucos segundos de tempo especial fizeram toda a diferença.

Muitos professores relataram que simplesmente passar alguns minutos depois da escola (ou qualquer outro

"Eu quero que você se sente aqui na frente próximo à minha mesa. Não é para eu manter meus olhos em você. É algo relacionado ao feng shui."

momento sozinho) com um aluno em um tempo especial o ajudou a se sentir encorajado o suficiente para parar de se comportar mal, mesmo que o mau comportamento não fosse mencionado durante esse período.

Um dos princípios fundamentais mais importantes da Disciplina Positiva, se não o mais importante, é a conexão, que muitas vezes leva poucos minutos. (Essa é uma das razões pelas quais o princípio é repetido com tanta frequência.) A conexão é a chave para ajudar os alunos a se sentirem pertencentes e importantes.

Estudos mostram que o maior indicador do sucesso dos alunos é o grau em que eles sentem o vínculo com a escola.[38] The Centers for Disease Control relatam que, quando os alunos percebem que os seus professores se preocupam com eles, isso serve como um fator de proteção significativo. Estudos mostram que, quando os alunos se sentem vinculados com a escola, é menos provável que se envolvam em comportamentos de alto risco. Além disso, os alunos que têm um senso de pertencimento e de importância na escola têm maior probabilidade de alcançar notas e resultados mais elevados em testes, bem como melhores registros de frequência escolar. Isso demonstra que a conexão muitas vezes é a correção.

Para garantir que você passe algum tempo especial com cada aluno, faça uma lista com os nomes de todos eles e coloque uma marca de seleção ao lado do nome do aluno depois de passar algum tempo especial programado.

Robert Rasmussen, professor do Ensino Médio em Salt Lake City, Utah, que mencionamos no Capítulo 2, teve quatro aulas de história. Ele decidiu testar essa teoria de que o tempo especial faz a diferença passando um tempo especial com cada aluno de duas de suas turmas, com metade dos alunos de uma de suas turmas e com nenhum dos alunos da quarta turma. Para realizar essa tarefa, ele instalou duas mesas no fundo da sala. Enquanto os alunos faziam as tarefas em suas mesas, ele chamou um de cada vez para se sentar com ele por cerca de cinco minutos. Durante esse período, ele fazia perguntas como "Quais são seus *hobbies* ou coisas que mais gosta de fazer quando não está na escola?" e "Você tem alguma dúvida ou precisa de ajuda em alguma coisa?" Ele fez anotações sobre o que aprendeu e, posteriormente, fez breves comentários aos alunos sobre seus interesses ou se certificou de que recebiam a ajuda solicitada.

Demorou várias semanas para fazer isso com todos os alunos das duas turmas, mas ele conversou com cada um deles. Ele notou uma diferença distinta na cooperação e camaradagem nas duas turmas em que passou um tempo especial com cada aluno, em comparação com a turma em que não passou um tempo especial com nenhum de seus alunos. Ele achou particularmente interessante que, embora não tivesse anunciado o que estava fazendo, quase todos os alunos que não tiveram um tempo especial na aula onde ele propositalmente passou tempo com apenas metade dos alunos vieram até ele e perguntaram: "Quando vai ser a minha entrevista?".

O tempo especial nem sempre precisa ser planejado com antecedência. Na história seguinte, um professor conta que pode ser valioso usar momentos especiais espontaneamente sempre que necessário. O tempo utilizado para discutir um problema individualmente com o aluno criou um senso de confiança e conexão para que ele pudesse perceber que o propósito do professor era apoiar a sua aprendizagem, não puni-lo.

Ferramenta na prática do Cairo, Egito

Tive um aluno muito falante na minha turma do décimo ano. Ele demorava mais do que o normal para concluir as tarefas atribuídas e se distraía facilmente. Um dia, quando os alunos estavam trabalhando individualmente em uma tarefa em sala de aula, ele se distraiu com outras pessoas em sua mesa e estava sendo disruptivo. De acordo com as orientações da aula, usei um redirecionamento verbal e um sinal não verbal (silencioso) para ajudá-lo a se concentrar novamente. Como isso não funcionou, decidi tentar a pausa positiva. Contudo, quando lhe pedi que se deslocasse até uma mesa tranquila para fazer uma pausa positiva, com a intenção de trabalhar com ele e redirecionar o seu foco, ele se recusou a se mover. Em vez disso, ele se levantou e me desafiou usando gestos com as mãos e uma voz elevada para me dizer que eu não estava sendo justa e que ele não ia se sentar lá. Ele continuou a me encarar e só voltou ao trabalho quando desviei o olhar.

Reconheci que esse aluno não estava disposto a fazer concessões naquele momento e que a situação tinha se tornado uma disputa por poder. Decidi que cabia a mim acabar com essa disputa, então deixei passar.

Levei alguns minutos para decidir o que faria. Pedi calmamente aos outros dois alunos da mesa dele que se mudassem para outra mesa a fim de minimizar a distração, e eles o fizeram. Então perguntei gentilmente se o aluno concordaria em se encontrar comigo depois da aula, mas não insisti mais no assunto durante a aula. Ele trabalhou em silêncio pelo resto do tempo.

Depois da aula, me encontrei com ele e iniciei a conversa perguntando sobre seus sentimentos, sobre por que ele estava tão frustrado. Ele disse que se sentiu "perseguido" porque foi ele o convidado a ir para a pausa positiva. Parecia haver falta de confiança e compreensão sobre o que significava a pausa positiva. Ele a percebeu como uma punição, em vez de um tempo para redirecionar e se concentrar na tarefa em questão. Validei seus sentimentos e reconheci meu erro ao orientá-lo a deixar a mesa em vez de perguntar se ir para a área da pausa positiva o ajudaria.

Terminamos a reunião com um acordo sobre alguns sinais verbais e não verbais que eu usaria para chamar sua atenção e concordamos que ele poderia escolher quando precisasse de uma pausa. Desde a nossa conversa, ele nunca mais repetiu esse comportamento disruptivo. Em vez disso, ele agora reconhece meus sinais verbais e não verbais chamando sua atenção para um possível mau comportamento. Em outro incidente, ele mesmo reconheceu sua incapacidade de manter o foco e optou por uma pausa.

— Heba Hefni, Professora do décimo ano, Oasis International School

Ferramenta na prática de Chicago, Illinois

Construir conexões individuais com alunos do Ensino Médio nem sempre é fácil, especialmente quando sua lista semestral inclui mais de 150 alunos. Porém, é possível! Minha missão é saber o nome de todos os meus alunos e algo sobre eles o mais rápido possível. Durante o primeiro dia de aula, os alunos preenchem um formulário que inclui alguns de seus interesses especiais e compartilham algumas dessas informações durante as apresentações. Alguns professores realizam atividades semelhantes, mas nunca utilizam a informação após o primeiro dia. Mantenho esses formulários em uma pasta e anoto as informações que surgem e que podem ser úteis na construção de conexões, por exemplo, se eu descobrir que eles começaram um novo esporte ou ingressaram em um grupo de estudos acadêmicos.

À medida que o semestre avança, o tempo especial ocorre tanto formal quanto informalmente. Durante os períodos de transição, fico na porta e saúdo cada aluno. À medida que pratico lembrar o nome de cada um, faço questão de relembrar um dos seus interesses especiais da atividade do primeiro dia ou iniciar uma breve conversa sobre uma atividade em que possam estar envolvidos na escola. Se não tiver a oportunidade de interagir com um aluno na porta, faço questão de interagir pelo menos brevemente com o aluno de forma individual durante o toque do sinal ou durante uma atividade de classe. Cada aluno tem algum tipo de interação comigo todos os dias, e, se por algum motivo isso não acontecer, faço questão de fazer acontecer na próxima vez que nos encontrarmos quando eles entrarem na sala de aula. Como ex-mentora de professores, lembro-me de observar um aluno em uma sala de aula se comportando de maneira desafiadora com um professor que eu estava orientando. Pedi ao aluno que fizesse um passeio comigo individualmente. Não mencionei o comportamento que testemunhei, mas em vez disso conversei com o aluno sobre seu dia e seus interesses. Quando trouxe o aluno de volta para a aula, ele interrompeu os comportamentos disruptivos. Ele só precisava de uma válvula de escape para algumas frustrações que estava enfrentando, e o momento especial que compartilhamos permitiu-lhe essa oportunidade.

Não leciono mais no Ensino Médio, mas descobri que os alunos universitários para quem dou aulas agora estão mais engajados e se sentem mais conectados porque faço questão de me reunir formalmente com cada aluno para discutir sua carreira e interesses. Tanto nos cursos de Ensino Médio quanto nos de nível superior, os alunos ficam mais engajados quando se sentem conectados. As informações obtidas em momentos especiais com os alunos contribuem para o engajamento dos alunos, pois posso dar exemplos durante minhas aulas ou atividades baseadas em seus interesses individuais.

— Sarah Moses, Estudante de Doutorado, Adler University

DICAS DA FERRAMENTA

1. Peça a um aluno para almoçar com você ou para encontrá-lo em outro horário marcado. Mantenha uma lista para garantir que todos os seus alunos tenham essa oportunidade.

2. Durante o tempo especial, os alunos também adoram ouvir você compartilhar seus interesses.

3. Use o tempo especial espontaneamente sempre que perceber que um aluno precisa dele e/ou que você precisa dele para se conectar com um aluno que é particularmente desafiador.

O que as pesquisas científicas dizem

Como estabelecemos anteriormente, décadas de estudos sobre apego mostram a necessidade fundamental de pertencimento e conexão das crianças.[39] Estudos sobre gerenciamento de sala de aula identificam a importância de desenvolver relacionamentos individualmente com alunos por meio de interações pessoais, como passar momentos especiais individualmente com os alunos. Estudos mostram que os professores que dedicam tempo para desenvolver relacionamentos com os alunos relatam menos problemas de comportamento e um aumento no desempenho acadêmico.[40] Os professores que têm relacionamentos de alta qualidade com seus alunos relatam significativamente menos problemas disciplinares.[41] McCombs e Whisler relatam que os alunos apreciam a atenção pessoal de seus professores.[42]

Embora a interação extensa individualmente com alunos possa ser difícil, os professores podem comunicar interesses pessoais sem ocupar muito tempo. Conversar individualmente com os alunos no refeitório, comentar sobre atividades extracurriculares e apreciar os alunos são estratégias simples que funcionam bem para se conectar com eles.

VALIDE OS SENTIMENTOS

Como não existem duas crianças iguais, o professor precisará ser sensível aos sentimentos de cada membro de sua turma para saber quando e como encorajar.

– Rudolf Dreikurs

Quando os alunos estão desencorajados (e os alunos que se comportam mal são alunos desencorajados), eles não precisam de qualquer forma de punição. Eles precisam de encorajamento. Uma das melhores maneiras de ajudar os alunos a se sentirem encorajados é ouvir até entender o ponto de vista deles e então validar seus sentimentos.

Se você estiver escutando atentamente (ou observando atentamente), provavelmente poderá adivinhar o que o aluno está sentindo. Como explicou Rudolf Dreikurs, não há problema em errar ao fazer suposições, porque o aluno informará se você acertou ou não, e isso lhe dará mais informações sobre como ser útil.

Os alunos também gostam de saber como você se sente quando fala de maneira sincera, em vez de fazer uma acusação. Não ajuda dizer: "*Você* me fez sentir péssimo". Essa acusação não só convidará à defensiva como a afirmação não é verdadeira. Os alunos não podem *nos fazer* sentir nada. No entanto, eles certamente podem ser os gatilhos para os nossos botões emocionais de uma forma que nos *convida* a ter pensamentos e sentimentos que derivam de antigos padrões de crenças. Quando mudamos nossos pensamentos, mudamos nossos sentimentos. Por exemplo, quando um aluno se comporta mal e lembramos que seu comportamento é um sinal de desencorajamento, respondemos com diferentes sentimentos e ações. O tipo de partilha que os alunos

"Nem meu professor nem meu computador estavam respondendo hoje."

apreciam é "Lembro-me de quando algo assim aconteceu comigo e de que me senti péssimo".

Validar os sentimentos dos alunos e compartilhar os seus próprios cria conexões e ajuda os alunos a se sentirem compreendidos e mais abertos à cooperação. É uma maneira poderosa de criar uma conexão que muitas vezes convida à correção ao mesmo tempo.

Ferramenta na prática de Oceanside, Califórnia

Albert, de 5 anos, começou na Educação Infantil sendo disruptivo, agressivo com os colegas e desafiador com o professor. Ele não se sentava no tapete sem esbarrar nos outros e, se não quisesse fazer alguma coisa, se escondia debaixo de uma mesa e se recusava a sair. Ele até saía correndo da sala de aula. Certa vez, Albert saiu correndo do *campus* e o diretor teve que persegui-lo. Ele também chorava e se jogava no chão durante o recreio. O professor ou o supervisor do parquinho ameaçavam mandá-lo para a sala do diretor se ele não parasse de chorar e se levantasse, e ele geralmente acabava indo para a secretaria.

Um dia testemunhei isso no parquinho. Os outros alunos tinham acabado de ir para o recreio. Pedi aos adultos que me deixassem falar com Albert. Como ele estava caído no chão chorando, ajoelhei-me perto dele e disse: "Albert, você está muito triste agora". (Tristeza era sua maneira de descrever estar chateado.)

Ele afirmou com a cabeça.

Eu disse: "Você quer ficar triste aqui ou na sala de aconselhamento?".

Ele não respondeu, mas ficou um pouco mais calmo. Eu disse: "Eu vejo que você quer ficar triste aqui. Tudo bem. Quanto tempo você gostaria de ficar triste aqui no chão: por um minuto ou cinco?".

Ele parou de chorar. Eu esperei.

Depois de alguns segundos ele se levantou e, com um sorriso, disse: "Eu já acabei de ficar triste. Vou para o recreio agora". Ele se levantou e correu para o parquinho.

— Lois Ingber, Conselheira, Lead Trainer Certificada em Disciplina Positiva

Ferramenta na prática do Cairo, Egito

Sou professor do quinto ano com uma turma de 25 alunos. Utilizei muitas técnicas da abordagem da Disciplina Positiva e, em especial, com um aluno que tinha o hábito de atrapalhar a aula falando em árabe. Seu objetivo era fazer os colegas rirem. Dou aulas em francês e não entendo árabe, então essa era uma situação difícil para mim.

Para resolver esse problema, decidi compartilhar meus sentimentos com ele em uma reunião individual, para que ele pudesse entender como seu comportamento me incomodava. Também pedi que ele pensasse por que interrompeu a aula. Então o convidei a buscar soluções comigo. Ele propôs duas coisas: fez um acordo para tentar não fazer os colegas rirem e também sugeriu que se sentaria sozinho se tivesse dificuldade em respeitar o nosso acordo, para evitar buscar a atenção dos amigos.

Percebi que ele mudou rapidamente de comportamento; ele não precisava se sentar sozinho. Às vezes ele precisa de um lembrete sobre o acordo. Após essa mudança, reservei um tempo para mostrar a ele o quanto apreciei essa mudança e o encorajei a continuar. Ele ficou muito orgulhoso. Também percebo que ele se sente melhor nas aulas. Essa forma de abordar o problema foi um grande sucesso, especialmente porque tudo foi tratado com calma e sem conflitos. Da minha parte, também me sinto melhor porque posso dar aula sem ser interrompido com frequência.

— Pierre Sudre, Professor do quinto ano, Oasis International School

DICAS DA FERRAMENTA

1. Adivinhe o que o aluno está sentindo para que você possa ter empatia.
2. Verbalize seu palpite: por exemplo, "Parece que você está com muita raiva agora" ou "Você está triste?".
3. Se o aluno disser não, tente outra hipótese.
4. Seja franco: "Eu me importo com você e gostaria de saber o que está acontecendo com você, se quiser conversar sobre isso".
5. Use sua intuição sobre o que fazer a seguir. Ela pode te dizer para oferecer uma escolha ou perguntar o que o aluno ou você poderia fazer para ajudar a resolver o problema. Ou pode dizer para você simplesmente escutar e validar os sentimentos.

O que as pesquisas científicas dizem

Adler definiu empatia como "ver com os olhos do outro, ouvir com os ouvidos do outro e sentir com o coração do outro".[43] Hanna, Hanna e Keys relatam que a empatia é um componente crucial no relacionamento com os alunos, especialmente alunos de alto risco, que podem ser mais difíceis de se conectar, bem como aqueles que estão entrando na adolescência.[44] Um estudo realizado em escolas urbanas abordando as perspectivas no início da adolescência sobre motivação e desempenho descobriu que a empatia dos professores é uma prática fundamental na promoção da motivação acadêmica e desempenho.[45]

SAIBA ESCUTAR

Convide as crianças a encontrarem soluções. Não as dê a elas.

— Rudolf Dreikurs

Você já reclamou que seus alunos não escutam você? Se sim, pergunte-se até que ponto você modela bem a escuta. É possível que você cometa alguns dos seguintes erros?

- Reagir e corrigir: "Não fale assim comigo. Por que você não pode ser mais respeitoso?".
- Desprezar: "Você não deveria se sentir assim. Não se sinta mal".
- Dar sermão: "Talvez se você fizesse _____, então _____" (por exemplo: "Talvez se você fosse mais amigável tivesse mais amigos").

Evitar esses erros pode lhe dar espaço para adotar algumas das seguintes habilidades de escuta:

"Antes de continuar suas acusações emocionais, me diga se está observando a minha escuta empática e não julgadora."

- Ouça atentamente para ter uma noção não só do que os seus alunos dizem, mas também do que significado por trás do que estão dizendo.
- Valide os sentimentos e pontos de vista de seus alunos antes de compartilhar o seu próprio.
- Ouça com os lábios fechados, para que saia somente "Hummm".

Os alunos escutarão você *depois* que se sentirem ouvidos. À medida que você domina a arte da escuta, seus alunos também o farão. O exemplo é o melhor professor. Pratique ser um bom ouvinte e modele o comportamento que deseja ver. Você pode então ensinar seus alunos sobre erros e habilidades de escuta e oferecer a eles oportunidades de dramatização e prática.

Ferramenta na prática de Poway, Califórnia

Como alguém que lidera uma sala de aula de Disciplina Positiva, percebi que estou dedicando tempo ajudando os alunos a crescerem não apenas no sentido acadêmico, mas também emocionalmente. Depois de pensar um pouco, estou lentamente chegando à conclusão de que tratar os alunos com igualdade significa atender às suas necessidades, não importa onde estejam.

Mais recentemente, numa reunião de classe, conversamos sobre como tratamos os outros. A regra de ouro surgiu e juntos discutimos como tratar os outros como gostaríamos de ser tratados. Percebemos que, se seguíssemos a regra de ouro, nenhum de nós ficaria feliz porque a maioria das pessoas tem certa expectativa quanto à forma como deseja ser tratada. Um dos meus alunos deu o seguinte exemplo: "Se eu tratasse você da maneira que gostaria de ser tratado, traria uma cobra nova para você todos os dias, porque os répteis são meus animais favoritos". Em vez disso, decidimos que seria melhor descobrir como os outros querem ser tratados e tratá-los dessa forma, com respeito.

— Diana Loiewski, Professora

Ferramenta na prática do sul da Califórnia

Na aula, pedi aos alunos que copiassem do retroprojetor para fazer um mapa dos Estados Unidos. Um dos meus alunos não entendeu por que ele e seu amigo não podiam usar o atlas da aula para criar o mapa. Ele também ficou chateado porque, sendo uma professora, eu não conhecia todos os estados. Depois, meu aluno e eu discutimos em particular por que ele estava chateado e se recusava a seguir minhas instruções.

Como ele claramente não estava me escutando, calmamente coloquei meu punho sobre sua cabeça e disse: "Meu cérebro está em você. Vou ouvir agora". Nós usamos essa ação para simbolizar que estou escutando-o e vice-versa. Dei a ele toda a minha atenção. Repeti o que ele disse e confirmei que escutei corretamente.

Então, fiz contato visual com ele, segurei gentilmente seu punho sobre minha cabeça e disse: "Você está frustrado por eu não permitir que você use o livro e por não conhecer todos os estados. Lamento não conhecer todos os estados, e preciso de um livro para me ajudar. Também estou aprendendo e estou envergonhada e triste por não saber todos os estados de cabeça". Expliquei a ele que a aula era para ensinar a turma a acompanhar o que a professora estava dizendo.

Do nada, ele disse: "Ah, sim! Você é uma assistente, não uma professora".

Isso parecia fazer sentido para ele. Depois de conversarmos, ele conseguiu se acalmar. Ele até se desculpou comigo. As crianças escutam melhor quando são ouvidas.

— Jackie Freeman, Assistente de sala para crianças com deficiências para alunos do quarto e quinto anos

DICAS DA FERRAMENTA

1. Observe quantas vezes você interrompe com atitudes defensivas, explicações ou conselhos.
2. Evite dar conselhos. Tenha fé que seu aluno poderá descobrir as coisas só porque tem ouvidos atentos.
3. Não há problema em fazer perguntas que convidem seu aluno a se aprofundar: "Você pode me dar um exemplo?" "Algo mais?" Repita "Mais alguma coisa?" até que o aluno diga: "Não".
4. Em um nível ainda mais profundo, você escuta nas entrelinhas a crença por trás do comportamento?
5. Depois de escutar, pergunte se esse é um assunto que poderia ser incluído na pauta da reunião de classe para obter mais ajuda. Respeite a escolha do aluno. (Consulte as ferramentas "Perguntas curiosas: motivacionais" [p. 90], "Perguntas curiosas: conversacionais" [p. 94] e "Não retruque" [p. 217].)

O que as pesquisas científicas dizem

Pesquisas mostram que escutar tem uma influência fundamental no estabelecimento de relações respeitosas com os alunos. Ladson-Billings pediu aos alunos urbanos do oitavo ano que compartilhassem as suas perspectivas sobre os seus professores.[46] Especificamente, os alunos foram questionados sobre o que gostavam nos seus professores. As respostas demonstram a importância da escuta dos professores e a influência da escuta na qualidade da relação professor-aluno, que, portanto, influencia a aprendizagem dos alunos. Um aluno disse: "Ela nos escuta! Ela nos respeita! Ela nos permite expressar nossas opiniões! Ela nos olha nos olhos quando fala conosco! Ela sorri para nós! Ela fala conosco quando nos vê no corredor ou no refeitório!". Esses comentários dos alunos destacam a arte de escutar e demonstra a importância da comunicação não verbal ao escutar.[47]

PERGUNTAS CURIOSAS: MOTIVACIONAIS

Qualquer autoridade que não seja reconhecida espontaneamente, mas que tenha que ser forçada a nós, é uma farsa; a verdadeira autoridade e disciplina vêm de dentro.

— Alfred Adler

A ferramenta "Perguntas curiosas: motivacionais" é diferente da ferramenta "Perguntas curiosas: conversacionais" (p. 94). Esta última convida à conversa, enquanto a ferramenta "Perguntas curiosas: motivacionais" foi desenvolvida para motivar os alunos com algumas poucas palavras. Isso funciona porque eles foram respeitosamente questionados sobre uma questão que os convida a pensar e a decidir o que se sentem motivados a fazer.

A citação acima nos ensina muito sobre a psicologia da motivação. Como você se sente e o que deseja fazer quando alguém exige algo de você? Você se sente respeitado? Você se sente motivado a cooperar? Ou você sente vontade de se rebelar? Por outro lado, como você se sente e o que deseja fazer quando alguém lhe faz uma pergunta respeitosamente? Você está motivado a pensar sobre isso e talvez até cooperar?

"Para sua informação, o seu truque 'porque eu mandei' não funciona nem um pouco na escola!"

Na verdade, a fisiologia está envolvida, assim como a psicologia. Quando alguém exige algo de você, observe que seu corpo enrijece, seja um pouco ou muito, e a mensagem que vai para o cérebro é "resista". Quando alguém faz uma pergunta respeitosamente, seu corpo relaxa e a mensagem que chega ao cérebro é "procure por uma resposta". Ao procurar por uma resposta, você se sente capaz, conectado e mais inclinado à cooperação. Assim como você pode se sentir mais motivado a cooperar com alguém que lhe faz uma pergunta respeitosamente, os alunos podem sentir o mesmo. Como indica a citação de Adler no início desta seção, as questões motivacionais ajudam os alunos a desenvolverem a disciplina a partir de dentro.

Para aumentar sua consciência, comece a perceber quantas vezes você manda em vez de perguntar, e coloque um dólar em uma jarra toda vez que se pegar mandando. (Quanto tempo levaria para você ter dinheiro suficiente para umas boas férias?) Quando se flagrar mandando, pense em como você poderia transformar suas palavras em uma pergunta respeitosa que convidaria seu aluno a se sentir respeitado o suficiente para querer cooperar.

Cuidado: observe que a ferramenta recomenda perguntas "curiosas", e não perguntas para "obedecer". Alguns professores ficam desapontados quando as suas perguntas curiosas não funcionam. Precisamos dizer novamente que não existe nenhuma ferramenta que funcione sempre com todos os alunos? Essa é a razão pela qual precisamos de tantas ferramentas. Ainda assim, vamos ver por que as perguntas curiosas podem não funcionar.

1. Não houve treinamento suficiente para que o aluno saiba o que se espera e como realizá-lo.
2. Você não teve tempo para criar uma conexão antes da correção. Uma maneira de conseguir a conexão é por meio da ferramenta "Validar os sentimentos": "Eu sei que você está com raiva. O que você poderia fazer para se acalmar antes de focar uma solução?".
3. Seu tom de voz implicava uma expectativa de obediência em vez de um convite.

Perguntas motivacionais simples muitas vezes convidam os alunos a usar seu poder pessoal para procurar as respostas, em vez de usar a energia para reagir quando lhes disserem o que fazer. Você encontrará vários exemplos nas histórias "Ferramenta na prática" e nas "Dicas da ferramenta" a seguir.

Ferramenta na prática de Decatur, Geórgia

Tenho uma história de sucesso para compartilhar sobre fazer perguntas em vez de me envolver em disputas por poder. Estávamos lá fora fazendo um exercício, e tenho alguns alunos que sempre chegam atrasados porque continuam jogando bola e brincando. Eu disse: "Percebi que todo mundo está na porta, pronto para entrar, e vocês ainda estão no campo de futebol".

Eles disseram: "Ah, por nós tudo bem".

Normalmente eu teria entrado em uma disputa por poder e dito para serem mais rápidos, mas em vez disso perguntei: "O que precisa acontecer para chegarmos na hora certa?".

Ao chegarem ao final do campo, começaram a correr e estavam à porta na hora certa para a aula. Foi tão bom deixá-los tomar a decisão e vê-los tomar uma boa decisão!

Também notei uma mudança geral no meu grupo de matemática – muitas vezes eles estão prontos para a aula sem discutir nada, e hoje um deles perguntou aos outros: "Vocês estão prontos para começar? Estão com seus materiais?", enquanto eles conversavam e se preparavam para a aula.

— Elise Albrecht, Professora do Ensino Médio, Cloverleaf School

Ferramenta na prática de Atlanta, Geórgia

Tenho um aluno na minha aula de geometria que sempre dizia "Rápido, vamos trabalhar. Ainda temos vinte minutos de aula", enquanto ele ficava sentado diante de uma folha de papel em branco.

Ao ajustar minha linguagem de frases mandonas para frases questionadoras, ele realmente mudou as coisas. Agora pergunto a ele: "Qual é o seu plano para terminar o trabalho da aula nos próximos vinte minutos?" ou "Quais recursos você precisa de mim para...?".

A princípio ele olhou para mim como se minha cabeça estivesse girando, mas rapidamente chegou ao ponto de perceber que estava no controle de suas ações. Essa mudança gerou toda uma conversa sobre estar presente e atento nas aulas, e ele está agora trabalhando com nosso orientador educacional na prática de técnicas de atenção plena.

Quando foi solicitado a examinar por que não estava realizando seu trabalho, ele finalmente admitiu que quer trabalhar, mas fica distraído e não consegue parar de pensar em todas as coisas que terá que fazer no final do dia. Seu verdadeiro desafio sempre foi a dificuldade de estar presente e atento, mas sempre parecia que ele estava simplesmente sendo preguiçoso ou desafiador.

— Bryan Schomaker, Mestre em Educação, Professor líder de matemática do Ensino Médio, Howard School

DICAS DA FERRAMENTA

1. Perguntas simples de motivação convidam os alunos a procurar respostas.
2. Evite comandos que convidem resistência e revolta e faça perguntas que convidem sentimentos de capacidade e cooperação. Exemplos:
   - "Qual é o seu plano para terminar seu trabalho até o final da aula de hoje?"
   - "O que você precisa levar para não sentir frio lá fora durante o recreio?"
   - "Como você e seu amigo podem resolver este problema juntos?"
   - "Em nossa reunião de classe, o que decidimos fazer quando isso acontece?"
   - "Qual é o seu plano para deixar sua mesa em ordem antes de finalizarmos o dia?"
3. Consulte a ferramenta "Perguntas curiosas: conversacionais" (p. 94).

O que as pesquisas científicas dizem

Siegel e Bryson recomendam usar perguntas em vez de comandos durante tempos de conflito para evitar disputas por poder.[48]

Perguntar convida à resolução construtiva de problemas, enquanto a investigação neurocientífica mostra que "frases de comando" aumentam uma resposta bioquímica ao estresse e podem produzir uma resposta que se parece com revolta ou retraimento. Os pesquisadores descrevem que perguntar funciona para estimular o cérebro "racional" a se envolver no processamento de escolhas e planejamento, enquanto mandar aciona o cérebro reativo "primitivo". Siegel e Bryson relatam que, quando facilitamos o pensamento pelo cérebro "racional", há uma diminuição nos níveis de estresse e na reatividade emocional.

PERGUNTAS CURIOSAS: CONVERSACIONAIS

Ver com os olhos do outro, ouvir com os ouvidos do outro, sentir com o coração do outro; por enquanto, essa parece ser uma definição admissível do que chamamos de sentimento social.

— Alfred Adler

A raiz da palavra "educação" é o latim *educare*, "extrair". Muitas vezes tentamos inserir a instrução dando comandos, e então nos perguntamos por que nossos maravilhosos sermões entram por um ouvido e saem pelo outro. Quando nos envolvemos em mandar, o aluno pode ficar rígido e a mensagem que vai para o cérebro é "resista". Por outro lado, perguntar com verdadeira curiosidade convida o corpo do ouvinte a relaxar, e a mensagem que chega ao cérebro é "procure por uma resposta".

Perguntas curiosas conversacionais ajudam os alunos a desenvolver o "sentimento social" a que se refere Alfred Adler na citação acima, porque se sentem respeitosamente incluídos.

As perguntas curiosas conversacionais levam mais tempo do que as perguntas curiosas motivacionais (p. 90) porque você está fazendo mais do que convidar o aluno a pensar em uma solução para uma tarefa simples que requer atenção, como: "O que você precisa fazer para terminar sua lição a tempo?". Perguntas curiosas conversacionais exigem exatamente o que o nome sugere: uma conversa.

Antes de começar a usar as perguntas curiosas, é importante esperar até que todos tenham tido tempo para se acalmar. Em seguida, encontre um lugar tranquilo onde possa sentar-se com o aluno e realmente escutar as respostas dele às suas perguntas.

As "Dicas da ferramenta" a seguir incluem um roteiro para perguntas curiosas. O objetivo é dar uma ideia de como essas perguntas podem soar. Porém, é importante que você não use

"Talvez o pequeno Jack Horner tenha se tornado argumentativo porque ele se viu em um beco sem saída, que o deixou sem opções."

um roteiro no momento, para que suas perguntas sejam verdadeiras e se relacionem com as especificidades da situação.

Ferramenta na prática de Nobleboro, Maine

Stephen, de 4 anos e meio, tem passado por momentos muito difíceis com seus colegas de classe. Ele fica frustrado facilmente e depois bate. Durante a roda de trabalho matinal, a professora percebe Stephen chorando ao lado de seu tapete. Há peças de mapas de quebra-cabeça por todo o chão. A assistente informa à professora que Janet virou o quebra-cabeça depois que ele bateu nela.

PROFESSORA: Stephen, estou notando que você está muito triste. O que aconteceu?

STEPHEN: Janet virou meu quebra-cabeça e eu trabalhei nele a manhã toda.

PROFESSORA: Eu entendo por que você está tão triste. Você colocou muito esforço nisso. O que fez Janet virar seu quebra-cabeça?

STEPHEN: Bem, eu bati nela. Ela estava mandando em mim.

PROFESSORA: Então você ficou bravo e bateu nela?

STEPHEN: Sim.

PROFESSORA: Depois o que aconteceu?

STEPHEN: Então ela virou meu mapa do quebra-cabeça.

PROFESSORA: Então o que você aprendeu com isso?

STEPHEN: Talvez eu não devesse bater.

PROFESSORA: Janet também parece triste. O que você poderia fazer para ajudá-la a se sentir melhor?

STEPHEN: Eu poderia dizer a ela que sinto muito.

PROFESSORA: Quer ajuda?

STEPHEN: Eu posso fazer isso.

Observe a diferença quando uma criança decide dizer "me desculpe" em vez de receber uma ordem para fazer isso. O pedido de desculpas vem com sinceridade. Stephen chegou a essa conclusão sozinho (com uma pequena ajuda das perguntas curiosas) depois de sentir orgulho de si mesmo por ter resolvido o problema e querer consertar as coisas.

— Chip De Lorenzo, Mestre em Educação, Diretor de escola, Damariscotta
Montessori School, Trainer Certificado em Disciplina Positiva

Ferramenta na prática de Poway, Califórnia

Minha aula de inglês do nono ano seguiu uma rotina nas últimas três semanas: depois de ler, discutir e desenvolver um diagrama do enredo de um conto, os alunos receberam uma análise literária de três parágrafos. Eles também receberam um título e um modelo de redação. O modelo de redação para cada uma das tarefas foi revisado e discutido em aula.

Tomas entregou uma redação de um parágrafo nas últimas três semanas. Pedi reservadamente que Tomas se encontrasse comigo depois da escola na quinta-feira para discutir sua redação. A conversa foi assim:

PROFESSORA: Então, Tomas, como você está?
ALUNO (gaguejando desconfortavelmente): Bem.
PROFESSORA: Você sabe por que eu queria me encontrar com você?
ALUNO: Talvez minhas notas?
PROFESSORA: Vamos dar uma olhada em suas redações.

Ele abriu a pasta e folheou algumas páginas até chegar às suas redações.

PROFESSORA: Qual é a sua compreensão do que é necessário nas redações?
ALUNO: Não sei.
PROFESSORA: Você se lembra de ter recebido um papel que listava os requisitos da redação e como você seria avaliado?
ALUNO: Sim.
PROFESSORA: Você pode pegar esse papel?

O aluno puxou o papel e juntos analisamos os requisitos.

ALUNO: Ah, eu não segui o que foi listado.
PROFESSORA: O que você pode fazer sobre isso agora?
ALUNO: Você acha que posso ter até quarta-feira para refazer todas as redações até agora para ter a nota total?

Anteriormente, em uma reunião de classe, os alunos haviam determinado que gostariam de ter a oportunidade de trabalhar para ter domínio em todas as tarefas, questionários e testes. Consequentemente, decidimos que eles poderiam revisar continuamente o trabalho para obter a nota total (utilizando a ferramenta "Erros como oportunidades de aprendizagem"). Concordamos em rever essa política no final de outubro. Até agora tem sido incrível. Por causa das estratégias de Disciplina Positiva, meus alunos se sentem empoderados e estão tirando boas notas. Minha turma passou de uma típica curva em forma de sino para uma curva J: tenho mais alunos com A do que B, mais alunos com B do que C, e ninguém está reprovando.

— Diana Loiewski, Professora, Educadora em Sala de Aula Certificada em Disciplina Positiva

DICAS DA FERRAMENTA

1. Os alunos escutarão você *depois* que se sentirem ouvidos.
2. Pare de "mandar" e formule perguntas, tais como (mas usando suas próprias palavras):
   - "O que aconteceu?"
   - "Como você se sente com isso?"
   - "Como você acha que os outros se sentem?"
   - "Que ideias você tem para resolver esse problema?"
3. Veja a ferramenta "Perguntas curiosas: motivacionais" (p. 90).

O que as pesquisas científicas dizem

O Dr. Dan Siegel sugere que perguntar convida à resolução construtiva de problemas, em vez de usar comandos, o que aumentará a resposta bioquímica do aluno ao estresse. Siegel e Bryson descrevem que perguntar funciona para ativar o cérebro "racional", o que ajuda os alunos a processar escolhas e a se envolver no planejamento, enquanto mandar aciona o cérebro reativo "primitivo". Siegel e Bryson relatam que, quando facilitamos o pensamento, há uma diminuição nos níveis de estresse e na reatividade emocional.[49]

A Dra. Judy Willis, neurocientista, explica ainda que o estresse e a emoção impactam a aprendizagem, e inclui implicações específicas para a sala de aula. Depois de exercer a profissão de neurologista durante quase duas décadas, a Dra. Willis ficou tão interessada na neurociência da aprendizagem que decidiu tornar-se professora e, desde então, tem usado a sua investigação para ajudar os educadores a compreenderem melhor como apoiar a aprendizagem dos alunos. Willis descreve pesquisas de neuroimagem que revelam o impacto negativo do estresse e da ansiedade na aprendizagem. Os estudos de neuroimagem respaldam a importância da aprendizagem centrada no aluno, focada em ajudar os alunos a desenvolverem um senso de pertencimento e importância na sala de aula.[50]

Tal como Siegel e Bryson relatam evidências que mostram que, quando os alunos se sentem convidados a aprender em vez de intimidados, a memória e a aprendizagem melhoram, Willis descreve estudos de neuroimagem que mostram que situações induzidas por estresse têm um impacto negativo na capacidade de aprender e armazenar novas informações.

4
GERENCIAMENTO DA SALA DE AULA

REUNIÕES DE CLASSE

As crianças aprendem mais umas com as outras do que com o que o professor diz.

— Rudolf Dreikurs

"Colocamos nossas cadeiras no formato de uma roda, começamos a conversar, e a próxima coisa que percebemos foi que resolvemos o problema."

Você já percebeu que as crianças muitas vezes escutam umas às outras mesmo que não tenham escutado você? Durante as reuniões de classe, ouvimos os alunos dizerem uns aos outros exatamente as palavras que, quando nós as usamos, pareciam entrar por um ouvido e sair pelo outro: "Se você colar, não vai aprender de verdade" ou "Se você não for um bom esportista, os outros não vão querer jogar com você". Eles às vezes ouvem essas frases dos professores como sermões a serem ignorados, enquanto as ouvem de outros alunos como bons conselhos.

Muitos professores descobriram que as reuniões de classe tornam seu trabalho muito mais fácil porque ganham uma sala inteira cheia de solucionadores de problemas. Os alunos podem praticar as muitas habilidades socioemocionais que aprendem durante as reuniões de classe ao longo do dia para criar uma atmosfera de cooperação na sala de aula.

Essas habilidades socioemocionais não são aprendidas da noite para o dia, tampouco as habilidades acadêmicas. Os alunos aprendem e retêm habilidades quando são praticadas diariamente, e isso é tão verdadeiro para as habilidades aprendidas em reuniões de classe quanto para habilidades acadêmicas.

Quando Jane era conselheira de uma escola de Ensino Fundamental e estava começando a aprender e ensinar sobre reuniões de classe, ela dizia aos professores para se prepararem para um "mês infernal", porque leva tempo para os alunos aprenderem as habilidades necessárias para reuniões de classe bem-sucedidas. No entanto, descobrimos que o "mês infernal" já não faz parte do processo se você dedicar tempo para treinar os alunos nas Oito habilidades essenciais para reuniões de classe bem-sucedidas antes de participar de reuniões de classe para resolver problemas reais. Essas habilidades essenciais (descritas em detalhes no livro *Disciplina Positiva em sala de aula*) são:[51]

1. Formar um círculo rapidamente, em silêncio e com segurança.
2. Praticar elogios e reconhecimentos.
3. Respeitar as diferenças.
4. Usar habilidades de comunicação respeitosas.
5. Focar soluções.
6. Fazer encenações e levantar ideias (*brainstorming*).
7. Usar a pauta e o formato da reunião de classe.
8. Compreender e utilizar o Quadro dos objetivos equivocados.

Alguns alunos aprendem todas as oito habilidades em apenas alguns dias. Outros podem precisar de uma semana ou mais praticando cada habilidade. Enquanto aprendem as habilidades essenciais para reuniões de classe, os alunos estão aprendendo habilidades socioemocionais, como: respeito por si mesmos e pelos outros, ouvir uns aos outros, fazer *brainstorming* juntos enquanto focam soluções, pensamento crítico, responsabilidade, resiliência (praticando que erros são oportunidades para aprender) e todas as outras características e habilidades de vida necessárias para uma vida bem-sucedida.

Um professor de necessidades especiais achava que a pauta da reunião de classe não funcionaria porque seus alunos precisavam de ajuda "imediata" quando estavam chateados. Ainda assim, ele decidiu tentar. Ele relatou que era quase engraçado observar alguns de seus alunos entrarem na sala evidentemente chateados depois do recreio. Eles marchavam até a pauta da reunião e escreviam seu nome nela, depois se afastavam visivelmente mais calmos. Colocar o nome na pauta já era a solução "imediata" deles porque sabiam que logo receberiam ajuda durante uma reunião de classe (eles têm reuniões de classe todos os dias). Esse processo ajudava a acalmá-los.

Os benefícios de ter reuniões de classe diárias (e reuniões de família semanais) são inegáveis. Amamos quando as pesquisas validam nossa posição, mas nos sentimos ainda mais gratificados ao ouvir de professores que experimentam a alegria e os benefícios das habilidades que os alunos aprendem ao participar das reuniões de classe.

Ferramenta na prática de Decatur, Geórgia

Tivemos uma reunião de classe em que fizemos um *brainstorming* sobre interrupções (alunos fazendo barulho, comentários etc.). Um aluno disse: "Eu sei que estou fazendo isso também, mas é tão difícil parar!".

Notei que, embora seja uma luta constante, eles têm-se tornado mais pacientes uns com os outros e dizem "Por favor, pare" mais frequentemente do que dizer coisas indelicadas como "Cala a boca" quando alguém está fazendo barulho.

Um dos benefícios que eu não previa era o desenvolvimento de um pouco mais de empatia pela dificuldade dos outros para manter a atenção.

— Elise Albrecht, Professora do Ensino Fundamental II, Cloverleaf School

Ferramenta na prática de Mission Viejo, Califórnia

A reunião de classe de hoje conseguiu resolver tudo em cinco minutos! Eu estava realmente preocupada porque não havia nada na pauta para discutir. Não tem havido por duas semanas! Quando os questionei sobre isso, eles me informaram que agora conseguem lidar com tudo sozinhos e geralmente fazem isso.

Uma delícia de sucesso! É bom saber que eles realmente incorporaram os princípios que lhes foram ensinados e agora os aplicam em suas vidas neste momento.

— Joy Sacco, Professora do terceiro ano, Carden Academy, Trainer Certificada em Disciplina Positiva

Ferramenta na prática de Yangpyeong, Coreia

Trabalho como professor em uma escola pública de Ensino Fundamental desde 2003. Tive sérios problemas com meus alunos do sexto ano. Naquela época, um dos meus colegas me apresentou o livro *Disciplina Positiva em sala de aula*. Eu li o livro e pude ver por que tinha tais problemas com meus alunos. Eu estava sendo muito gentil porque pensava que isso me faria parecer um bom professor e ter uma boa reputação entre meus colegas, alunos e seus pais. Mas eu deveria ter sido gentil *e* firme. Deveria ter pensado em como ensinar de uma maneira que melhorasse o senso de responsabilidade, respeito e uso de recursos independentes do aluno.

Após ler *Disciplina Positiva em sala de aula* e participar de oficinas sobre Disciplina Positiva, comecei a mudar o que ensinava e como ensinava. Minha primeira mudança foi realmente me conectar com os alunos. Quando dediquei tempo para a conexão diária, meus alunos responderam à correção gentil e firme, quando necessário.

Comecei a fazer reuniões de classe todas as manhãs. A pauta incluía formar um círculo, fazer a rodada de elogios, uma atividade cooperativa e um abraço. Às 8h40, formávamos nosso círculo, sentados no chão juntos. Quando me sentava no chão com meus alunos, me sentia calmo e conectado com eles. Antes, eu começava minhas aulas em pé na frente da sala de aula, com meus alunos sentados em suas cadeiras. Formar o círculo foi o começo de uma mudança milagrosa na atmosfera da classe e mudou minha atitude como professor.

No início, os alunos eram tímidos para fazer elogios, mas logo se tornaram ansiosos para fazê-lo. Fiquei surpreso ao ver a atmosfera cooperativa se desenvolver. Não havia culpa ou *bullying*, mas muita resolução de problemas e construção de confiança. Na cerimônia de formatura, um dos meus alunos me disse: "Aprendi a esperar ansiosamente para ouvir palavras de reconhecimento do meu professor e amigos. Sempre que meus amigos falam meu nome, me sinto extremamente feliz".

Há muita competição na cultura coreana e em nossa escola, então planejo atividades cooperativas com os alunos para desenvolver habilidades sociais e conexão antes da correção. Aproveitamos esse tempo ativo e divertido juntos. Terminamos nossa reunião de classe com abraços. Conheci o poder dos abraços ao ensinar aos pais a atividade do abraço das aulas de Educação Parental em Disciplina Positiva. Agora abraço meus alunos todos os dias. Isso faz uma grande diferença porque nos sentimos conectados.

Ao refletir sobre essa experiência, percebo que nosso tempo especial de reunião de classe mudou não apenas os alunos, mas também a mim mesmo.

— Seonghwan Kim, Escola de Ensino Fundamental Johyeon, Trainer Certificado em
Disciplina Positiva

Ferramenta na prática de San Bernardino, Califórnia

No último sábado, eu estava na recepção de casamento de uma ex-aluna e encontrei muitos dos meus antigos alunos. Depois de me dizer que tinha muitas boas lembranças da minha aula e que tinha mantido amizade com muitos de seus colegas de turma, uma garota me disse: "Ao longo dos anos tivemos nossos altos e baixos, mas aprendemos a resolver nossos problemas a partir daquelas reuniões de classe. Estou muito feliz porque você nos ensinou isso". Eu me senti comovida quando ela disse isso, e muito grata por ter aprendido sobre reuniões de classe. Ela e outro aluno que eu tinha ensinado estavam ambos obtendo seus doutorados.

Eu não conseguia tirar essa aluna da minha mente. Então, você vê, tudo por causa da Disciplina Positiva e das reuniões de classe, eu fui bem-sucedida com pequeninos de 5 anos.

— Colleen Petersen, Professora aposentada

Ferramenta na prática de Guayaquil, Equador

Durante nossas reuniões de classe (que ocorrem três vezes por semana), primeiro reconhecemos uns aos outros com elogios e apreciações. Nessa parte da reunião, os alunos se sentem importantes e reconhecidos por seus talentos, realizações e muito mais. Em seguida, revisitamos soluções anteriores para problemas, verificando com os alunos se a solução funcionou. Se a primeira solução acordada não funcionou, os alunos fazem um *brainstorming* de mais ideias. Depois, focamos a nossa pauta com quaisquer problemas que precisem ser discutidos, concentrando-nos em soluções possíveis. Os alunos envolvidos no problema identificam uma das soluções sugeridas que estão dispostos a tentar. Concluímos nossa reunião discutindo planos futuros.

A Disciplina Positiva empoderou meus alunos, criou um ambiente mais positivo e respeitoso e ajudou a desenvolver características positivas nos alunos que os ajudam hoje a ter sucesso acadêmico e social e continuarão a servi-los bem no futuro distante.

— Jeremy Mathis, Professor do quarto ano

Ferramenta na prática de Seattle, Washington

Há cerca de duas semanas, alunos de uma turma do quinto ano começaram a trazer massinha de modelar para a escola e usá-la para ocupar as mãos em vez de ficarem inquietos. Esta semana, a massinha se tornou um problema (sendo usada de maneira inadequada) e foi colocada "para descansar" em uma prateleira. Então, ela desapareceu. Para uma garota em particular, Liz, que havia economizado dinheiro para comprar a massinha, isso foi bastante estressante.

Na terça-feira, eles realizaram uma reunião de classe e falaram sobre erros e como seria embaraçoso admitir que você fez isso. Eles chegaram à solução de colocar a massinha de volta anonimamente. Nada aconteceu.

Então o principal suspeito, Clyde, "encontrou" a massinha em um armário, mas negou tê-la levado. A classe ficou desconfiada, mas o professor estabeleceu expectativas muito claras de que ninguém seria culpado sem provas.

Na manhã de quarta-feira, pouco antes de sua reunião de classe agendada, os alunos estavam trabalhando em pequenos grupos quando Clyde exclamou: "Está bem, eu peguei a massinha!".

Nem todos ouviram isso, mas Liz ouviu e pediu para conversar em particular com Clyde. Os dois foram para uma sala vazia após pedirem que adultos não estivessem presentes.

Quando cheguei para uma observação, o professor me chamou de lado e expressou sua preocupação. Ele compartilhou a história de que Liz e Clyde estavam conversando e ele não sabia exatamente quando eles voltariam. Além disso, o nome de Clyde estava na pauta da reunião de classe novamente, e o professor não achava apropriado, em razão dos eventos da manhã, que questões com Clyde fossem discutidas novamente. (Boa intuição!) Sugeri que eles realizassem a reunião de classe, mas apenas com a rodada de reconhecimentos.

Liz e Clyde chegaram exatamente quando a reunião de classe começou e encontraram lugares para se sentar no círculo. Um aluno começou a reunião e optou por fazer os reconhecimentos do tipo "dar ou receber", sem passar. Clyde sentou meio encolhido enquanto os dois primeiros alunos falavam. Quando ele recebeu o bastão de fala, sentou-se ereto e elogiou Liz por ser uma boa amiga e ouvi-lo.

Quatro alunos depois, Liz elogiou Clyde por ser um bom amigo e ouvi-la. Dois alunos depois disso, James (que havia colocado Clyde na pauta desta vez) elogiou Clyde por ser um bom amigo. Então outro aluno e outro elogiaram Clyde. Um elogio foi "Eu te reconheço por ser um amigo, e eu confio em você". Clyde agora não estava mais encolhido e tinha uma lágrima escorrendo pelo rosto.

Vários alunos pediram um elogio e podiam escolher o aluno para dar um elogio a ele (de acordo com nossas regras para reconhecimentos). Clyde começou a levantar lentamente a mão. O próximo aluno perguntou se a mão de Clyde estava levantada e o escolheu para oferecer o elogio. Então mais elogios para Clyde seguiram. O último foi de um menino que disse: "Eu te reconheço por ser honesto com suas emoções, as felizes e as infelizes". Após a reunião, um dos alunos comentou em voz baixa: "Clyde recebeu nove elogios!". Isso em uma classe de cerca de vinte e cinco. Nenhum adulto sugeriu isso. Nenhum adulto comentou. Apenas aconteceu.

O professor lembrou aos alunos que eles tinham enfrentado vários problemas, e todas as vezes eles estavam à altura do desafio. Ele lhes disse que sentia que eles tinham novamente enfrentado um desafio significativo com sucesso. Ele explicou a eles que a parte de resolução de problemas da reunião de classe aconteceria na próxima reunião, e eles terminaram com uma breve atividade rítmica divertida.

Quando me encontrei com o professor depois, nós dois ficamos atônitos por um momento. Ele viu essa como uma reunião divisora de águas para sua turma – em parte pelo modo como receberam Clyde de volta, em parte porque James iniciou os elogios repetidos (James tinha tido problemas com Clyde o ano todo), e em parte pela coragem modelada por Clyde e Liz.

Por causa desse professor, que preparou o terreno ensinando sobre erros, diferenças, elogios e encorajamento, esses alunos tinham as habilidades necessárias para se reunirem assim.

– Jody McVittie, M.D., Lead Trainer Certificada em Disciplina Positiva

DICAS DA FERRAMENTA

1. Agende reuniões de classe diárias.
2. Coloque uma pauta em um local visível e facilmente acessível para os alunos. Quando os alunos têm um desafio, eles podem colocá-lo na pauta. Ou você pode dar uma escolha: "Você prefere colocar isso na nossa pauta de reunião de classe, ou usar a roda de escolhas para resolver este problema?".
3. Escreva a pauta para alunos mais novos em horários especificados, como logo antes do recreio.
4. Comece toda reunião com uma rodada de reconhecimentos.
5. Faça um *brainstorming* a fim de buscar soluções para os itens da pauta e escreva todas elas.
6. Peça aos alunos envolvidos que escolham uma solução que funcione para eles.
7. Faça o acompanhamento durante a reunião de classe na semana seguinte para ver se a solução funcionou.

O que as pesquisas científicas dizem

Fazer reuniões de classe é uma das melhores maneiras de proporcionar experiências para os alunos se sentirem pertencentes à escola. Pesquisas mostram que, quando os alunos percebem um senso de pertencimento na escola, o desempenho acadêmico melhora, assim como se tornam bem-sucedidos no aspecto socioemocional.[52] Leachman e Victor relatam que as reuniões de classe ajudam os alunos a desenvolverem um senso de responsabilidade, empatia e automotivação.[53] Edwards e Mullis explicam o sucesso e os benefícios das reuniões de classe. Especificamente, reuniões de classe podem aprimorar relacionamentos, aumentar os sentimentos de pertencimento dos alunos, aumentar a comunicação eficaz e melhorar habilidades de resolução de problemas, além de ajudar a facilitar um clima escolar positivo, cuidadoso e cooperativo para a aprendizagem.[54] Professores de escolas urbanas em um exame qualitativo da eficácia das reuniões de classe compartilharam os comentários a seguir sobre como as reuniões de classe cuidam de problemas de forma proativa enquanto validam as preocupações dos alunos, levando assim a menos interrupções e conflitos.[55]

"Os alunos estão atendendo às expectativas de disciplina e aprendendo a valorizar quem são."

"Tivemos um grupo mais positivo, coeso e melhor frequência escolar."

"As reuniões de classe trazem à tona problemas latentes antes que eles explodam."

"Houve uma tolerância para com os outros e um vínculo social."

"Acho que menos tempo é gasto lidando com outras situações em sala de aula. Geralmente as crianças esperam até a reunião de classe para discutir problemas."

DIRETRIZES DA SALA DE AULA

A permissividade ignora a necessidade de ordem.

— Rudolf Dreikurs

Envolver os alunos na criação de regras e regulamentos para a sala de aula ajuda a construir um senso de comunidade, conexão e propriedade. Isso é fundamental para ajudar os alunos a se sentirem capazes e motivados a contribuir, porque eles foram envolvidos no processo.

Em muitos casos, os professores podem decidir *o que* e permitir que os alunos decidam *quando* e *como*. Por exemplo, informe aos seus alunos que os equipamentos do parquinho devem ser tratados com respeito, e depois permita um *brainstorming* sobre o *como* e o *quando*.

"Vocês não podem simplesmente se levantar e sair sem permissão."

Toda a turma pode estar envolvida na criação de vários quadros de rotina: manhã, recreio, estudo, fim do dia, e assim por diante. Uma rotina matinal pode incluir alunos recepcionando colegas na porta, um poema matinal e preparação para a primeira aula. Algumas escolas começam o dia com a rotina de reuniões de classe, começando com elogios para estabelecer um tom positivo para o dia.

Na seção "Ferramenta na prática" a seguir, uma professora compartilha como seus alunos desenvolveram diretrizes gerais para criar a atmosfera de sala de aula que desejavam, a fim de garantir conexão e o aprendizado.

Ferramenta na prática de Seattle, Washington

Rufem os tambores, por favor...

Foram doze dias de preparação, e estou feliz em anunciar que estabelecemos nossas diretrizes e expectativas para nossa sala de aula. Elas são:

- Estar em segurança.
- Ser gentil.
- Cuidar da nossa escola e dos materiais.
- Ajudar uns aos outros a aprender.
- Divertir-se.

Começamos compartilhando maneiras de tornar este ano incrível. Depois de coletar cerca de quarenta ideias, agrupamos essas ideias nas categorias listadas. Em grupos, fizemos um *brainstorming* sobre o que diríamos e faríamos para estar em segurança, ser gentis, cuidar da nossa escola e dos materiais, ajudar uns aos outros a aprender e nos divertir. Em seguida, discutimos e revisamos essas ideias em grupo e criamos vários rascunhos. Nós as enfeitamos e demos nosso selo de aprovação assinando nossos nomes.

As diretrizes serão mantidas vivas ao longo do ano e nos darão uma estrutura para pausar e refletir, aumentando nossa consciência do mundo ao nosso redor. Elas serão revisadas e praticadas repetidamente.

Estamos estabelecendo nossas rotinas e nos divertindo – bom, pelo menos eu estou!

— Alunos da Sra. Leckie, Queen Anne Elementary

Ferramenta na prática de Poway, Califórnia

Durante minhas aulas após o almoço, notei que muitos alunos pedem para ir ao banheiro. Acredite ou não, é uma interrupção ter alunos levantando a mão não para participar, mas pedindo para ir ao banheiro. Também percebi que às vezes pode ser humilhante para os alunos, pois eles sabem que estão claramente interrompendo o fluxo da aula quando não estão respondendo com uma resposta a uma pergunta ou um pensamento sobre o assunto em questão.

Então mudei minha política de banheiro, de "Peça" para "Você é um jovem adulto – tome uma boa decisão sobre quando é o melhor momento para sair, pegue o passe do banheiro e acene para mim, de modo que eu saiba que você está saindo. Seja responsável indo ao banheiro e voltando direto para a aula".

Até agora, neste ano, não tive mau uso do passe do banheiro e minha aula permanece sem interrupção! Os alunos me dizem que amam nossa política de banheiro e gostariam que seus outros professores os tratassem da mesma maneira.

— Diana Loiewski, Professora, Educadora Certificada em Disciplina Positiva

DICAS DA FERRAMENTA

1. Convide os alunos para ajudar a fazer uma lista de diretrizes da classe. Exemplos:
   - Ser gentil.
   - Ser respeitoso.
   - Fazer revezamentos.
   - Focar soluções.
   - Evitar interrupções.
2. Divida-os em pequenos grupos e dê a cada grupo uma dessas diretrizes para encenar o que acontece quando os alunos seguem a diretriz e o que acontece quando não a seguem.
3. Quando os alunos não estiverem seguindo uma diretriz, aponte para a lista e pergunte: "Você pode ver qual diretriz precisa ser seguida agora?".
4. Periodicamente discuta uma diretriz durante as reuniões de classe para revisão e treinamento.
5. Faça rodízio com os alunos para que se revezem na liderança, como cuidar da rotina de trabalhos da sala de aula.

O que as pesquisas científicas dizem

Pesquisas mostram que professores eficazes possuem boas habilidades organizacionais e trabalham com os alunos antecipadamente para estabelecer estrutura e rotina. Estudos indicam que problemas de comportamento ocorrem quando os alunos não entendem as rotinas e procedimentos da sala de aula. Stronge relata em sua revisão sobre as qualidades de professores eficazes e melhores práticas em educação que professores que envolvem os alunos no processo de estabelecimento e manutenção de diretrizes e rotinas são mais eficazes na gestão da sala de aula e no fornecimento de instrução de qualidade.[56]

RECONHECIMENTOS

Podemos construir apenas sobre pontos fortes, não sobre fraquezas.

— Rudolf Dreikurs

Fazer e receber reconhecimentos é outra arte que precisa ser ensinada e praticada – especialmente porque reconhecimentos não são a mesma coisa que elogios. Um reconhecimento é algo que você aprecia nas outras pessoas – não porque elas atenderam às suas expectativas, mas por causa de uma contribuição que fizeram para o bem-estar de outros ou do ambiente, ou por algo que alcançaram para melhorar seu próprio bem-estar.

Às vezes você terá alunos cujo comportamento é tão desafiador que é fácil esquecer que seu comportamento é apenas a ponta do *iceberg* e existe por causa do desencorajamento. Para esses alunos, pode não ser fácil encontrar uma maneira de fazer um reconhecimento. É útil se aprofundar um pouco mais para descobrir algo que possa ser encorajador para um aluno com mau comportamento. Use algumas das outras ferramentas, como "Torne-se um detetive do objetivo equivocado" (p. 1) ou qualquer uma das ferramentas "Entenda o objetivo equivocado" (p. 14) a fim de descobrir o desencorajamento por trás do comportamento – e, assim, a necessidade de encorajamento. Adoramos a verdade desta citação inspiradora (autor desconhecido) que foi postada no Pinterest e em outros *sites* de mídia social: "Pensar que seu filho está *se comportando mal* te leva a pensar em punição. Pensar que seu filho está *lutando para lidar com algo difícil* encoraja você a ajudá-lo a superar seu sofrimento".[57]

Reconhecimentos são uma parte importante das reuniões de classe porque definem um tom positivo para

"Comunicação frequente e eficaz é a base de uma boa gestão de sala de aula. É por isso que envio um reconhecimento diário a todos os meus alunos. O custo do envio é alto, mas o encorajamento compensa dez vezes mais."

o resto da reunião. Eles também podem definir o tom para a atmosfera da sala de aula. Aprender a fazer e receber reconhecimentos é uma habilidade de vida valiosa para ajudar os alunos a procurarem o que é bom e a verbalizar seu apreço ao longo do dia.

A atividade a seguir, chamada Charlie, foi criada por Suzanne Smitha, uma psicóloga escolar, para ajudar os alunos a experienciar quão profundamente doloroso é dizer coisas maldosas a outro aluno e como pode ser encorajador dizer coisas positivas.[58]

1. Mostre um desenho de Charlie em cartolina. (Um contorno simples ou figura de palito é suficiente.) Apresente-o como Charlie, que vai a outra escola e não é muito querido.
2. Peça aos seus alunos que pensem em comentários que eles poderiam ouvir que magoariam os sentimentos de Charlie (como "Não gostamos de você", "Você parece engraçado" ou "Você não pode brincar conosco"). À medida que eles oferecem exemplos, amasse primeiro um canto e depois o próximo, até que o papel esteja todo amassado, cada vez que um comentário maldoso for feito, até que Charlie desapareça em uma bola de papel enrugada.
3. Então sugira que Charlie está se sentindo muito mal com todos esses comentários, e seus alunos provavelmente também estão se sentindo mal depois de verem o quanto essas palavras machucam Charlie. Peça aos alunos que pensem em coisas que eles poderiam dizer a Charlie para ajudá-lo a se sentir melhor. O que ele precisa ouvir para ajudá-lo a saber que ele é uma parte importante da escola? Pedidos de desculpas são necessários? A cada exemplo de um comentário positivo que os alunos sugerem, alise um pedaço do papel até que Charlie esteja inteiro novamente.
4. Pergunte se Charlie está diferente agora. (Ele ainda está, é claro, bastante amassado.) Conduza os alunos ao ponto que eles possam aprender com essa atividade: não importa o quanto tentemos retratar o que dissemos ou quão sinceras sejam nossas desculpas, comentários feitos com a intenção de magoar deixam marcas na pessoa. É, portanto, muito importante que pensemos antes de falar e façamos todo o esforço para garantir que nossos comentários aos outros sejam respeitosos o tempo todo.

Essa atividade muito poderosa tem um impacto duradouro nos alunos, como você verá nas seções "Ferramenta na prática" a seguir.

Ferramenta na prática de Morristown, Nova Jersey

Durante a atividade do Charlie, os alunos frequentemente se contorcem um pouco ou agem como se fosse bobagem (afinal, é o trabalho deles nessa idade), mas a atividade sempre os afeta. Eles adoram ensiná-la para alunos mais novos, e isso realmente os ajuda em um momento em que a crítica verbal é muito frequente entre seus pares.

Depois de apresentar a atividade do Charlie alguns anos atrás para uma turma do Fundamental II, eu estava no corredor mais tarde no mesmo dia enquanto os alunos estavam nos seus armários trocando de aula. Eu não sei o que foi dito por um aluno para outro, mas a resposta foi: "Ai, isso foi um Charlie".

É difícil para eles, com seus colegas, dizerem: "Ei, essas palavras me magoaram", mas esse aluno se sentiu confortável o suficiente para dizer a mesma coisa usando o Charlie.

— Teresa LaSala, Lead Trainer Certificada em Disciplina Positiva

Ferramenta na prática de Hampton, Virgínia

Na última sexta-feira tive o privilégio de conduzir a atividade do Charlie com um grupo de alunos do segundo ano. Com o meu primeiro amassado, eles ficaram chocados. Então ficaram tão entusiasmados com a liberdade de dizer o que vinha à mente que começaram a rir das coisas desagradáveis ditas por um aluno após o outro. No entanto, quando chegou a hora de fazer comentários gentis para confortar Charlie, eles rapidamente se redimiram, e ele foi "desdobrado".

Uma garotinha, Sophie, que frequentemente diz coisas desagradáveis aos colegas, disse: "Ele ainda está amassado". Sua observação foi um ótimo ponto de transição, e as crianças mais próximas de Charlie começaram a tentar alisar suas mãos, pernas e pés amassados. Quando perguntei se alguém já tinha se sentido como Charlie, a maioria assentiu, claro. E quando perguntado se alguém já tinha dito coisas desagradáveis como as que acabávamos de ouvir, a maioria também assentiu, e Sophie admitiu: "Às vezes eu digo coisas maldosas porque quero magoar os outros porque estou magoada". Eu abordei isso da melhor forma que pude, sem me tornar muito pessoal.

Então, uma garotinha perguntou se ela poderia abraçar o Charlie. "Claro!" Eu disse. E ele foi passado para vários alunos abraçarem.

A pequena Kimberly notou o resultado: "Agora ele está amassado porque nós o abraçamos".

— Brenda Garret, Trainer Certificada em Disciplina Positiva

Ferramenta na prática de Shenzhen, China

Alvin, um garoto de 8 anos, era visto como um "aluno problema" na turma da Sra. Happy Guan, onde eu estava auxiliando. Ele estava sentado ao meu lado na roda e não conseguia parar de se mexer, constantemente fazendo caretas e sons engraçados. No entanto, quando eu pedia para ele falar, ou ele não tinha nada a dizer ou sua voz era baixa demais para ser ouvida.

Quando estávamos praticando fazer reconhecimentos, um aluno disse a ele: "Alvin, agradeço por me fazer feliz fazendo caretas engraçadas". Mas esse comentário foi feito em um tom sarcástico. Quando chegou a vez de Alvin falar, ele disse que não tinha ninguém para agradecer. Perguntei se ele gostaria de agradecer à Susan por lhe emprestar seu lápis. Ele demorou um pouco para dizer as palavras, e quando o fez, falou muito rapidamente com uma voz robotizada.

Eu sabia que ele não estava acostumado com esse tipo de interação, que ele achava desconfortável, e seus sentimentos foram magoados. Eu dei um tapinha em seu ombro e agradeci por sua coragem em praticar dizer "obrigado".

Durante a primeira rodada da atividade do Charlie, quando todos estavam magoando Charlie, Alvin disse várias palavras duras. No entanto, ele começou a baixar a cabeça, depois as costas. No final, ele enterrou a cabeça profundamente nos joelhos. Meu coração doía por ele. Eu sabia quanto desrespeito esse menino havia recebido de sua escola e de sua família.

Então, quando estávamos fazendo a segunda rodada, enquanto todos estavam encorajando Charlie, Alvin começou a se sentar lentamente. Não há outra imagem melhor do que uma "flor desabrochando" para descrevê-lo naquele momento.

Quando foi a terceira rodada, "O que você diria aos seus colegas de classe se você fosse o Charlie?", os olhos de Alvin ficaram maiores e mais brilhantes; suas costas estavam retas. Ele pegou o bastão de fala e disse em voz alta: "Se eu fosse o Charlie, eu diria: 'Embora eu tenha defeitos, sou uma boa pessoa, então não me menospreze!'".

Eu vi as lágrimas nos olhos da Sra. Happy, e eu senti o mesmo – tocada e orgulhosa de Alvin.

— Elly Zhen, Trainer Certificada em Disciplina Positiva

Ferramenta na prática de Paris, França

Recebi minha turma do primeiro ano, incluindo John, cuja história pessoal estava cheia de acompanhamentos regulares por um psiquiatra. Essa criança vinha todos os dias para a escola e se comportava da mesma maneira na classe – cabeça baixa, pisando forte, gritando, obviamente infeliz. Em combinação com sua alarmante falta de habilidades psicossociais, ele mostrava um atraso significativo na aprendizagem acadêmica. Eu até me perguntava se essa criança já havia frequentado a escola antes do primeiro ano.

Esse comportamento continuou por várias semanas até um dia extraordinário quando, durante a "rodada de reconhecimentos", um colega agradeceu a ele por segurar sua mão durante a formação. Foi como uma revelação para essa criança tão machucada: ele sorriu com tanta satisfação que pude ler a emoção, a intensidade e seu significado imediato: *agora eu pertenço, sou importante; alguém sabe meu nome, e isso me faz importante.* John se rebelou cada vez menos depois disso, e abraçou o aprendizado.

E ontem, durante a rodada de agradecimentos na reunião de classe, os alunos agradeceram aos colegas com quem tinham brincado durante o intervalo anterior. O primeiro a falar muitas vezes influencia os tipos de agradecimentos que seguem. John, olhando para sua assistente de necessidades especiais, disse: "Nadia, obrigado por me ajudar a fazer meu trabalho. Estou mais forte agora".

Isso mostra que o tempo dedicado a John pela assistente de necessidades especiais, o encorajamento que ela deu a John para mostrar o quanto ele era capaz, e os passos sucessivos e progressivos feitos para gerenciar o trabalho foram todos sentidos pelo aluno, que expressou sua gratidão usando a rodada de reconhecimentos durante a reunião de classe. Após receber reconhecimentos de seus colegas, ele foi capaz de dizer algumas palavras de apreciação de maneira muito significativa.

— Florence Samarine, Professora em uma escola pública

DICAS DA FERRAMENTA

1. Os alunos superarão o constrangimento de fazer e receber reconhecimentos quando praticarem a habilidade.
2. Ensine os alunos a focar o que os outros realizam e como ajudam os outros, em vez de falar sobre o que eles vestem. Exemplos:
   - "Gostaria de te agradecer por me ajudar com matemática ontem."
   - "Gostaria de te agradecer por brincar comigo no tanque de areia no recreio."
   - "Gostaria de te reconhecer por se esforçar tanto no seu projeto."
3. É útil modelar reconhecimentos fazendo vários todos os dias. Faça anotações para garantir que cada aluno receba um comentário seu por semana.

O que as pesquisas científicas dizem

Você sabia que pode melhorar o comportamento dos alunos em 80% apenas apontando o que eles fazem corretamente?[59] Estudos consistentemente mostram que reconhecimentos de professores e colegas influenciam a conexão com a escola e impactam a cultura escolar. Ambas, conexão/pertencimento à escola e a cultura da escola, são variáveis importantes identificadas como influenciadoras do sucesso geral do aluno – social, emocional e acadêmico.

No contexto da Disciplina Positiva, as reuniões de classe fornecem uma estrutura para os alunos fazerem e receberem reconhecimentos regularmente. Além disso, ensinar as habilidades essenciais das reuniões de classe oferece aos alunos a oportunidade de aprender a fazer e receber reconhecimentos verdadeiros. Frequentemente, os alunos começam elogiando o penteado ou as roupas de um colega, mas, por meio das atividades de Disciplina Positiva, eles aprendem a fazer reconhecimentos mais relacionados ao processo e significativos. Os alunos aprendem a encorajar uns aos outros, mostrar apreciação pelo modo como alguém os ajudou, ou mostrar apreciação por algo como um jogo divertido de futebol no recreio.

Esses benefícios são evidentes na pesquisa. Por exemplo, Potter se propôs a determinar se reuniões de classe aumentavam a capacidade de um aluno de interagir positivamente na escola e em casa.[60] Esse estudo descobriu que a capacidade dos alunos de fazer e receber reconhecimentos melhorou, e o número total de reconhecimentos aumentou como resultado das reuniões de classe regulares usando o modelo da Disciplina Positiva. Os alunos geralmente eram mais solidários uns com os outros também. Nesse estudo, as reuniões de classe foram introduzidas em uma sala de quinto ano ao longo de um período de oito semanas. Diários de professores e alunos, bem como pesquisas com pais, indicaram um aumento nas habilidades de interação positiva dos alunos. Os resultados indicaram que os alunos aumentaram suas habilidades em três áreas específicas: ouvir, capacidade de reconhecer e apreciar os outros e a capacidade de mostrar respeito pelos outros.

REUNIÕES ENTRE PAIS, PROFESSORES E ALUNOS

O educador deve acreditar no potencial poder de seu aluno e deve empregar toda a sua arte em buscar fazer com que seu aluno experimente esse poder.

— Alfred Adler

Houve um tempo em que convidar alunos para uma reunião de pais e mestres nem era considerado. E algumas reuniões de pais e professores eram desanimadoras, com pais de alunos com dificuldade se sentindo culpados pelos professores, e os professores desses alunos se sentindo culpados pelos pais. O aluno em dificuldade só podia imaginar o que estava sendo dito sobre ele ou ela, e nada disso parecia encorajador.

Ter todos conversando juntos proporciona perspectivas variadas e oportunidades para conversas focadas em soluções sobre pontos fortes e desafios. Quando todos estão trabalhando juntos para resolver problemas, o resultado é uma experiência de apoio e encorajamento para o aluno, pais e professor.

As reuniões são mais respeitosas quando o aluno está incluído. Afinal, o aluno está bem ciente de seus desafios e pontos fortes e pode agregar muito ao processo de encontrar soluções para minimizar desafios e encorajar pontos fortes. Além disso, reuniões de pais, professores e alunos proporcionam uma oportunidade para criar uma conexão entre casa e escola por meio de colaboração e parceria. Você pode obter uma visão do ambiente doméstico do aluno, dos valores e expectativas familiares e das regras e rotinas. Os pais têm a oportunidade de aprender com suas perspectivas e *insights* profissionais. Quando o aluno está presente, ele ou ela tem uma chance única de sentir o apoio tanto dos pais quanto do professor ao mesmo tempo. Quando esses adultos importantes na vida do aluno mostram seu interesse e preocupação,

REUNIÕES ENTRE PAIS E PROFESSORES

"A má notícia é que seu filho reprovou em todos os testes deste período. A boa notícia é que os erros são oportunidades para aprender."

o efeito é encorajador e motivador para o aluno e tranquilizador para os adultos.

O livro *Soar with Your Strengths* [Voe com seus pontos fortes, em tradução livre] começa com uma parábola encantadora sobre um pato, um peixe, uma águia, uma coruja, um esquilo e um coelho que frequentam uma escola com um currículo que inclui: correr, nadar, escalar árvores, pular e voar.[61] Claro, cada um dos animais nasceu com talento em pelo menos uma dessas áreas, mas cada um estava destinado ao fracasso em outras áreas. É impactante ler sobre o castigo e desencorajamento que esses animais encontram quando pais e o pessoal da escola insistem que eles devem se sair bem em todas as áreas se quiserem se formar e se tornar animais bem adaptados. Um ponto principal desse livro é que "a excelência só pode ser alcançada *focando* os pontos fortes e *gerenciando* os fracos, não por meio da eliminação das fraquezas".

Reuniões de pais, professores e alunos podem ser uma parte importante do processo para encorajar os alunos a gerenciarem suas áreas de fraqueza e se destacar com seus pontos fortes. Quando seus professores insistem que eles tentem tirar notas máximas, os alunos aprendem mediocridade. Às vezes os professores até penalizam os alunos tirando o tempo que eles passam em suas melhores matérias (em que se sentem encorajados) até que eles melhorem em suas áreas de fraqueza (em que se sentem desencorajados). Em vez disso, os professores poderiam orientar os alunos a dedicarem tempo suficiente em suas áreas fracas para manter o progresso e a maior parte do tempo construindo seus pontos fortes.

É importante se colocar no lugar dos pais e do aluno ao se preparar para falar sobre os pontos fortes, as dificuldades ou áreas em que é necessário o crescimento do aluno. Pais e alunos estão mais abertos ao *feedback* quando uma relação de confiança e segurança já foi estabelecida, conforme determinado pela ferramenta "Cuidado" na p. 40. Alguns professores começam o ano com uma saudação por cartão-postal enviado pelo correio. Abrir as portas da escola para os pais é outra oportunidade para fomentar a comunicação entre casa e escola. A comunicação calorosa e cuidadosa estabelece uma base para respeito e confiança. A comunicação frequente usando *e-mails* ou boletins informativos continua esse processo de comunicar planos e expectativas aos pais. A comunicação eficaz mantém os pais informados e conectados durante o ano letivo e cria uma base para reuniões eficazes de pais, professores e alunos.

Ferramenta na prática de San Jose, Califórnia

Reuniões de pais, professores e alunos são a norma em nossa escola. Como mãe, esse processo foi de grande benefício para mim e para minhas duas filhas ao longo dos anos dos Ensinos Fundamental e Médio.

Nossas reuniões, realizadas duas vezes por ano, são lideradas pelos alunos. Antes das reuniões, os alunos refletem sobre seu próprio aprendizado e preparam amostras de trabalhos de cada disciplina que desejam compartilhar com suas famílias.

Durante a reunião, os alunos lideram, compartilhando o que sabem, como se sentem sobre seu aprendizado, seus sucessos e seus erros. Eles estabelecem metas de aprendizado para o resto do ano. Eles também podem compartilhar o que precisam dos adultos ao seu redor para apoio.

Minhas duas filhas realmente assumem a responsabilidade pelo próprio aprendizado e têm um entendimento muito maior do que sabem e quais passos podem dar para aprender o que ainda não sabem. Como mãe, posso ver a independência, o orgulho e a motivação delas por meio do compartilhamento, o que ajuda a aliviar qualquer ansiedade minha sobre a educação delas.

> — Cathy Kawakami, Indigo Program School, Trainer Certificada em Disciplina Positiva

Ferramenta na prática de Atlanta, Geórgia

O dia da reunião de pais e professores havia chegado. Mães e pais entravam e saíam da minha sala de aula enquanto aprendiam sobre o progresso de seus filhos, ao mesmo tempo que me ensinavam o que eu precisava saber sobre o desenvolvimento social, emocional e educacional de cada criança.

Os pais de Sam chegaram com esperança e alguma apreensão em seus olhos. Sabe, os alunos que ensino têm dificuldades na escola, e Sam realmente tem lutado – a escola não tem sido fácil em nenhum aspecto para ele. O que é tão fácil para outros é inviável para a criança com diferenças e desafios de aprendizado. Uma parte significativa do meu trabalho é ensinar a esses alunos o que eles precisam para ter sucesso por meio de conexão, respeito e encorajamento. Se eu conseguir alcançar esse objetivo, sei que o trabalho árduo e a perseverança deles compensarão de maneiras que eles nem podem imaginar.

Então, enquanto os pais de Sam se sentavam diante de mim, eu sabia que tinha que falar com honestidade e compaixão. Quando Sam entrou na minha sala de aula, ele não veio com confiança, proeza acadêmica ou senso de pertencimento. Para a criança que aprende de forma diferente dos outros, os professores devem construir um ambiente de aprendizado onde a conexão e o trabalho árduo são valorizados e encorajados. Tal ambiente é vital para qualquer progresso acadêmico.

Lentamente, ao longo do ano letivo, por meio de reuniões de classe, encorajamento e resolução ativa de problemas, Sam começou a florescer. Eu podia ver que ele iria ficar bem – com muito trabalho árduo, instrução apropriada e diligência, é claro!

Durante a reunião, os pais de Sam quase visivelmente colocaram suas esperanças e sonhos para Sam, seu único filho, na pequena mesa entre nós. Enquanto eu fazia o meu melhor para explicar as nuances da aprendizagem de Sam, seu progresso e suas necessidades de aprendizado, eu podia ver a antecipação em seus rostos. Ficou claro para mim que eu precisava me conectar com suas esperanças e sonhos também.

Como eu havia recebido o dom de não apenas ensinar Sam a ler, mas também de me conectar com ele emocionalmente, ao mesmo tempo que promovia um ambiente social positivo em nossa sala de aula, eu podia, de forma genuína, ver e apreciar a pessoa incrível que ele é. Eu compartilhei com seus pais minha crença honesta no futuro de Sam em relação a todos os aspectos de seu crescimento e desenvolvimento. As lágrimas de alívio começaram a fluir tanto da mãe quanto do pai de Sam. Quando alcancei a caixa de lenços, eu sabia que tudo iria ficar bem.

Os princípios da Disciplina Positiva não apenas alcançam e transformam a criança, mas também tocam o professor e todos aqueles que amam a criança.

— Professora de leitura de primeiro e segundo anos

DICAS DA FERRAMENTA

1. Todos (pais, professor e aluno) vieram preparados com respostas para estas perguntas?
   - O que está indo bem?
   - O que é necessário para encorajar e apoiar o que está indo bem?
   - Em quais áreas a melhoria seria benéfica?
   - O que é necessário para apoiar as melhorias?
2. Durante a reunião, peça a todos os participantes que compartilhem o que escreveram. Deixe o aluno compartilhar primeiro.

O que as pesquisas científicas dizem

O *The Harvard Family Research Project* (Projeto de Pesquisa Familiar de Harvard) recomenda ter uma conversa bidirecional na qual os professores aprendam tanto quanto possível com os pais.[62] Essa abordagem constrói respeito e confiança com a família do aluno e coloca ênfase na construção de um relacionamento e aprendizado mútuo para apoiar o aluno. Quando alunos do Ensino Fundamental são incluídos nas reuniões de pais e professores, sua inclusão gera sentimentos positivos, sendo reconhecida como benéfica para a aprendizagem. Além disso, os pais ganham percepções importantes sobre o relacionamento de seu filho com o professor. Pesquisas identificam uma relação positiva entre o envolvimento familiar e o sucesso do aluno. Essa relação foi encontrada independentemente de raça/etnia, classe ou nível de educação dos pais.[63]

Por exemplo, Marcon examinou 708 pré-escolares e o envolvimento de seus pais ao longo de um período de três anos. Os participantes desse estudo incluíram principalmente alunos de Educação Infantil afro-americanos de baixa renda e seus pais em programas de escolas públicas de período integral ou do Programa *Head Start*.* O envolvimento dos pais, que Marcon pediu aos professores para avaliar com base em reuniões de pais e professores, bem como visitas domiciliares e tempo gasto como voluntários na escola, foi comparado com os níveis de desempenho dos alunos. O estudo descobriu que, quando os pais estavam altamente envolvidos, seus filhos, especialmente os meninos, apresentavam melhor desempenho.[64]

---

* N.T.: *Head Start* é um programa do Departamento de Saúde e Serviços Humanos nos Estados Unidos que oferece serviços abrangentes de educação, saúde, nutrição e envolvimento dos pais na primeira infância para crianças e famílias de baixa renda.

FUNÇÕES EM SALA DE AULA

Nunca faça por uma criança o que ela pode fazer por si mesma.

— Rudolf Dreikurs

Em nome da praticidade, muitos professores fazem coisas que os alunos poderiam fazer por si mesmos ou uns pelos outros. Um exemplo são os murais. Claro, murais feitos por professores podem parecer melhores do que aqueles criados por alunos, mas isso é uma oportunidade perdida para os alunos se sentirem capazes, além de experimentarem o orgulho do senso de propriedade. Podemos garantir que seus alunos ficarão muito mais interessados nos murais criados por seus colegas.

Trabalhos em sala de aula dão aos alunos a oportunidade de contribuir regularmente de maneira significativa. Eles promovem responsabilidade e respeito pelos outros na sala de aula, e os alunos percebem um senso de pertencimento e capacidade quando fazem contribuições necessárias.

"Se você tem um aluno que se recusa a ficar sentado, coloque-o para trabalhar: entregando mensagens para você, coletando trabalhos concluídos, distribuindo e recolhendo livros e passando a lixeira."

Envolva toda a turma em um *brainstorming* para listar os trabalhos que precisam ser feitos na sala de aula e deixe os alunos decidirem como fazer um rodízio nos trabalhos para que ninguém fique preso ao pior ou continue fazendo apenas o melhor. Quando os professores convidam os alunos a trabalharem juntos para fazer uma lista de trabalhos da sala de aula, os alunos compartilham um senso de propriedade. Esse processo por si só tem um efeito positivo imediato no senso de pertencimento e contribuição dos alunos.

Ferramenta na prática de Fort Wayne, Indiana

Este ano letivo começou com um pequeno desafio. Alguns alunos sempre queriam ser os primeiros na fila para segurar a porta para o resto da turma. Quando esse desafio foi levantado durante nossa reunião de classe, os alunos começaram, entusiasmados, a pensar em soluções para tal desafio.

Todos concordaram em criar uma lista de alunos que gostariam de ser um "segurador de porta", como nomearam essa responsabilidade, e fizeram um rodízio desse trabalho todos os dias entre os alunos que o queriam. As crianças colocaram a lista ao lado da porta, e todos os dias eles podem verificar de quem é a vez.

Uma parte incrível desse esforço de resolução de problemas foi que os próprios alunos foram os que acompanharam a manutenção do acordo, sem qualquer orientação de um professor. Quando alguém grita que gostaria de ser o segurador da porta, a resposta é sempre: "Vamos seguir nosso acordo. Não é sua vez. Verifique a lista, por favor."

— Nataliya Fillers, Oak Farm Montessori School, Educadora Certificada em Disciplina Positiva

Ferramenta na prática de Lima, Peru

É muito importante para mim que todos os meus alunos se sintam importantes para o grupo e para mim. A ferramenta "Funções em sala de aula" da Disciplina Positiva alcançou esse objetivo de forma muito mais eficaz do que eu esperava.

É importante notar que essa ferramenta foi aplicada em uma classe de trinta e cinco alunos do terceiro ano. Apesar desse número relativamente grande, o objetivo foi alcançado com cada aluno assumindo uma responsabilidade específica na sala de aula. Essa atribuição de trabalho fez com que cada criança se sentisse parte de uma assembleia onde todos podiam propor soluções para problemas enquanto respeitavam seus colegas, onde todos podiam se sentir ouvidos, considerados e livres para expressar suas opiniões.

Quanto a mim, desisti de ter controle sobre eles em troca de sua participação e cooperação. Agora, o vínculo que estabeleço com meus alunos é mais próximo e mais respeitoso. Eu os observo com carinho e me maravilho todos os dias com o sucesso que estão alcançando. Eles sabem que podem contar comigo para encorajamento, mas também sabem que são capazes de realizar muitas coisas por conta própria.

Por exemplo, quando estou liderando uma atividade, o cronometrista me avisa que devo me preparar para terminar mostrando o sinal de que tenho cinco minutos restantes. Outro aluno encarregado dos elogios nos convidou a refletir, dizendo ao grupo: "Fechem os olhos por um instante e lembrem-se de quem fez algo especial por nós, ou quem tentou melhorar. Pensem nisso para que possam fazer o reconhecimento". Fiquei maravilhada ao vê-los seguir em sua reflexão, nomeando uns aos outros e fazendo reconhecimentos: "Obrigado por me animar quando eu estava triste", "Obrigado por me explicar a lição de casa", "Obrigado por me convidar para brincar", e "Reconheço que você está fazendo um grande esforço para esperar sua vez de falar e não interromper".

O sentimento de pertencimento criado pelas responsabilidades individuais de trabalho, juntamente com a experiência repetida de ser ouvido e reconhecido, resultou em cada vez menos crianças com comportamentos inadequados, já que elas não mais precisavam se comportar mal para serem notadas ou se sentirem importantes.

Isso não significa que nunca mais tivemos problemas. A diferença foi que aprendemos a resolver esses problemas juntos com ajuda mútua e cooperação. Isso requer paciência, perseverança e confiança no processo. Diferentemente de empregar punições e recompensas para mudar as atitudes dos alunos, que podem produzir resultados instantâneos, mas não duradouros, a Disciplina Positiva produz resultados de longo prazo.

— Sandra Colmenares, Professora do terceiro ano, Educadora Certificada em
Disciplina Positiva em Sala de Aula

Ferramenta na prática do Cairo, Egito

Eu estava enfrentando uma atitude muito rebelde de um aluno na minha turma do décimo segundo ano. Ele sempre questionava minha autoridade na sala de aula. Era uma constante incerteza se ele faria ou não o que lhe era pedido, dependendo do seu humor.

Ao confrontar minha confusão na gestão dessa turma de adolescentes, decidi pedir ajuda aos meus colegas para buscar soluções. Entre as muitas estratégias diferentes que o grupo pensou, escolhi empoderar esse aluno pedindo-lhe que fosse responsável por fazer a chamada no início de cada aula.

Fiquei surpresa com o quanto esse pedido o agradou. Ele se tornou ainda mais rigoroso do que eu em notar colegas que chegavam após o toque do sinal. Ele nunca chegava atrasado e começava seu trabalho prontamente e sem reclamações. Nossa disputa por poder terminou porque eu lhe ofereci uma maneira de perceber um senso de pertencimento ao pedir sua ajuda. A mensagem codificada para o objetivo equivocado de poder mal direcionado, "Deixe-me ajudar", realmente funcionou.

— Marjorie Vautrin, Professora do décimo segundo ano, Oasis International School

DICAS DA FERRAMENTA

1. Crie uma sala cheia de assistentes para facilitar seu trabalho enquanto ajuda seus alunos a se sentirem necessários e capazes.
2. Faça um *brainstorming* de funções suficientes para todos. Exemplos: regar plantas, esvaziar apontador de lápis, distribuir papéis, organizar estantes de livros, monitorar equipamentos do parquinho, monitorar o tempo de limpeza, ser o meteorologista, gerenciar reciclagem, gerenciar presenças e mensagens do escritório, ser o cumprimentador matinal etc.
3. Adicione a função de monitor de trabalhos para supervisionar a conclusão dos trabalhos.
4. Publique a lista de funções na sua sala de aula.
5. Faça rodízio das funções para que todos se tornem proficientes em todos os trabalhos.

O que as pesquisas científicas dizem

Um relatório de Durlak et al. na revista *Child Development* destaca a importância de os alunos contribuírem na sala de aula e em toda a comunidade escolar. Além disso, um componente fundamental dos programas baseados em evidências (programas baseados nas melhores evidências disponíveis e válidas identificadas no campo) é a aprendizagem integrada de habilidades socioemocionais. Fornecer aos alunos oportunidades diárias de contribuir por meio das funções em sala de aula, tutoria entre pares, ou como um companheiro da pausa positiva (ver p. 155), são apenas alguns dos exemplos de como a Disciplina Positiva atende a esse padrão baseado em evidências. Esse relatório cita benefícios específicos de contribuir na sala de aula, incluindo sentimentos de satisfação e pertencimento dos alunos. Além disso, foi demonstrado que contribuir na sala de aula aumenta a motivação e o envolvimento. Essa pesquisa publicada em *Child Development* fornece uma base sólida para o que Adler e Dreikurs reconheceram há muito tempo sobre a necessidade das crianças de pertencer e se sentir importante, e a importância de contribuir de maneiras significativas. As ferramentas da Disciplina Positiva são projetadas para ajudar os professores a aplicar na prática o que a pesquisa identifica como importante para o sucesso em longo prazo.

CONTRIBUIÇÕES

Podemos ensinar responsabilidade apenas dando aos alunos oportunidades de eles mesmos aceitarem responsabilidades.

— Rudolf Dreikurs

Temos ouvido muitos professores reclamarem sobre como seu trabalho é difícil porque os pais enviam os filhos à escola com um senso de "direito adquirido". Essa reclamação pode ser verdadeira, mas os professores não podem mudar os pais. Eles podem, no entanto, garantir que seus alunos aprendam a arte de contribuir, uma habilidade que os servirá ao longo de suas vidas.

Adler acreditava que a necessidade primária de todas as pessoas é um senso de pertencimento e que *Gemeinschaftsgefühl* é uma medida de saúde mental. Como mencionamos em uma ferramenta anterior, *Gemeinschaftsgefühl* significa essencialmente "consciência social e um desejo e vontade de contribuir". Assim, pertencimento e contribuição são igualmente importantes. Muitos pais fizeram um bom trabalho em ajudar seus filhos a sentirem um senso de pertencimento. No entanto, a balança fica desequilibrada quando as crianças não são ensinadas também sobre a importância da contribuição. Quando a contribuição está ausente, as crianças desenvolvem um senso de "direito adquirido" (exigência).

Pesquisas mostram que as crianças parecem nascer com o desejo de contribuir. Warneken e Tomasello descobriram que as crianças têm um instinto natural de ajudar os outros desde muito cedo. Em um estudo, crianças de 18 meses e suas mães foram levadas a uma sala onde observaram o experimentador derrubar prendedores de roupa. A criança observava por alguns segundos antes de pegar o prendedor e entregá-lo ao experimentador.[65] Em outro cenário,

"Meu trabalho na sala esta semana é ajudante da biblioteca. Meu professor avisou que eu trabalharia com o Sistema Decimal de Dewey?"

o experimentador tenta colocar livros em um armário com as portas fechadas. A criança o observa bater no armário várias vezes antes de ir até o armário e abri-lo para o experimentador. Se você quiser ver seu coração derreter, vá a este *link* do YouTube e veja por si mesmo: https://youtu.be/LpttC9rllWE

Muitas vezes, mesmo quando as crianças querem contribuir, elas são desencorajadas de fazê-lo. Uma criança de 2 anos pode implorar ou exigir: "Eu faço, eu faço". Em vez de dedicar tempo para honrar esse desejo de ajudar, os adultos às vezes desencorajam os esforços da criança assumindo o controle. Talvez o adulto esteja com pressa ou não pense que a criança pode fazer "bem o suficiente". Os pais não percebem que, com essa atitude desencorajadora, estão negando aos seus filhos uma importante oportunidade de cumprir seu desejo inato de contribuir. É importante que esse padrão não seja repetido na sala de aula.

À medida que as crianças crescem e se acostumam a ter coisas feitas para elas, correm o risco de perder seu desejo natural de contribuir. Elas se acostumam a ter coisas feitas para elas. Alguns parecem ver isso como um fardo, ou até mesmo um insulto, se lhes for pedido para fazer algo por outra pessoa, muitas vezes ao mesmo tempo que fazem demandas constantes aos outros. Na escola, parecem querer e esperar o mesmo tratamento especial que recebem em casa.

Quanto mais alguém quer contribuir (na sua família, sala de aula, comunidade e para o planeta), maior é sua saúde mental geral. Contribuir promove um senso de pertencimento e capacidade. Não devemos privar as crianças desses presentes fazendo demais por elas.

Reuniões de classe fornecem a maneira mais abrangente de ensinar sobre contribuição, embora existam muitas outras maneiras. Sempre que você envolve os alunos na resolução de problemas e na concentração em soluções, eles aprendem um pouco mais sobre como contribuir de maneira significativa.

Ferramenta na prática de Paris, França

Eu estava fazendo sessões de Disciplina Positiva em uma turma de Ensino Médio com alunos de 15 anos. Eu ia falar sobre o cérebro na palma da mão (p. 144) e a pausa positiva (p. 155), no entanto, as conversas paralelas estavam incomodando e não conseguíamos nos concentrar ou ouvir uns aos outros. Foi quando resolvi pedir a ajuda dos alunos e disse: "Eu preciso da sua ajuda.

Digam-me o que precisamos fazer para termos um clima produtivo e sermos respeitosos com o que os outros falam". Eles olharam para mim com surpresa e disseram: "Três horas de detenção".

Eles estão em uma escola bem rígida na qual os professores costumam enviar os alunos para a detenção com bastante frequência. Eu disse a eles que não pretendia enviar ninguém para a detenção. Em vez disso, queria pedir que fizéssemos um *brainstorming* para achar outra maneira de solucionar o problema.

Eles começaram a pensar e dar sugestões. A pessoa responsável por decidir quem falaria passaria o bastão de fala. Eu fiz mais perguntas para ajudá-los a pensar. Até que um grande e pesado silêncio encheu a sala. Eu achei que tinha feito muitas perguntas e não tinha dado espaço para eles. Eu perguntei: "O que está acontecendo agora?". E uma garota disse: "É a opressão". Eu ri e perguntei: "Existe algo entre a opressão e a conversa sem parar?".

Alguém disse: "E se levantássemos as mãos quando precisarmos falar?". Outro aluno disse: "Mas isso é o que todos os professores falam para a gente fazer!". A menina que tinha usado a palavra "opressão" disse: "Pessoal, quando nós decidimos que queremos levantar as mãos, estamos tendo liberdade. Quando os professores nos mandam fazer isso, aí é opressão. O que nós queremos escolher?".

Então tivemos aquele profundo e contínuo silêncio novamente. Depois todos decidiram que poderiam levantar as mãos e ainda ser livres! Levou apenas dez minutos para chegarem a essa conclusão porque foram convidados a contribuir com suas ideias e, no tempo que sobrou, os alunos foram respeitosos e o clima da sala de aula ficou incrivelmente positivo. E eles aprenderam muito. Eles ensinaram uns aos outros o que significa liberdade!

— Nadine Gaudin, Trainer Certificada em Disciplina Positiva

Ferramenta na prática de Chicago, Illinois

Como mãe e Trainer de Disciplina Positiva, sinto que tenho muita sorte por meus filhos frequentarem uma escola que pratica a Disciplina Positiva. O diretor me pediu para passar uma hora conversando com nossa nova vice-diretora para compartilhar os princípios básicos da Disciplina Positiva. Quando marquei a reunião durante o horário de verão, a única disponibilidade era enquanto eu estava com as crianças (Julian, 8 anos, e Eva, 7 anos) em um dia de verão, então sugeri que eles viessem comigo.

Meus filhos sabem que sou educadora parental, e eles me ajudaram na preparação dos materiais para minha aula de parentalidade; eles frequentemente participaram de algumas das atividades enquanto eu preparava cartões plastificados ou outros adereços para atividades. Assim, a presença deles na reunião foi muito mais do que apenas se sentar em uma mesa menor enquanto os adultos conversavam. Pedimos que compartilhassem como as diferentes ferramentas da Disciplina Positiva são usadas em suas salas de aula, e a vice-diretora e eu fomos apresentadas a uma visão da Disciplina Positiva pela perspectiva da criança.

Meu filho (entrando no terceiro ano) explicou como seu professor usava as reuniões de classe para resolver problemas. Minha filha demonstrou a atividade do Charlie e mostrou à vice-diretora uma roda de escolhas que ela tinha desenhado para nossa casa. Meus filhos também leram a atividade de Perguntar *vs.* mandar. Foi muito divertido assistir. Em resposta à pergunta "O que podemos fazer melhor como escola?", meu filho disse que aos professores substitutos poderiam ser ensinadas algumas das técnicas, e minha filha queria um espaço para se acalmar no *playground*.

Testemunhando a conversa entre meus filhos e a vice-diretora, fiquei muito animada por ambos para o próximo ano. A vice-diretora me enviou um *e-mail* mais tarde dizendo que nunca esqueceria o "Charlie amassado" – eu sabia que ela podia ver a profundidade do trabalho e testemunhei a intenção de sua nova equipe de professores.

Quanto aos meus filhos, fiquei muito animada em saber que o trabalho da Disciplina Positiva realmente fazia parte do seu dia a dia na escola, e que eles estavam muito confortáveis compartilhando com uma pessoa completamente nova para eles. Como Trainer em Disciplina Positiva, fiquei muito inspirada pela possibilidade de trazer as vozes das crianças para a educação de adultos.

— Kristin Hovious, Trainer Certificada em Disciplina Positiva

DICAS DA FERRAMENTA

1. Pense em todas as coisas que você faz que poderiam ser feitas pelos seus alunos (como criar murais, cumprimentos matinais e até mesmo ensinar algumas lições). Atribua essas tarefas aos seus alunos.
2. Aprecie verbalmente o quanto eles contribuem para a atmosfera positiva da sala de aula.
3. Envolva os alunos sempre que possível. Por exemplo: "Turma, estamos tendo um problema com interrupções no momento. Preciso da ajuda de vocês para resolver esse desafio".
4. Veja os tópicos "Funções em sala de aula" e "Reuniões de classe" (pp. 123 e 99) para outras ideias sobre como proporcionar oportunidades de contribuição na sala de aula.

O que as pesquisas científicas dizem

Pesquisas baseadas em Adler mostram uma relação direta entre o interesse social (o desejo e a vontade de contribuir) e a saúde mental geral. O interesse social e o sentimento de pertencimento estão relacionados ao estresse percebido, recursos de enfrentamento e resiliência de adultos e crianças.[66]

Além disso, o diretor de educação do Center for Greater Good da Universidade da Califórnia, Berkeley, escreve:

> As escolas não precisam recompensar comportamentos bondosos; a recompensa ocorre naturalmente por meio da sensação calorosa que vem de ajudar outra pessoa. Pessoas que testemunham outras praticando atos de bondade inesperados muitas vezes obtêm uma sensação semelhante, calorosa e edificante – o que o psicólogo e pesquisador Jonathan Haidt... chama de elevação. A pesquisa de Haidt mostra que, em diferentes culturas, os seres humanos são movidos e inspirados quando veem outros agindo com coragem ou compaixão, e essa elevação os torna mais propensos a querer ajudar os outros e se tornar pessoas melhores.[67]

Esse artigo identifica que a recompensa por atos de bondade é muito comum em nossas escolas hoje e aponta que programas que promovem recompensas vão contra o que a pesquisa mostra sobre o desenvolvimento de tendências altruístas.

EVITAR RECOMPENSAS

Recompensa e punição não produzem estímulo interno, ou, se o fazem, é de curta duração e requer repetição contínua.

— Rudolf Dreikurs

Os alunos adoram recompensas, e os professores as veem como uma maneira rápida e eficaz de motivar os alunos — especialmente porque elas funcionam! Mas pare e pense. O que os alunos estão aprendendo quando recebem recompensas por bom comportamento ou boas notas? Eles estão aprendendo a tirar boas notas e a se comportar respeitosamente pelos prêmios internos? Ou estão aprendendo que a recompensa externa é o objetivo importante, não a conquista ou a contribuição? Eles estão aprendendo a pensar em como podem obter recompensas maiores e melhores? Eles decidem parar um bom comportamento ou deixar de tirar boas notas quando não desejam mais a recompensa?

Os alunos adoram muitas coisas que não são boas para eles, como açúcar. Pequenas quantidades dessas coisas não são prejudiciais, mas o excesso cria dependência (vício). O terceiro dos cinco Critérios para Disciplina Positiva discutidos na Introdução afirma que a Disciplina Positiva "é eficaz em longo prazo". Às vezes, precisamos "ter cuidado com o que funciona" quando os resultados em longo prazo não são bons para os alunos.

Na seção "Contribuições" (p. 128), você aprende a importância de ajudar os alunos a desenvolverem um senso de pertencimento e contribuição. Experimentar um senso de pertencimento e sentir-se bem com uma conquista ou por fazer uma contribuição são recompensas internas que podem ser diminuídas por recompensas externas.

Todos nós gostamos de apreciação dos outros, mas e quando a apreciação externa se torna mais importante do que

"Eu tentei de tudo para fazer minha turma prestar atenção. Tentei suborno, sarcasmo, culpa, vergonha e ameaças. Nada funciona! Você está prestando atenção ao que estou dizendo?"

a satisfação interna? Ter consciência pode nos ajudar a encontrar equilíbrio, permitindo que desfrutemos da apreciação externa sem que ela supere a alegria da satisfação interna.

Ferramenta na prática de Lima, Peru

Foi difícil para mim acreditar que era possível aplicar disciplina sem recompensas ou punições, já que isso era o que eu usava anteriormente para induzir meus alunos a um bom comportamento. Eu lhes informava quais seriam as consequências para aqueles que não cumprissem os acordos estabelecidos. Esse sistema gerava resultados imediatos e me trazia tranquilidade.

Mas, apesar das minhas dúvidas sobre a eficácia dessa nova metodologia da Disciplina Positiva, ousei testá-la. Ao final do meu experimento, entendi que não precisava exercer controle sobre meus alunos, mas sim criar um clima no qual as crianças se concentrassem em soluções, propusessem metas de melhoria e se comprometessem a efetuar as mudanças.

Por exemplo, um dos problemas na minha sala de aula era que as crianças demoravam muito a ficarem prontas para trabalhar com projetos. Isso sempre acontecia após o almoço, quando elas deveriam arrumar todos os seus utensílios de alimentação e mover suas mesas para formar grupos. Isso levava muito tempo, e consequentemente elas tinham tempo insuficiente para completar a tarefa em questão.

Tocamos nesse assunto em uma reunião de classe, e elas escreveram suas ideias de melhoria da seguinte forma: "Queremos reduzir o tempo usado para ficarmos prontos na hora do trabalho de projeto, então vamos primeiro cuidar das nossas coisas e mover as mesas antes do almoço. Devemos configurar o cronômetro *online* para dez minutos, para medir nosso tempo".

Para minha surpresa, as crianças chegavam do recreio e rearranjavam suas mesas sem nenhuma indicação minha. Uma delas assumiu a responsabilidade de usar o cronômetro do computador e projetar a contagem regressiva na tela para que todos pudessem ver. Dentro de dez minutos, a maioria já estava sentada, pronta para começar, e o cronômetro foi configurado novamente para monitorar o tempo que todo o grupo levava para estar pronto. Aqueles que demoravam eram encorajados por seus colegas a se apressarem, e todos ficavam contentes ao melhorar e tentar constantemente bater seu próprio recorde.

Eu confirmei sem dúvida que a Disciplina Positiva funciona, e fiquei impressionada com o progresso dos meus alunos. Eles não precisavam mais de um adulto para garantir que fizessem a coisa certa porque queriam que sua sala de aula tivesse uma atmosfera de respeito mútuo.

— Sandra Colmenares, Professora do terceiro ano, Educadora Certificada em Disciplina Positiva

Ferramenta na prática de San Diego, Califórnia

Dexter, meu filho de 4 anos, começou a frequentar a escola. As professoras dele queriam motivar os alunos a seguir instruções, participar nas aulas e se engajar em comportamentos sociais. Então elas resolveram implementar um cartaz com adesivos na sala de aula. Quando o aluno recebesse cinco adesivos, poderia escolher um prêmio da caixa de prêmios.

O primeiro dia foi difícil para Dexter, mas ele conseguiu um adesivo porque era o primeiro dia. No segundo dia ele não ganhou um adesivo. Nos próximos dois dias ele ganhou seus adesivos, mas nos dois dias seguintes ele continuou a ter dificuldades.

Todos os dias de manhã, no caminho para a escola, eu perguntava a ele o que precisava fazer para ter um dia de sucesso. Eu ainda acrescentava: "Eu acredito que você fará boas escolhas hoje".

No último dia que ele não recebeu um adesivo eu perguntei: "É importante para você receber adesivos das professoras?". Ele ficou quieto por alguns segundos, então me olhou nos olhos e disse: "É importante para as minhas professoras".

Esse entendimento reforçou a ideia que motivadores externos não funcionam para as nossas crianças. O quadro de adesivos tornou-se tão perturbador para as outras crianças que algumas delas que amavam a escola começaram a dizer aos seus pais que não queriam mais ir para a escola. Felizmente, as professoras perceberam o estresse que o quadro estava causando e descontinuaram o seu uso.

Na mesma sala, tinha uma aluna de 4 anos que recebeu todos os cinco adesivos na primeira semana, mas na segunda semana estava tendo dificuldades para seguir instruções e não estava motivada para receber seus adesivos. Quando seus pais perguntaram sobre isso, ela simplesmente disse: "Eu não preciso mais ganhar adesivos, já ganhei meu prêmio". Novamente, outra tentativa fracassada de motivar externamente uma criança de 4 anos.

— Jeffrey Saylor, pai

Ferramenta na prática de Guayaquil, Equador

No ano passado, comecei o ano usando um sistema de recompensas. Muitos outros professores estavam usando o ClassDojo (um sistema de recompensas). Sem avaliá-lo ou pensar a respeito, achei que deveria seguir o exemplo. No entanto, depois de me tornar um Educador Certificado em Disciplina Positiva, aprendi sobre os efeitos negativos de um sistema de recompensas.

Após estabelecer reuniões de classe e configurar uma sala de aula baseada no respeito mútuo, discutimos o sistema com a turma toda. Foi revelador ouvir como esse sistema de recompensas fazia os alunos se sentirem.

No final, os alunos escreveram uma nota muito curta explicando como se sentiam. A classe votou em conjunto se queria manter o sistema de recompensas ou abandoná-lo e focar a resolução de problemas e reconhecer os erros como oportunidades de aprendizado. A maioria votou para abandonar o sistema de recompensas, e não voltamos atrás. O ambiente geral da sala de aula tem sido mais respeitoso e menos baseado no poder.

— Jeremy Mathis, Professor do quarto ano, InterAmerican Academy, Educador Certificado em Disciplina Positiva em Sala de Aula

DICAS DA FERRAMENTA

1. Recompensas ensinam motivação *externa*. As ferramentas da Disciplina Positiva ensinam motivação *interna*.
2. Ajude os alunos a apreciarem a recompensa interna de se sentirem capazes e de fazerem uma contribuição. Exemplos:
   - Em vez de recompensas, peça aos alunos que coloquem os desafios na pauta da reunião de classe para que toda a classe possa se envolver na busca de soluções.
   - Peça ajuda: "Preciso da ajuda de vocês agora. Quais são suas ideias para soluções respeitosas?".
   - Pergunte: "O que vai fazer você se sentir bem daqui a um ano: uma recompensa externa ou alcançar uma meta para si mesmo e fazer uma contribuição que beneficiou os outros?".

O que as pesquisas científicas dizem

Kohn relata pesquisas mostrando que recompensas (adesivos, doces, elogios) diminuem a motivação interna dos alunos para repetir tarefas pelas quais estão sendo recompensados.[68] Embora os professores relatem que as recompensas fazem com que os alunos trabalhem em silêncio rapidamente, eles não entendem o efeito em longo prazo. Kohn argumenta que há um risco nas recompensas, pois elas não ajudam os alunos a desenvolverem motivação interna, autoconfiança ou responsabilidade.[69] Fabes, Fultz, Eisenberg, May-Plumlee e Christopher estudaram os efeitos das recompensas. Seus achados revelaram como as recompensas minaram a motivação pró-social das crianças. Quando as crianças do estudo foram recompensadas por ajudar, durante testes subsequentes em que as crianças tinham escolha livre, a motivação pró-social interna para ajudar diminuiu.[70]

Pesquisas educacionais desde a década de 1970 mostraram o efeito negativo das recompensas na motivação interna e no processo de aprendizagem. Lepper, Greene e Nisbett descobriram que crianças interessadas em desenhar que não recebiam recompensas por sua arte passavam significativamente mais tempo em um projeto artístico em comparação com crianças do grupo que recebiam recompensas por seu trabalho. Essa pesquisa mostrou especialmente que, quando as recompensas são combinadas com antecedência, elas parecem ter um impacto negativo no interesse e na motivação. Deve-se notar que isso ocorreu mesmo quando havia uma linha de base mostrando que as crianças tinham um alto interesse em desenhar.[71] O impacto negativo das recompensas na motivação interna também foi observado e registrado em amostras de alunos mais velhos. Deci relatou que recompensar estudantes universitários com dinheiro tem um impacto negativo na motivação. Mesmo os estudantes universitários identificados pelos pesquisadores como intrinsecamente motivados tornaram-se menos motivados quando receberam dinheiro como recompensa.

Garbarino examinou de perto as interações interpessoais (linguagem e tom emocional) quando recompensas foram usadas. Em grupos de tutoria em que alunos de quinto e sexto anos davam tutoria aos alunos mais jovens, Garbarino encontrou diferenças na comunicação no grupo de recompensas em comparação com o grupo sem recompensas. No grupo que recebia recompensas, os tutores faziam mais comentários negativos do que os tutores no grupo sem recompensas. Além disso, o tom emocional dos tutores foi mais positivo no grupo sem recompensas.[72]

A pesquisa de Mueller e Dweck mostrou que até mesmo recompensas verbais ou elogios minam a motivação e o desempenho dos alunos.[73] A pesquisa aprofundada de Dweck sobre elogios ilustra como recompensas verbais impactam a mentalidade dos indivíduos.[74] Os alunos que recebem *feedback* baseado no esforço e no processo desenvolvem uma mentalidade de crescimento, enquanto os alunos que recebem elogios desenvolvem uma mentalidade fixa. Alunos com uma mentalidade fixa buscam tarefas mais fáceis e evitam fazer trabalhos que não são feitos facilmente. Por outro lado, alunos com uma mentalidade de crescimento buscam tarefas mais difíceis e parecem ser validados pelos sentimentos internos decorrentes de colocar esforço em algo e progredir mesmo quando é difícil.

5

RESOLUÇÃO DE CONFLITOS

ACORDOS E ACOMPANHAMENTO

O sucesso de um professor depende em grande parte da sua capacidade de reunir a turma para um propósito comum.

— Rudolf Dreikurs

Muitas vezes os professores decidem o que os alunos devem ou não fazer, anunciam as suas decisões e depois se referem a isso como um acordo – mesmo que os alunos não tenham tido qualquer envolvimento na decisão. Por exemplo, o desenho à direita na página seguinte mostra um aluno relutante em assinar um contrato que foi criado apenas pela professora.

Em ambas as ilustrações, uma das partes toma uma decisão executiva, em vez de envolver o outro no acordo – e convida à revolta. Na verdade, um acordo sem envolvimento total é uma ordem, e as ordens não são muito bem recebidas pelos alunos. O envolvimento aumenta a aceitação e o comprometimento.

Houve um tempo em que as crianças sentavam em filas organizadas e obedientemente faziam tudo o que o professor exigia. Muitos professores talvez desejem aqueles "bons velhos tempos". Mas deveriam desejar? Será que esses professores desejariam para si a mesma submissão à autoridade que desejam para os seus alunos? Ou querem liberdade e respeito para fazer perguntas e desafiar o *status quo*? Como os alunos podem aprender a responsabilizar-se e a

"Qual foi o nosso acordo?"   "Eu não posso assinar esse contrato de comportamento a não ser que meu advogado o revise."

resolver problemas quando a sua individualidade é sufocada por professores que modelam a submissão?

Tal modelo de educação é destrutivo para a autoestima, o crescimento pessoal e a realização do potencial humano. Em vez disso, vamos nos concentrar no quão longe chegamos na criação de uma atmosfera de igualdade, dignidade e respeito para todas as pessoas. Sim, ainda temos um longo caminho a percorrer, mas avançamos. Utilize os seguintes passos para acordos e acompanhamento como uma forma de manter a dignidade e o respeito por todos os envolvidos:

1. Tenha uma discussão amigável em que os alunos e o professor possam expressar os seus sentimentos e pensamentos. Essa discussão pode ser feita em reuniões de classe ou individualmente.
2. Façam juntos uma lista com várias ideias de soluções e encontrem uma que todos concordem em tentar.
3. Combine o momento exato em que o acordo deverá ser cumprido. (Você verá a importância disso mais tarde.)
4. Se o acordo não for cumprido, pergunte: "Qual foi o nosso acordo?". Quando essa pergunta é feita de maneira amigável, os alunos geralmente se sentem motivados a prosseguir. Se o acordo não funcionar, repita as etapas, começando com uma discussão sobre por que não funcionou.

Reúna-se com os alunos individualmente quando houver preocupações específicas. Reservar um tempo para se encontrar pessoalmente mostra que você se importa. Use perguntas curiosas para explorar as percepções dos alunos enquanto você explora um plano para chegar a um acordo. Você pode começar perguntando: "Você estaria disposto a ouvir minhas ideias?" ou "Gostaria de saber o que funcionou para outros alunos que tiveram esse problema?".

A ferramenta "Acordos e acompanhamento" serve como um lembrete de como é importante dedicar tempo para envolver os alunos se você deseja cooperação, respeito mútuo, comprometimento e responsabilidade.

Ferramenta na prática de San Diego, Califórnia

Minha história de sucesso envolve duas ferramentas de Disciplina Positiva: "Acordos e acompanhamento" por meio de "Perguntas curiosas". Na nossa escola, as turmas decidem por si mesmas acordos sobre procedimentos e atividades diárias, incluindo como usar o equipamento lúdico ao ar livre. Um dos acordos feitos pelos alunos da Educação Infantil e do primeiro ano foi como se revezar nos balanços. Foi decidido pelos alunos que, se os balanços estiverem ocupados, a pessoa que espera fica a uma distância segura do balanço e conta, cada vez que os pés de quem está usando avançarem, até trinta. Então, é hora de ceder o balanço ao aluno que está esperando.

Um dia eu estava supervisionando o almoço e uma aluna da Educação Infantil veio até mim e me avisou que um aluno não estava cumprindo o acordo. Fui até os balanços e perguntei ao aluno se ele sabia qual era o acordo sobre revezar nos balanços, e ele disse que sabia.

Perguntei: "A pessoa que esperava contou até trinta?"
Ele disse: "Sim."
Perguntei: "O que deveria acontecer depois que um aluno conta até trinta?"
Ele disse: "Tem que sair do balanço."
O aluno parou de balançar, saltou e encontrou outra atividade.

Sucesso! Obrigado aos nossos maravilhosos professores que dedicam seu tempo para criar esses acordos com os alunos. Essa é a prova de que as regras não precisam ser determinadas pelos adultos e que as crianças têm maior probabilidade de cooperar quando têm voz no processo de tomada de decisão.

— Donna Napier, Supervisora da secretaria, Innovations School, Educadora
Certificada em Disciplina Positiva

DICAS DA FERRAMENTA

1. Só fale algo que você realmente vai cumprir o que disser e, se disser, cumpra o que falou. (Perguntas curiosas podem ser uma ótima maneira de fazer o acompanhamento.)
2. O segredo é ser gentil e firme ao mesmo tempo.
3. "Sei que é difícil vivenciar as consequências de suas escolhas. Eu respeito você demais para resgatá-lo."
4. "Manteremos nosso acordo até que tenhamos tempo de propor um novo que funcione melhor."

O que as pesquisas científicas dizem

Ao rever mais de uma centena de pesquisas científicas, Marzano identificou a qualidade da relação professor-aluno como a base para uma gestão eficaz da sala de aula.[75] Os professores que foram categorizados como possuidores de relações de alta qualidade com os seus alunos tiveram 31% menos problemas relacionados com a disciplina. Uma das características mais importantes identificadas no desenvolvimento de um relacionamento positivo com os alunos é a cooperação. Recomenda-se, com base nessa pesquisa, que os professores estabeleçam acordos sobre regras e procedimentos de aula por meio de discussões em grupo. Essa abordagem de equipe ajuda a desenvolver a coesão do grupo e encoraja a cooperação. Além disso, conversar individualmente com os alunos para descobrir soluções mutuamente acordadas aumenta a cooperação e desenvolve habilidades de resolução de problemas.

Resolução de conflitos

ENTENDA O CÉREBRO

Mente e corpo são inseparáveis; são apenas partes do indivíduo inteiro, que pode usar todas as suas funções para qualquer objetivo que estabeleça para si.

— Rudolf Dreikurs

Você já "perdeu o controle" e reagiu de uma forma que mais tarde se arrependeu? Talvez você até tenha dito a si: "Eu sabia o que era melhor. Por que não esperei até me acalmar para poder controlar meu comportamento e agir mais racionalmente?".

Maya Angelou disse: "Quando sabemos o que é melhor, agimos melhor". Mas isso não é necessariamente verdade. Às vezes não agimos melhor mesmo quando sabemos o que é melhor, e há uma boa razão para isso. Quando as pessoas ficam chateadas, elas reagem a partir da parte do cérebro responsável pela reação de luta, fuga ou congelamento. A ciência e a investigação do cérebro mostram que, quando estamos em estado de luta, fuga ou congelamento, o pensamento racional sai pela janela. Portanto, a menos que você seja um santo ou um super-humano, não importa o quanto você se culpe por reagir irracionalmente, é provável que faça isso de novo, assim como seus alunos.

Pode ser útil para os professores e alunos compreenderem o que está acontecendo em seus cérebros quando reagem em vez de agirem de forma ponderada e racionalmente. Eles ainda reagirão, mas compreender como o cérebro funciona pode ajudar a trazer uma recuperação mais rápida do impulso de luta, fuga ou congelamento e apoiar a autorregulação e o foco em soluções.

O Dr. Daniel Siegel demonstra como o cérebro funciona usando a palma da sua mão como um modelo

"Eu sei que alguns dos seus alunos são desordeiros, mas não perca a paciência. Faça uma contagem regressiva antes de perder a cabeça."

concreto para mostrar como diferentes partes do cérebro funcionam em resposta a estímulos. Ele aconselha que devemos "dar um nome para domá-lo". Quando você e seus alunos entendem o que está acontecendo em seu cérebro em resposta ao sentimento de desafio ou estresse, você também pode aprender ferramentas de autorregulação para "domá-lo". Você pode assistir à demonstração do Dr. Siegel (em inglês) no YouTube em https://youtu.be/gm9CIJ74Oxw. Depois de assistir a esse vídeo, você poderá ensinar o que aprendeu aos seus alunos usando o seguinte guia:

1. Peça aos seus alunos que levantem as mãos em uma posição aberta e acompanhem o que você faz.
2. Aponte para a área da palma da mão voltada para o pulso e explique que essa área representa o tronco cerebral, que é responsável pela resposta de luta, fuga ou congelamento ao estresse ou ao perigo.
3. Dobre o polegar na palma da mão. O polegar agora representa o mesencéfalo (sistema límbico), onde você armazenou as primeiras memórias que criaram medo e sentimentos de não ser bom o suficiente. O mesencéfalo trabalha em conjunto com o tronco cerebral para evocar a reação de luta, fuga ou congelamento.
4. Em seguida, dobre os dedos sobre o polegar para formar um punho. Seus dedos dobrados representam o córtex cerebral. O córtex pré-frontal (aponte para a frente do punho, onde as pontas dos dedos tocam a palma da mão) é onde ocorrem o pensamento racional e o controle emocional.
5. O que acontece quando nossos botões são pressionados e "perdemos o controle"? Abrimos a tampa (mantendo o polegar no lugar, levantamos os outros dedos).
6. Agora nosso córtex pré-frontal não está operando. Nesse estado não podemos pensar ou nos comportarmos racionalmente.

As crianças (e os adultos) adoram entender o que está acontecendo em seus cérebros quando o impulso de luta, fuga ou congelamento assume o controle. Isso os ajuda a compreender por que é importante aprender estratégias para "domar" o impulso, que o melhor momento para resolver um problema ou conflito na sala de aula é depois de se acalmarem e, daí, a necessidade de uma pausa positiva (ver p. 155).

A pausa positiva é muito diferente do cantinho do pensamento. A pausa positiva ajuda os alunos a se acalmarem e se regularem antes de tentarem resolver um problema, e eles entendem por que isso é tão importante. É uma ótima habilidade para a vida que os alunos devem aprender: "Quando reservo um tempo para me acalmar, posso pensar com mais clareza e encontrar uma solução que seja útil para todos". Quando os alunos (e professores) reservam algum tempo para se acalmarem, podem responder com empatia, perspicácia e bom senso, em vez de apenas reagir ao estresse.

Ferramenta na prática de Londres, Inglaterra

Depois de ensinar aos meus alunos do décimo ano (15 e 16 anos) sobre o cérebro na palma da mão e a pausa positiva durante a segunda semana de aula, eu realmente tive a necessidade de usar esse conhecimento em minha sala de aula no dia seguinte.

Tive alguns alunos que continuaram a ser desordeiros e desrespeitosos na aula depois de inúmeras advertências. Eu podia sentir que estava prestes a perder o controle. Eu calmamente disse à turma que estava me sentindo reativa e que precisava que todos fizessem um intervalo de cinco minutos fora da sala de aula porque eu precisava de uma pausa. Demonstrei com a mão onde estava e mostrei que estava prestes a perder a cabeça.

Eles pareciam um pouco chocados porque não esperavam que eu lhes pedisse para saírem da sala no meio da aula. Parei alguns minutos, respirei fundo, tomei uma xícara de chá (como fazemos na Inglaterra) e me acalmei.

Quando os alunos voltaram para a sala cinco minutos depois, compartilhei calmamente o que estava sentindo e por quê: a comunicação não verbal entre os alunos era uma distração para mim, e os comentários inadequados pareciam desrespeitosos.

Alguns alunos compartilharam que sentiam o mesmo que eu, e tivemos uma ótima discussão sobre comportamento não verbal e sobre reservar um tempo para pensar sobre o comportamento e se ele é respeitoso para todo o grupo.

O comportamento dos alunos melhorou, e senti que eles me respeitavam por praticar o que ensinei e por modelar o fato de que até os adultos precisam de um intervalo quando estão prestes a perder o controle.

Coincidentemente, aquela noite era de volta às aulas e eu iria conhecer todos os pais deles. Decidi que compartilharia uma atividade experiencial com os pais e lhes daria uma amostra do que seus filhos estavam aprendendo na aula. Então demonstrei o cérebro na palma da mão e compartilhei como havia usado esse conceito com a turma naquele dia.

Por mais que os pais tenham ficado surpreendidos com o fato de alguns dos seus filhos terem se comportado mal na aula, sentiram-se aliviados ao saber que até os professores podem ter algumas das mesmas dificuldades com as crianças, e apreciaram o fato de agora terem uma ferramenta que poderiam usar em casa com os seus filhos quando as situações piorassem. Enfatizei a importância de modelar em casa e tenho esperança de que tenham absorvido esse ponto.

Essas ferramentas são muito úteis para mim, mesmo depois de muitos anos como professora experiente. Quando tenho um grupo desafiador de alunos, é um bom momento para pegar minhas ferramentas da Disciplina Positiva e começar a usá-las novamente.

— Joy Marchese, Professora do décimo ano, American School of London, Trainer Certificada em Disciplina Positiva

DICAS DA FERRAMENTA

1. Nunca é eficaz tentar resolver um problema a partir do estado de luta, fuga ou congelamento do cérebro.
2. Ensine seus alunos a usarem a palma da mão como modelo para o cérebro, assistindo à demonstração do Dr. Daniel Siegel.
3. Espere até depois de um período de reflexão, quando você e seus alunos puderem acessar a parte racional e pensante de seus cérebros para resolver problemas.
4. Ensine métodos para se acalmar. Exemplos: pausa positiva (p. 155), contar até dez, respirar fundo, roda de escolhas ou roda de escolhas da raiva (p. 148) e colocar o problema na pauta da reunião de classe (p. 99).

O que as pesquisas científicas dizem

O Dr. Daniel Siegel oferece a explicação neurocientífica da razão pela qual é tão importante que os professores compreendam o cérebro, especialmente no que se refere à resposta ao estresse dos alunos.[76] Pesquisas mostram uma relação direta entre o estresse percebido pelos alunos e o sucesso acadêmico. Essa relação entre estresse e desempenho foi demonstrada até mesmo em alunos mais velhos. Por exemplo, alunas universitárias que foram informadas propositadamente de que os alunos do sexo masculino se saem melhor em matemática tiveram a seguir um desempenho pior no teste de matemática aplicado como parte do estudo de pesquisa.[77] Siegel sugere que, ao trabalhar com alunos, é importante avaliar continuamente se estamos ou não acionando o cérebro superior (a parte responsável por pensar, imaginar e planejar) ou acionando o cérebro inferior (que regula funções básicas como emoções fortes, respiração e a reação instintiva de luta, fuga ou congelamento necessária quando há perigo).

Além disso, Siegel e Bryson apontam a importância de compreender a pesquisa do cérebro que mostra que, em alguns aspectos, o cérebro não está totalmente desenvolvido até o final da adolescência. Por exemplo, Choudhury, Blakemore e Charman usaram a neuroimagem para estudar aspectos do desenvolvimento cerebral durante a adolescência.[78] Em seu estudo, 112 participantes com idades entre 8 e 36 anos realizaram tarefas computadorizadas que envolviam assumir uma perspectiva emocional, fosse da perspectiva do próprio participante ou do ponto de vista de outra pessoa. As descobertas mostraram que o funcionamento executivo, a empatia e a tomada de perspectiva emocional ainda estão se desenvolvendo ao longo da adolescência. Os resultados dessa investigação têm implicações importantes para a gestão da sala de aula. A Disciplina Positiva ajuda os professores a aplicarem ferramentas de gestão que as pesquisas mostram que correspondem às necessidades de desenvolvimento, sociais e emocionais dos seus alunos.

RODA DE ESCOLHAS E RODA DE ESCOLHAS DA RAIVA

As crianças são o nosso maior recurso não explorado. Elas têm uma riqueza de sabedoria e talento para resolver problemas quando as convidamos para isso.

— Rudolf Dreikurs

Focar soluções é outro tema principal da Disciplina Positiva, e os alunos são ótimos em focar soluções quando aprendem as habilidades e são encorajados a praticá-las. Os professores não precisam desempenhar os papéis simultâneos de polícia, juiz, júri e punidor, e os alunos se sentem capazes e motivados a cooperar quando estão respeitosamente envolvidos na resolução de problemas.

A roda de escolhas oferece uma maneira divertida e emocionante de envolver os alunos no aprendizado e na prática de habilidades de resolução de problemas. Use as instruções a seguir para envolver seus alunos na criação de uma roda de escolhas.

1. Mostre aos seus alunos o exemplo da roda de escolhas a seguir, criada por alunos do primeiro e segundo anos.
2. Desenhe (ou peça a um aluno para desenhar) um círculo numa folha grande de papel (alguns professores usam pratos de papel para criar rodas individuais) e divida o círculo como fatias de uma torta.
3. Elabore uma lista com possíveis soluções para problemas típicos, como brigas, não revezar, xingar e furar fila. Depois de todos terem concordado com diversas soluções que seriam respeitosas e úteis, escreva essas soluções nas fatias da torta. Deixe espaço suficiente na borda externa para adicionar símbolos ou imagens.

Resolução de conflitos

Adaptada de "Disciplina Positiva em sala de aula", de Jane Nelsen, Lynn Lott e H. Stephen Glenn. Copyright 2010 Jane Nelsen e Lynn Lott.

4. Peça aos seus alunos para desenharem símbolos ou imagens para representar cada solução. Você pode designar uma equipe de alunos para trabalhar em um símbolo para cada solução.

5. Quando a roda estiver pronta, convoque voluntários para encenar a pessoa ou pessoas que estão tendo um problema (p. ex., uma briga por causa de equipamento esportivo). No meio da dramatização, peça a outro aluno para entregar aos atores a roda de escolhas completa e convide-os a escolher uma das soluções que considerem mais útil.

"Não consegui pensar em um projeto para a feira de ciências, então reinventei a roda."

6. Plastifique a roda acabada e coloque-a onde todos possam facilmente vê-la.

7. Quando os alunos estiverem enfrentando um conflito, pergunte: "Ajudaria se você fosse encontrar uma solução na roda de escolhas?".

Em algumas salas de aula, os alunos têm rodas de escolhas individuais plastificadas em suas mesas como uma referência útil para focar soluções. Algumas escolas têm rodas de escolhas expostas com destaque nas paredes dos parquinhos ou nos quadros de avisos dos corredores. Você lerá na segunda seção "Ferramenta na prática" que alguns mantêm sua roda de escolhas em seus pescoços. Os alunos podem fazer uma roda de escolhas para uma variedade de soluções. O processo de fazer a roda e o lembrete visual das escolhas disponíveis ajudam os alunos a terem um senso de capacidade e cooperação.

"Eu finalmente descobri como parar as brigas no parquinho. Proibi os alunos de discutirem política durante o recreio."

Talvez você queira adicionar uma roda de escolhas da raiva para ensinar aos alunos a autorregulação em relação à raiva. Será uma excelente habilidade para a vida aprenderem que não é útil reprimir sentimentos e emoções e que é muito melhor expressar sua raiva de maneiras socialmente aceitáveis. Use a atividade a seguir para ajudar seus alunos a criarem sua própria roda de escolhas da raiva e a praticarem as habilidades por meio da dramatização.

1. Envolva os seus alunos em uma discussão sobre o que os leva a sentir raiva. Escreva seus pensamentos em um *flipchart*.
2. Peça-lhes para partilharem algumas formas desrespeitosas ou ofensivas pelas quais as pessoas expressam a sua raiva e escreva-as em um *flipchart*.
3. Pensem juntos em formas apropriadas de expressar a raiva. Escreva todos elas.
4. Convoque voluntários para criarem uma roda de escolhas da raiva ilustrada que inclua suas escolhas favoritas.
5. Durante as reuniões de classe, faça dramatizações para praticar as suas ideias.
6. Exiba a roda de escolhas da raiva em um lugar de destaque na sala de aula.
7. Quando um aluno estiver zangado, você pode perguntar: "Ajudaria se você usasse a roda de escolhas da raiva para encontrar uma maneira de expressar sua raiva?".

Os alunos podem usar uma roda de escolhas para uma variedade de desafios. Vimos alunos usarem a roda de escolhas com o intuito de pensar em maneiras de se preparar para as provas, encontrar opções para se acalmar ou resolver outros problemas específicos. Os alunos se sentem empoderados e capazes quando apresentam soluções, e o uso da roda de escolhas oferece um lembrete visual de que existem muitas opções.

Ferramenta na prática de Bloomington, Illinois

A roda de escolhas era muito popular entre os alunos da Educação Infantil ao Ensino Médio. Cada turma trabalhou individualmente no início do ano letivo, primeiro fazendo uma lista de possíveis problemas que poderiam ter na escola. Em seguida, eles debateram ideias sobre como resolver cada uma das situações problemáticas. Muitas vezes eles encenavam possíveis soluções para ter certeza de que as soluções eram respeitosas e tinham o poder de resolver o problema sem magoar ninguém.

Quando todas as suas ideias foram compartilhadas, a turma criou uma roda de escolhas com quatro a oito opções de soluções diferentes que poderiam tentar quando surgissem problemas. O número de escolhas refletia a idade das crianças. Percebemos que as crianças mais novas conseguiam lidar com apenas duas a quatro opções com facilidade, mas as crianças mais velhas gostavam de ter muitas opções.

Na verdade, os alunos que criaram a primeira roda de escolhas tinham 5 e 6 anos de idade – alunos da Educação Infantil! Eles a pegaram e seguiram em frente, listando tantas opções para resolver problemas que fiquei impressionada. Também foi ideia deles deixar alguns espaços em branco para novas ideias criativas que surgissem.

Os locais onde ocorreram mais problemas na nossa escola foram áreas comuns: corredor, biblioteca, refeitório e parquinho. Tivemos diferentes turmas compartilhando rodas para cada uma das áreas comuns. Para áreas externas, plastificamos as rodas e as substituímos conforme necessário. Também tenho fotos em algum lugar dos alunos do Ensino Médio que pintaram uma enorme roda de escolhas no parquinho como um projeto de classe.

Lembro-me de muitas vezes em que estava no parquinho e surgiram problemas. Um dia, eu estava supervisionando a turma de Educação Infantil e dois alunos vieram até mim com reclamações um contra o outro. Escutei por um curto período e depois disse aos dois: "Confio em vocês dois para resolver isso. Por que vocês não vão até a roda de escolhas, tentam algumas soluções e voltam para me contar o que funcionou?". Observe que pedi que voltassem e me contassem o que funcionou; na Disciplina Positiva chamamos essa ferramenta de "Todos no mesmo barco" (p. 201).

As duas crianças olharam para mim e depois uma para a outra, um tanto surpresas. Elas não disseram uma palavra, mas viraram-se juntas e foram até o local onde a roda estava pendurada por uma corda. Logo elas estavam de volta, desta vez de mãos dadas, com o relatório sobre qual solução as havia ajudado a resolver o problema.

Essa ferramenta é muito libertadora, não só para as crianças, mas especialmente para os adultos que sofrem da ilusão de que as crianças precisam da nossa ajuda para resolver os seus problemas.

— Dina Emser, ex-Diretora da Blooming Grove Academy, Lead Trainer Certificada em Disciplina Positiva

Ferramenta na prática de Bradenton, Flórida

Todos os anos criamos uma roda de escolhas na minha sala de aula do Ensino Infantil. A certa altura do ano letivo, percebi que a roda de escolhas não estava sendo usada tanto quanto eu esperava. Ofereci à turma uma alternativa para despertar o interesse por essa ferramenta. Eu estava pensando especialmente em um menino de 4 anos que sempre recusava meus convites para usar a roda de escolhas quando eu sabia que ele realmente precisava dela e poderia se beneficiar com seu uso.

As crianças fizeram suas próprias minirrodas portáteis com pequenos pratos de papel, selecionando, escrevendo e desenhando quatro de suas coisas preferidas para resolver problemas. Depois fizemos furos e usamos um pedaço de lã para que elas pudessem usar a roda no pescoço.

Todos os alunos se divertiram muito fazendo sua própria roda e ficaram muito felizes com elas. O fato de criar e usar sua própria roda pessoal tornou-a mais identificável e surpreendentemente funcionou muito bem para o menino.

Quando esse menino levou sua roda portátil para casa, sua mãe me disse que ele estava muito animado com isso e compartilhou com ela e sua avó como usar a roda. Ela disse que não conseguia acreditar no que via naquela noite,

Resolução de conflitos

quando o viu entrar em conflito por causa de alguma coisa com o pai: o menino estava prestes a se descontrolar, mas em vez de sua reação habitual, que era fazer birra, ele correu direto para sua roda de escolhas, e disse: "Eu escolho me afastar do conflito", e ele se afastou!

— Saleha Hafiz, Center Montessori School

DICAS DA FERRAMENTA

1. Pendure a roda de escolhas e a roda de escolhas da raiva em um local de destaque na sala de aula.
2. Quando houver um conflito, pergunte aos alunos se gostariam de usar a roda de escolhas apropriada para encontrar uma solução respeitosa ou uma forma socialmente apropriada de expressar a raiva.
3. Pode ser útil dar aos alunos uma escolha: "O que mais os ajudaria neste momento: usar a roda de escolhas ou colocar este problema na pauta da reunião de classe?".
4. Você pode usar o programa roda de escolhas no *site* da Disciplina Positiva (em inglês), www.positivediscipline.com/teachers. Inclui catorze lições para ensinar aos alunos as habilidades para usar uma roda de escolhas.

O que as pesquisas científicas dizem

A pesquisa indica que os alunos que são capazes de gerar soluções adequadas para um problema demonstram um nível mais elevado geral de saúde mental. Além disso, estudos mostram que os alunos que demonstram comportamentos agressivos têm dificuldade em identificar soluções em situações de conflito social.[79] A utilização da roda de escolhas oferece uma ferramenta para os alunos desenvolverem essas competências independentes de resolução de problemas. Os alunos adquirem um senso de desenvoltura quando aprendem que há muitas soluções positivas para os problemas que encontram.

Uma pesquisa investigativa utilizando a roda de escolhas mostrou aumento na capacidade dos alunos para resolver problemas e diminuição na agressão verbal e física durante um período de oito semanas. Pesquisas feitas antes e depois da introdução da roda indicaram que os alunos desenvolveram estratégias positivas para resolução de conflitos. Os cadernos de reflexão dos alunos mostraram que eles foram capazes de escrever formas positivas de resolução de conflitos depois de pensarem sobre o problema. A agressão verbal diminuiu da primeira semana (22 incidentes) para a oitava semana (4 incidentes). As notas de observação do professor documentaram que os alunos usaram a roda de escolhas para resolver problemas com sucesso. As lições da roda de escolhas apresentadas aos alunos durante as reuniões de classe incluíam (1) pedir desculpas, (2) dizer à outra pessoa para parar, (3) afastar-se do conflito e (4) usar uma mensagem em primeira pessoa.[80]

PAUSA POSITIVA: ESFRIAR A CABEÇA

De onde foi que tiramos a ideia maluca de que, para fazer as crianças agirem melhor, primeiro precisamos fazê-las se sentirem pior?

— Jane Nelsen

Pausa positiva não é o mesmo que castigo punitivo. A pausa positiva é um local especialmente projetado pelos alunos para atender às suas necessidades de se regularem. Outra grande diferença é que, uma vez que os alunos tenham projetado seu espaço de pausa positiva (e criado um nome especial para ele), eles não são mandados para lá – eles escolhem ir para lá. Eles estão aprendendo a autorregulação e o autocontrole.

Não há problema em um professor perguntar: "Ajudaria você ir para o nosso espaço de autorregulação?". Isso é muito diferente de mandá-los para lá. É especialmente útil dar ao aluno uma escolha: "O que mais o ajudaria neste momento: o nosso espaço especial de relaxamento ou a roda de escolhas?". Depois que os alunos passarem pelo treinamento de aprender a levar um colega para esse espaço e dominarem as diretrizes para ouvir silenciosamente, o professor também pode perguntar se o aluno gostaria de ter um colega para acompanhá-lo.

Pesquisas mostram que o castigo punitivo é ineficaz porque a separação forçada do grupo nega à criança a necessidade básica de inclusão e aceitação social. Essa privação cria o potencial para disputas por poder ou vingança. Os castigos punitivos provocam o efeito oposto ao que é necessário: em vez de se acalmar, o aluno pode ficar ainda mais irritado e angustiado.

Ter a oportunidade de se acalmar ajuda os alunos a aprenderem a lidar com suas emoções com mais sucesso. Os professores descobrem que, mesmo depois de poucos minutos de reflexão, os alunos podem se concentrar na elaboração de

"Posso ter permissão para sair? A pressão está me afetando."

ideias para encontrar soluções ou voltar a realizar tarefas que antes pareciam cansativas.

É importante reservar algum tempo para treinar os alunos, de modo que eles entendam como a pausa positiva pode ajudar. Permita que os alunos trabalhem juntos para criar um espaço de pausa positiva. Faça uma lista com toda a turma para definir como seria o espaço de pausa positiva. Se seus alunos precisarem de ajuda, dê exemplos. Para os alunos mais novos, a área da pausa positiva poderá contar com almofadas, livros, bichinhos de pelúcia e um iPod para ouvir música suave (sem telas interativas) ou um caderno com modelos de exercícios de relaxamento para se acalmarem. Os alunos mais velhos podem criar algo tão elaborado como um espaço com tema tropical com cadeiras de praia e guarda-sol, um mural e outros detalhes decorativos, ou algo tão simples como um pufe ao lado de uma prateleira com revistas e livros. *O espaço mágico que acalma*, escrito por Jane Nelsen e ilustrado por Bill Schorr, é um ótimo recurso a ser lido para a turma a fim de ensinar o processo e os benefícios da pausa positiva, bem como para inspirar ideias criativas.

Ferramenta na prática de Chicago, Illinois

No ano passado tive a oportunidade de participar de um *workshop* incrível sobre Disciplina Positiva para professores do Lycée Français com Béatrice Sabaté. O *workshop* proporcionou-me inspiração ao reconhecer que existem métodos confiáveis que posso utilizar para lidar com os desafios que encontrei na sala de aula.

Uma das ferramentas que me chamou a atenção foi *le temps de pause* (pausa positiva). Pensei imediatamente em dois dos meus alunos que tinham dificuldade em manter o foco por muito tempo. Será que esses dois alunos aproveitariam esse *temps de pause*? De quanto tempo eles precisariam? Eles retornariam às aulas com uma capacidade renovada de se concentrar e concluir seu trabalho? Todos os alunos usariam o *temps de pause*? Eu realmente queria tentar.

Um dia expliquei a todos os alunos do meu grupo que às vezes é difícil ficar atento por muito tempo e que poderíamos criar um espacinho para descansar alguns minutos. Expliquei que essa opção não se destinava a apenas um aluno durante um longo período de tempo, mas sim a dar a todos os alunos que necessitassem tempo suficiente para descansar. Os alunos gostaram muito da ideia! Em seguida, cada um deles escolheu duas fotos de itens que gostariam de colocar em um pôster para pendurar na área de relaxamento. No pôster havia um jogador de basquete em ação, pássaros formando um coração, peixes tropicais, uma cobra, um tubarão e muito mais. Decidimos juntos um local conveniente para colocar o pôster e nosso espaço da pausa positiva foi criado!

No dia seguinte, expliquei novamente o propósito dos *temps de pause*, e durante a aula (e por todo o resto do ano) fiquei surpresa ao ver que apenas os dois alunos que tinham dificuldade para estar atentos me pediram permissão para ter um *temps de pause*. Apenas um dos dois sentou-se ao lado do pôster e descansou por vez. Olhando para as imagens do cartaz, esses alunos puderam explorar um mundo de imaginação que lhes permitiu escapar momentaneamente das exigências dos seus trabalhos de aula. Eles ficavam apenas alguns minutos e depois voltavam com o grupo para participar alegremente das atividades. Os outros alunos não se incomodaram nem um pouco com suas breves saídas.

Esse *temps de pause* foi muito fácil e rápido de implementar e muito útil para todos nós. Todos foram beneficiados, foi tudo positivo, foi mágico!

— Nathalie Meyfren-Rado, Lycée Français de Chicago

Ferramenta na prática de Solana Beach, Califórnia

Como parte do processo de me tornar uma Trainer Certificada em Disciplina Positiva, passei um ano ajudando crianças a desenvolver habilidades socioemocionais e a acompanhar as reuniões de classe para que funcionassem bem usando os princípios da Disciplina Positiva em uma escola montessoriana em Solana Beach, Califórnia.

Estávamos aprendendo sobre autorregulação e como usar a pausa positiva em uma sala de aula de crianças de 9 a 12 anos, um grupo composto por um número igual de meninas e meninos. Quando discutimos durante a reunião de classe que nome queriam dar ao espaço da pausa positiva, metade escolheu "Caverna do dragão" e a outra metade escolheu "Oceano tranquilo". Cada vez que votamos, o resultado foi teimosa e exatamente o mesmo.

Obviamente, tivemos que adiar a tarefa de nomear o nosso espaço de pausa positiva até que os alunos se tornassem mais hábeis em chegar a um acordo. Depois de três reuniões de classe, eles decidiram juntos sobre o "Oceano do Dragão" – o lugar onde os dragões vão para se acalmar! Todos ficaram satisfeitos com esse nome, e tanto os meninos quanto as meninas aproveitavam o espaço com alegria quando precisavam se acalmar.

— Julie Iraninejad, Trainer Certificada em Disciplina Positiva

Ferramenta na prática de Fort Wayne, Indiana

No início do ano, os nossos alunos do Ensino Infantil (com idades entre 3 e 6 anos) ajudaram-nos a montar o espaço da pausa positiva. Durante as nossas reuniões diárias em sala de aula, falávamos muitas vezes sobre a importância desse espaço, aonde as crianças podem ir para fazer uma pausa quando sentem que precisam de tempo para se acalmar e se sentir melhor antes de tentar resolver um conflito. Essa área especial proporcionava um espaço individual e pessoal para qualquer criança que sentisse necessidade de ficar sozinha.

Perguntamos aos alunos se eles poderiam pensar em algumas regras para usar o espaço de pausa positiva, já que com vinte alunos na turma ele era muito procurado. Também pedimos que pensassem em alguns objetos que poderiam colocar no ambiente para torná-lo mais tranquilo. Pedimos ainda que eles pensassem em um nome para o espaço. As crianças decidiram acrescentar alguns livros (que trocam periodicamente), um espelho, cartões dos "sentimentos" com imagens e uma pequena cesta com bolinhas de gude. Tínhamos um celeiro de madeira para crianças na sala de aula, e as crianças decidiram colocar o celeiro na área. Recentemente também recebemos a sugestão de um menino que disse que poderia ser uma boa ideia adicionar um pequeno tocador de CD e fones de ouvido para ouvir música.

Eles decidiram chamá-lo de "Nosso espaço pessoal e especial".

— Nataliya Fillers, Oak Farm Montessori School, Educadora Certificada em Disciplina Positiva

Ferramenta na prática de Nova York, Nova York

Uma turma da Educação Infantil estava fazendo a transição do francês para o inglês com agitação e barulho. A professora geralmente reclamava e levantava a voz para acalmá-los.

Acontece que eu estava lá para observar uma criança que estava lidando com a impulsividade. Perguntei ao grupo: "É assim que a aula de inglês deveria começar?". A maioria das crianças se reagrupou e ficou em silêncio – exceto a criança impulsiva. Aproximei-me dessa criança e perguntei discretamente: "Você precisa de mais tempo para se preparar? Quer usar o espaço de leitura para se acalmar?".

Ele foi contente para o canto da biblioteca.

A turma havia começado quando ele terminou seu primeiro livro. Ele reclamou: "Mas, não consigo ver o que está acontecendo daqui!".

Eu respondi a ele: "É mesmo! Você precisava de um momento calmo por um tempo. Mas, se você estiver pronto para se juntar ao grupo e permanecer sentado e calmo, pode ir para a sua aula agora."

Com entusiasmo e feliz obediência, ele fez exatamente isso.

— Floriane Prugnat, Orientadora educacional, Trainer Certificada
em Disciplina Positiva

Ferramenta na prática de Málaga, Espanha

Quando estamos muito irritados, acessamos nosso mesencéfalo (a amígdala), onde o objetivo principal é lutar, fugir ou congelar. O objetivo da pausa positiva é ajudar os alunos a se acalmarem até que possam acessar o córtex pré-frontal, onde ocorre o pensamento racional.

A atitude dos professores nesses momentos de estresse do mesencéfalo – sua empatia, firmeza e gentileza – é essencial para ajudar os alunos a aprender a autorregulação até que sejam capazes de recuperar o cérebro racional e ver a situação angustiante com uma atitude de resolução de problemas.

A pausa positiva *não* é um período para pensar na cadeira que a criança ocupa na sala de aula. É um espaço separado, um lugar e um tempo especiais, criado para ajudar a criança a escapar das exigências habituais das tarefas da sala de aula, a relaxar e a concentrar-se no fluxo natural da sua própria mente e sentimentos. Acalmar-se contribui para a capacidade da criança de desenvolver o pensamento causal e de se envolver na reflexão. Somente por meio do pensamento calmo a criança pode atingir o estágio de reconhecer responsabilidades e descobrir soluções.

Outro dia eu estava substituindo uma turma onde um aluno começou a bater na mesa e a insultar uma garota de seu grupo. Virei-me para ele calmamente e pedi que saísse comigo para o corredor. Como o "cérebro reptiliano" dele já estava ativo, ele parecia pronto para lutar ou fugir.

Eu disse a ele que não estava punindo nem repreendendo, só queria que ele me contasse o que havia acontecido que o aborreceu tanto.

Ele disse que não queria ler o livro.

Perguntei se iria ajudá-lo ir até o canto da sala onde havíamos criado uma mesa de pausa positiva. Ele poderia desenhar ou fazer um quebra-cabeça em vez de se sentir forçado a fazer algo que não queria.

Ele voluntariamente foi até a mesa e começou a montar um quebra-cabeça. Ao terminar, ele estava totalmente tranquilo e entrou no ritmo da aula sem maiores problemas. Percebi que as outras crianças também se acalmaram e pareciam dispostas a recebê-lo de volta no grupo.

— Macarena Soto Rueda, Consultora escolar, Residencia Escolar Virgen de la Fuensanta de Coín

DICAS DA FERRAMENTA

1. Lembre-se do propósito de longo prazo das reuniões de família: ensinar Alguns professores acharam útil ensinar estratégias para se acalmarem, como contar devagar, respirar fundo ou até mesmo técnicas de meditação.
2. Os alunos acham útil entender como o cérebro funciona e por que é útil se acalmar. (Ver a ferramenta "Entenda o cérebro" na p. 143.)
3. Não mande os alunos para a área de pausa positiva. Em vez disso, pergunte: "Ajudaria você ir para a nossa área de relaxamento?". Melhor ainda, ofereça opções: "O que o ajudaria mais: nosso espaço de reflexão, usar a roda de escolhas ou escrever seu problema na pauta da reunião de classe para que todos possam ajudar?".
4. Deixe o aluno decidir quando estará pronto para retornar à aula após a pausa positiva.

O que as pesquisas científicas dizem

Pesquisas usando tomografias cerebrais no Mindful Awareness Research Center mostram os efeitos negativos causados pelo isolamento durante uma punição de castigo tradicional.[81] Os efeitos dentro do cérebro podem parecer iguais aos efeitos da dor física, como o que estaria presente com a punição física ou mesmo o abuso.

Eisenberger, Lieberman e Williams usaram a neuroimagem para examinar como a exclusão social e a dor física são semelhantes em termos de resposta química do cérebro. Os participantes foram escaneados enquanto jogavam um jogo virtual de lançamento de bola, no qual foram excluídos, e suas imagens neurais foram comparadas com as de indivíduos que sentiam dor física. As conclusões do estudo mostram que o isolamento social e a dor física partilham uma neuroanatomia comum.[82] Essa descoberta levanta questões sérias sobre os motivos que levam muitos pais e educadores a ainda acreditar que colocar uma criança sozinha em um canto é benéfico. A pesquisa mostra que, embora o castigo punitivo tradicional seja uma das ferramentas disciplinares mais populares utilizadas pelos pais e educadores, não é eficaz para ajudar crianças ou adolescentes a se autorregular, a resolver problemas ou a fazer mudanças positivas de comportamento.

Todos os seres humanos têm uma profunda necessidade de conexão. O argumento da pesquisa sobre a importância de os alunos sentirem conexão e pertencimento na escola é abundante.[83] A pausa positiva oferece uma ferramenta importante para ajudar os alunos a se acalmarem para que possam resolver problemas e responder de forma mais adequada às orientações na sala de aula. Enquanto o castigo tradicional intensifica as emoções e as exigências de uma situação estressante, isolando e excluindo o aluno, a pausa positiva ajuda os alunos a aprenderem a gerir as suas emoções por meio de um procedimento baseado na sua própria escolha. Como o espaço da pausa positiva é uma parte da sala de aula projetada pelos alunos, aqueles que optam por usar o espaço ainda podem sentir que pertencem ao grupo enquanto utilizam um curto período para descansar do estresse criado pelas demandas dos outros. Quando os alunos se sentem melhor, eles podem se envolver de novo ativamente com o grupo e se conectar a outras pessoas com sucesso. Normalmente, os alunos que tiveram uma oportunidade positiva de se acalmar trabalham de forma muito mais cooperativa para identificar soluções que serão úteis para eles próprios e para os outros em longo prazo.

MENSAGENS EM PRIMEIRA PESSOA

Faz parte do nosso preconceito geral contra as crianças assumirmos saber o que elas querem dizer sem realmente ouvi-las. Mantemos nossas bocas tão ocupadas que não conseguimos ouvir o que sai delas.

— Rudolf Dreikurs

Adler enfatizou o conceito de "lógica pessoal", o que significa que todos percebem o mundo de maneiras únicas através das "lentes" que criam a partir de crenças baseadas em suas experiências de vida. Todos podemos concordar com essa lógica, mas parecemos esquecê-la quando queremos culpar ou julgar alguém pela forma como vê as coisas.

Muitas vezes, os alunos (e adultos) culpam os outros pelos seus sentimentos, dizendo: "Você me faz sentir _____". Isso não é verdade. Ninguém pode fazer ninguém sentir alguma coisa. Eles podem convidá-lo a sentir algo, mas você sempre tem uma escolha. Uma maneira de ajudar seus alunos a assumirem a responsabilidade por seus sentimentos é ensinar a eles a habilidade de usar mensagens em primeira pessoa. Os seguintes cenários oferecem exemplos:

CENÁRIO UM: Henry passou na frente de Serena. Serena ficou brava e empurrou Henry. Henry ficou bravo e empurrou-a de volta, e logo eles estavam brigando. Um professor interveio e repreendeu os dois. Então Henry e Serena começaram a gritar sobre quem estava certo e quem estava errado.

CENÁRIO DOIS: Henry passou na frente de Serena. Serena disse: "Eu fico brava quando você passa na minha frente e gostaria que você fosse para o final da fila". Henry disse: "Desculpe" e foi para o final da fila.

Você pode estar pensando: "Bem, isso não é realista. Por que Henry pediria desculpas e iria para o final da fila só porque Serena disse a ele como se sentia e o que queria?". Porque compartilhar mensagens "em primeira pessoa" convida à cooperação em vez da revolta.

"Se eu tiver que usar isso para ir à escola, vou me fazer um 'cuecão' e poupar o trabalho das outras crianças."

Outro segredo é que eles aprenderam e praticaram a arte das mensagens em primeira pessoa, que inclui a seguinte fórmula: "Eu me sinto _____ em relação a _____, e gostaria que _____".

Quando as pessoas têm um sentimento, como estar com raiva, e vão direto para uma ação sem pensar no que estão sentindo, sua ação geralmente é uma *reação* impensada. Isso provoca outra reação impensada por parte do instigador, até que a interação se transforme em uma reação em cadeia de comportamentos inúteis e prejudiciais. As reações quase sempre envolvem um julgamento e uma retaliação.

Quando as pessoas expressam um sentimento, elas precisam parar e pensar sobre qual é o seu sentimento. Então, elas assumem a responsabilidade pelo sentimento, nomeando-o e expressando-o. Usar uma mensagem em primeira pessoa não é um julgamento. É uma afirmação simples. Não é reativo e geralmente convida à responsabilidade e às ações positivas de outras pessoas.

Depois de compartilhar os exemplos citados, peça aos seus alunos que façam uma lista de coisas que outras pessoas fazem que os levam a sentirem-se irritados ou zangados (ou seja, o que os incomoda). A lista pode incluir coisas como furar fila, fofocar e não ser convidado para participar de um jogo. Informe que não há problema em exagerar durante a fase de elaborar ideias para torná-la mais divertida.

Em seguida, compartilhe um exemplo de como usar a fórmula "Eu me sinto _____ sobre _____, e gostaria _____": "Eu me sinto magoado quando você não me deixa entrar no jogo e gostaria que você me deixasse participar do jogo." Pode ser útil encenar certas situações, como *bullying*, empurrar quando está no bebedouro ou não ajudar a devolver o equipamento do parquinho, para dar aos alunos a oportunidade de praticar o uso de mensagens em primeira pessoa. Deixe-os praticar até se sentirem confortáveis em compartilhar seus sentimentos e desejos. Você encontrará vários exemplos nas histórias "Ferramenta na prática" a seguir.

A autorregulação (assumir a responsabilidade pelos próprios sentimentos) é uma importante habilidade social e de vida. As mensagens em primeira pessoa exigem autorregulação, e os alunos parecem gostar de aprender essa linguagem e praticá-la.

Ferramenta na prática de Londres, Inglaterra

Cerca de uma semana depois de ensinar meus alunos do décimo ano a usar mensagens em primeira pessoa (sempre brinco com eles dizendo que não me refiro a mensagens de SMS de texto), um aluno perguntou se poderia vir falar comigo sobre sua nota de redação. Ele veio até mim e disse: "Sra. Marchese, estou confuso com a nota da minha redação porque trabalhei muito na tarefa e não entendo por que recebi uma nota tão baixa".

Isso foi brilhante! Se tivesse se aproximado de mim com seu tom habitual, ele poderia ter dito: "Sra. Marchese, acho que a nota que você me deu não é justa!".

Com essa abordagem, eu teria me sentido inclinada a defender a nota que dei a ele. No entanto, como ele usou uma mensagem em primeira pessoa e compartilhou que estava se sentindo confuso, quis ajudá-lo a compreender e a se sentir melhor.

Sentamos por cerca de trinta minutos e repassamos cada parte da redação e da rubrica. No final, não mudei a nota dele, mas ele se sentiu melhor sabendo o que poderia ter feito para melhorar, e eu me senti uma professora melhor. Uma situação ganha-ganha! Eu o reconheci pelo uso de mensagens em primeira pessoa e expressei minha gratidão por ter se aproximado de mim de maneira respeitosa.

Quando ensino mensagens em primeira pessoa, sempre compartilho o exemplo de como eles podem usar isso com os pais para discutir sobre a hora de voltar para casa, por exemplo, "Sinto-me excluído porque sou o único dos meus amigos que precisa estar em casa às onze, e gostaria que pudéssemos negociar um horário para chegar mais tarde com o qual ambos possamos nos sentir bem".

Os alunos adoram esse exemplo e muitos deles vão para casa usá-lo. Na maioria das vezes, os alunos conseguem negociar um horário mais tarde porque seus pais não ficam na defensiva e apreciam a maneira positiva como seus filhos adolescentes se comunicam com eles.

Quando damos oportunidade aos nossos alunos, eles nos mostram que são verdadeiramente inteligentes.

— Joy Marchese, Professora do décimo ano, American School of London, Trainer Certificada em Disciplina Positiva

Ferramenta na prática de Portland, Oregon

Nas nossas aulas ensinamos as crianças a expressar "incômodos e desejos" – "incômodos" para expressar o que os incomoda, e "desejos" para expressar o que querem. Isso aconteceu com uma criança de 5 anos com quem trabalho:

> ELE: Quero dizer um desejo ao Kevin.
> EU: Você quer dizer um incômodo e um desejo?
> ELE: Não. Apenas um desejo.
> EU: Certo.
> ELE (PARA KEVIN): Queria que você brincasse comigo!

— Steven Foster, Professor de Educação especial, Lead Trainer Certificado em Disciplina Positiva e coautor de *Disciplina Positiva para crianças com deficiência*

Ferramenta na prática de Portland, Oregon

Eu estava em uma sala de aula do *Head Start*, sentado em uma mesa onde as crianças faziam pulseiras com contas muito, muito pequenas. A única parte do processo em que precisavam de ajuda era amarrar a pulseira no final.

Um menino me pediu para dar o nó para ele (um pedido muito razoável). Meus dedos adultos lutavam com o elástico e eu *não* conseguia dar o nó. A certa altura, rosnei e disse: "Essa corda está me incomodando!".

Meu amiguinho não perdeu o ritmo. Ele disse: "E o que você deseja?".

— Steven Foster, Professor de Educação especial, Lead Trainer Certificado em Disciplina Positiva e coautor de *Disciplina Positiva para crianças com deficiência*

Ferramenta na prática de Lima, Peru

O tratamento recíproco entre os alunos melhorou graças à ferramenta mensagens em primeira pessoa, que modelamos em uma reunião de classe. Expliquei que aprenderíamos a expressar, de maneira respeitosa, as coisas que nos incomodavam. Desenvolveríamos duas listas, a primeira indicando o que nos incomodava e a segunda explicando como gostaríamos que a outra pessoa se comportasse. Depois, utilizando as duas listas, cada aluno teve a oportunidade de praticar como expressar preocupações dizendo frases como: "Me incomoda quando _____ e eu gostaria _____". Outra vez praticamos possíveis respostas: "Sinto muito. Eu não sabia que você se importava".

Quando o grupo ficou pronto, arrumamos um local aconchegante na sala de aula (com tapete e almofadas) onde os alunos pudessem conversar com calma e resolver conflitos. Às vezes eu me sentava a uma pequena distância para observar sem intervir, ao mesmo tempo que conseguia ouvir o que diziam e gravar os seus diálogos. Eles disseram coisas como: "Fico chateado quando você escolhe minhas cores sem permissão e gostaria que você perguntasse primeiro". O outro respondeu: "Sinto muito. Não farei isso novamente". Outra interação: "Fico triste porque você me chamou para brincar e depois saiu de perto com as outras meninas e me deixou sozinha. Eu gostaria que você cumprisse o que diz". A outra respondeu: "Desculpe, não percebi. Você vai brincar comigo no próximo intervalo?".

Os problemas são facilmente resolvidos antes de se transformarem em grandes conflitos. Um dia, um menino se aproximou de mim para me dizer que estava chateado com o amigo e, antes que tivesse tempo de me contar alguma coisa, outro garoto perguntou: "Você já sentou para conversar com ele?". O menino saiu e eu o vi conversando com o amigo. Mais tarde perguntei como ele se sentia e ele respondeu: "Está tudo bem, não se preocupe".

— Sandra Colmenares, Professora do terceiro ano, Educadora Certificada
em Disciplina Positiva

DICAS DA FERRAMENTA

1. Pode ser divertido usar uma abelha de pelúcia e uma varinha de brinquedo como símbolos para expressar "incômodos e desejos". Peça aos alunos que usem esses símbolos para praticar a arte de usar mensagens em primeira pessoa.

2. Para ajudar seus alunos a reter a fórmula "Eu sinto _____ sobre _____ e gostaria _____", dê tempo a eles para praticar periodicamente.

3. Durante uma reunião de classe você pode perguntar: "Quem tem um exemplo de uso dessa fórmula recentemente?". É uma habilidade valiosa para a vida social e emocional compreender que os outros podem não sentir o mesmo e não lhes dar o que desejam. Ainda assim, é importante aprender habilidades para expressar respeitosamente sentimentos e desejos.

O que as pesquisas científicas dizem

As mensagens em primeira pessoa são parte integrante da comunicação eficaz, especialmente quando se trabalha para resolver conflitos respeitosamente com os outros.[84] O uso de mensagens em primeira pessoa por professores e colegas proporciona validação aos alunos e os ajuda a se sentirem compreendidos. As mensagens em primeira pessoa facilitam a comunicação eficaz, especialmente em momentos de conflito.[85] Kubany e Richard investigaram a comunicação de sentimentos negativos em uma amostra de vinte estudantes do Ensino Médio que relataram manter relacionamentos íntimos. Os resultados mostraram que declarações acusatórias ao outro evocaram respostas emocionais fortes e mais negativas em comparação com declarações em primeira pessoa.[86] Em uma amostra de crianças que vivem em Hong Kong, os investigadores descobriram que elas são mais receptivas a mensagens em primeira pessoa do que a comentários que usavam a segunda pessoa (você) e eram críticos ou negativos.[87] Uma amostra diversificada de alunos da Educação Infantil e do primeiro ano e seus professores participaram de um programa de resolução de problemas socioemocionais que incluía especificamente estratégias de comunicação eficazes, como mensagens em primeira pessoa. Os pesquisadores documentaram uma diminuição na agressão física e verbal dos alunos.[88]

RESOLUÇÃO DE PROBLEMAS: QUATRO PASSOS

O fator crucial é a responsabilidade compartilhada, um processo de reflexão sobre os problemas que surgem para discussão e uma exploração sobre alternativas. A melhor forma de obter a responsabilidade compartilhada é por meio da pergunta "O que podemos fazer sobre isso?".

— Rudolf Dreikurs

Muitas das ferramentas da Disciplina Positiva ensinam a importância da resolução de problemas: reuniões de classe, roda de escolhas, acordos e acompanhamento, reuniões entre pais, professores e alunos, perguntas curiosas (ambos os tipos), controle seu próprio comportamento, mensagens em primeira pessoa, foco em soluções e muitas outras. Todas elas são projetadas para criar o que Adler e Dreikurs chamaram de "um senso de interesse social e sentimento de comunidade". A ferramenta "Resolução de problemas: quatro passos" oferece um processo para os alunos praticarem essa habilidade valiosa.

As etapas são:

1. Ignorar.
2. Falar sobre isso com respeito.
3. Chegar a um acordo sobre uma solução.
4. Pedir ajuda se não conseguirem resolver o problema juntos.

Muitos se perguntam por que "Ignorar" é uma etapa da resolução de problemas. Como você resolve um problema se simplesmente o ignora?

Bem, com que frequência damos grande importância a algo tão pequeno que desapareceria se fosse ignorado? Você pode pedir para os alunos encenarem os dois cenários a seguir para aprender que ignorar pode ser uma das muitas soluções.

CENÁRIO UM: dois alunos, que foram instruídos a desempenhar seus papéis com exagero e garantindo que ninguém se

"Eu ganho meio ponto por ter tentado?"

machucasse, estão andando pelo corredor em direções opostas. O primeiro aluno esbarra acidentalmente no segundo aluno, que o empurra de volta. O primeiro aluno, por sua vez, empurra o segundo. Pare a dramatização quando eles tiverem entendido a ideia – geralmente depois de dez a quinze segundos.

Processe a encenação perguntando o que cada aluno está pensando, sentindo e decidindo fazer. Em seguida, convide todos os outros alunos a compartilhar o que aprenderam ao assistir a essa cena.

CENÁRIO DOIS: os mesmos dois alunos estão andando pelo corredor em direções opostas. O primeiro aluno acidentalmente esbarra no segundo aluno. O segundo aluno continua andando.

Processe a dramatização perguntando o que cada aluno está pensando, sentindo e decidindo fazer. Em seguida, convide todos os outros alunos a compartilhar o que aprenderam ao assistir a essa dramatização.

Siga essa encenação convidando os alunos a criarem outros cenários para o que os dois alunos poderiam fazer em vez de brigarem ou ignorarem. Eles podem inventar algumas variações criativas, como pedir desculpas, rir ou virar-se para cumprimentar um ao outro. Independentemente do que surgir, convide os alunos a dramatizarem os novos cenários.

Apresente as outras três etapas de resolução de problemas aos seus alunos. Abra para discussão sobre cada uma das etapas para ajudar os alunos a compreenderem melhor o que elas significam. Por exemplo, o passo "Ignorar" pode envolver uma pausa positiva para se acalmar antes de voltar para seguir os outros passos.

O segundo passo, "Falar sobre isso com respeito", pode envolver compartilhar mensagens em primeira pessoa e ouvir o ponto de vista da outra pessoa. Pode significar que cada pessoa assuma a responsabilidade pela forma como contribuiu para o problema e compartilhe o que cada uma está disposta a fazer de forma diferente.

O terceiro passo, "Chegar a um acordo sobre uma solução", pode exigir primeiro uma etapa de sugestão de várias ideias para criar uma lista de possibilidades.

O quarto passo, "Pedir ajuda", pode significar colocar o problema na pauta da reunião de classe para envolver toda a turma no debate de soluções, ou pedir ajuda a um adulto.

Divida os alunos em três grupos e peça-lhes que primeiro discutam cada passo e depois criem uma encenação para demonstrar cada um deles. Eles podem decidir quem desempenhará cada papel, certificando-se de incluir os papéis importantes de observação dos alunos, que são todos afetados pelo que acontece.

Não demorará muito para que você veja seus alunos praticando a arte de encontrar soluções sem qualquer interferência sua.

Ferramenta na prática de Bradenton, Flórida

Um menino do segundo ano voltou do recreio chateado e chorando. "Não estou bravo porque minha calça foi abaixada, só quero saber quem fez isso", soluçou a criança. Após minha pergunta, ele me disse que cerca de oito colegas estavam brincando de pega-pega quando suas calças foram de alguma forma puxadas para baixo, expondo sua roupa íntima. Ele sentiu que vários amigos viram sua cueca como resultado. Vance nomeou aquelas oito crianças, meninos e meninas, que brincavam com ele, e eu os chamei para uma sala menor e privada para resolver problemas longe da vista das outras crianças.

Quando todas as crianças e eu estávamos na sala, perguntei: "Quem tem um problema?".

Vance respondeu: "Eu tenho".

"Qual é o seu problema, Vance?", eu questionei.

Ele disse que alguém abaixou sua calça enquanto eles brincavam de pega-pega, e ele queria saber quem fez isso para poder resolver.

Ninguém confessou. Lembrei às crianças que não procurávamos culpa, mas sim soluções. Como se eu não tivesse dito isso, uma criança levantou a mão e disse que tinha visto Sammy fazer isso. Sammy virou a cabeça rapidamente em direção à criança e disse: "Ah, não; não fui eu". Então, primeiro uma outra, e depois outra disseram que também tinham visto Sammy fazer isso. Enquanto as testemunhas oculares se uniam em torno de uma história, Sammy alegou inocência com lágrimas.

Nesse ponto, lembrei-lhes novamente que estávamos apenas procurando soluções, não culpa. Vance não estava bravo, ele só queria saber quem tinha feito isso. Ninguém estaria em apuros. Comecei a perceber que os outros estavam contando o que tinham visto e Sammy estava mentindo em sua própria defesa.

Eu me sentia mal. Eu queria dizer ao Sammy: "Simplesmente admita o que você fez; você não vai ficar de castigo e então poderemos simplesmente resolver o problema e seguir em frente". Mas conforme as enormes lágrimas inundavam seu rosto, Sammy manteve sua história de inocência enquanto os outros defendiam a deles.

Quando eu estava prestes a tentar fazer alguma declaração abrangente que nos levaria adiante sem um encerramento definitivo, uma menininha apareceu. "Eu fiz isso por engano", ela revelou. "Eu estava perseguindo Vance e caí. Ao cair, caí sobre ele e acidentalmente puxei sua calça para baixo enquanto caía." Ficamos chocados. As testemunhas oculares não conseguiam acreditar que estavam erradas sobre o que pensavam ter visto. Fui atingida por um raio de consciência de que talvez não se pudesse confiar nas testemunhas oculares para relatar com precisão o que viram e, por causa disso, elas não deveriam ser trazidas para a arena da resolução de problemas.

Hoje, quando acontece algo assim, não pergunto quem tem algo para contribuir ou quem viu algo relacionado ao assunto. Simplesmente deixo as crianças envolvidas conversarem entre si e resolverem o problema de forma pacífica.

— Mattina, Professora do segundo ano, Center Montessori

Ferramenta na prática de San Diego, Califórnia

Como parte do nosso processo de resolução de problemas, usamos o que chamamos de *"check-in"*. Ele combina ferramentas da Disciplina Positiva, como perguntas curiosas, mensagens em primeira pessoa e pedir ajuda. Não só existe um procedimento de *check-in* para os adultos ajudarem os alunos, mas também existe um processo de *check-in* que acontece entre os alunos se alguém estiver ferido, seja física ou emocionalmente, ou se houver um mal-entendido ou um desentendimento.

Por exemplo, se um aluno esbarrar em outro, o primeiro aluno irá parar e perguntar ao outro aluno "Você está bem?" e "Você precisa de alguma coisa?". O estudante ferido poderia dizer: "Meu cotovelo está arranhado e preciso de um *band-aid* e gelo." Os dois alunos viriam à sala em busca de assistência.

Se um aluno se sentir magoado por algo que outro aluno disse ou fez, ele pede para conversar com a outra pessoa. Pode ser com a presença de um adulto ou apenas entre as crianças. O aluno tem a oportunidade de compartilhar com a outra pessoa como ele está se sentindo: "Fico triste quando você não me inclui em suas brincadeiras". Então a outra pessoa teria a oportunidade de responder: "Bem, às vezes você não quer jogar o jogo que já estamos jogando". O diálogo vai e volta até que eles cheguem a um entendimento ou estabeleçam um plano para fazer algo diferente.

Na nossa sociedade, a maioria das crianças (e muitos adultos) não possui esse tipo de competência de resolução de problemas. É uma prova da dedicação e comprometimento de nossos professores o fato de eles dedicarem tempo para se conectar respeitosamente com seus alunos e ensinar essas habilidades usando as plataformas da reunião matinal e das reuniões de classe.

— Donna Napier, Innovations School, Educadora Certificada em Disciplina Positiva

Ferramenta na prática de Decatur, Geórgia

Minha turma estava tendo muitos problemas por não observar onde eles jogavam e chutavam bolas de basquete e de futebol, e os alunos, consequentemente, eram atingidos na cabeça. A turma encontrou uma série de soluções e decidiu mudar a outro local para jogar futebol.

Desde então, eles me pedem para supervisioná-los quando querem jogar futebol. Eu os ouço lembrando uns aos outros de não chutar bolas de futebol nos jogos de basquete. É realmente útil e tornou o intervalo muito mais fácil de supervisionar.

— Elise Albrecht, Professora do Ensino Médio, Cloverleaf School

Ferramenta na prática de Atlanta, Geórgia

Gostamos de pensar em nossa sala de aula como uma comunidade de alunos onde todos aprendemos juntos. Para ajudar a desenvolver essa atmosfera colegial, enfatizo com meus alunos, desde o início da escola, que somos todos professores e alunos. Cada um de nós tem informações para compartilhar e informações para receber uns dos outros.

Para ajudar a formar esse espírito de cooperação, preciso primeiro "conhecer o meu aluno". Para a maioria dos meus alunos, este é apenas o segundo ano de escola formal em tempo integral. Em termos de desenvolvimento, eles podem não estar todos no mesmo lugar. Para promover o seu sentido de capacitação e promover um senso de responsabilidade pela sua própria aprendizagem, iniciamos a regra "Pergunte a três antes de mim".

As crianças são encorajadas a se tornarem solucionadoras de problemas. Se houver algo que elas não entendem ou não têm certeza, devem perguntar a três colegas o que fazer antes de procurar um professor. Essa prática é algo que encorajo desde a primeira semana de aula. As vantagens podem incluir:

- Um senso de propriedade e responsabilidade em relação à sua aprendizagem.
- Um sentimento de controle sobre uma situação.
- Resolução de problemas.
- Desativação do comportamento de busca por atenção.
- Eventual eliminação de comportamento de busca por atenção indevida.

À medida que o nosso ano letivo avança e o professor e o assistente trabalham em pequenos grupos, esse plano permite que os professores e os alunos continuem com as aulas praticamente ininterruptas. Pode demorar um pouco mais para aqueles alunos que gostam de ouvir uma resposta apenas do professor. Modelar e praticar adequadamente o que significa "Pergunte a três antes de mim" é essencial. O mesmo ocorre com o reconhecimento de quem seguiu o plano, seja quem fez a pergunta ou quem respondeu à pergunta. O *feedback* positivo para todas as partes cria um espírito de cooperação e encoraja os outros a fazerem o mesmo.

— Patty Spall, Professora do primeiro ano, St. Jude the Apostle Catholic School

DICAS DA FERRAMENTA

1. Peça a alguns alunos que criem um pôster dos quatro passos para resolução de problemas para pendurar na sala.
2. Crie um local especial em sua sala de aula ou fora dela, onde os alunos possam ir para seguir os quatro passos para resolução de problemas.
3. Quando perceber a necessidade de intervir em um problema, ofereça uma escolha: "O que mais te ajudaria neste momento: usar a roda de escolhas, usar os quatro passos para resolução de problemas, ou colocar esse problema na pauta da reunião de classe?".

O que as pesquisas científicas dizem

Uma pesquisa longitudinal, na qual os dados são recolhidos para os mesmos alunos ao longo do tempo, mostrou que os alunos que aprendem competências de resolução de problemas desde cedo na escola têm menos probabilidades de desenvolver dificuldades comportamentais. Shure e Spivack relatam que o ensino de competências cognitivas interpessoais de resolução de problemas melhora o comportamento impulsivo dos alunos.[89] Por exemplo, um estudo mostrou que os alunos que aprenderam competências de resolução de problemas na Educação Infantil e no primeiro ano apresentaram melhorias em comparação com o grupo de controle. As comparações entre grupos foram feitas até o quarto ano, mostrando resultados consistentes em favor dos alunos que aprenderam habilidades de resolução de problemas.[90]

A pesquisa também confirma a importância de utilizar um processo sistemático para promover o crescimento social e emocional dos alunos.[91] Um dos padrões identificados por meio de estudos baseados em evidências é a prática diária integrada de habilidades sociais e emocionais. A ferramenta "Resolução de problemas: quatro passos" da Disciplina Positiva, bem como outras ferramentas, como reuniões de classe, oferece um formato para a prática diária como parte da estrutura e rotina de cada dia escolar. Pesquisas sobre a eficácia das reuniões em sala de aula identificam as reuniões de classe como benéficas para os alunos, pois a prática diária melhora a capacidade dos alunos de usar habilidades de resolução de problemas.[92]

6

HABILIDADES DO PROFESSOR

AJA SEM PALAVRAS

Falar é uma das coisas mais ineficazes a fazer. A ação silenciosa por um professor é sempre mais eficaz do que palavras.

— Rudolf Dreikurs

Você às vezes tem a sensação de que seus alunos não ouvem uma palavra do que você diz? Você provavelmente está certo – especialmente quando um objetivo equivocado está envolvido. Por exemplo, se o objetivo equivocado de um aluno é a atenção indevida e você tenta motivar a mudança de comportamento por meio de sermões ou reprimendas, você está realmente reforçando o objetivo do aluno de buscar atenção como sua maneira equivocada de encontrar pertencimento e significado.

Se o objetivo equivocado do seu aluno é poder mal direcionado, suas palavras podem convidar uma disputa por poder enquanto ele ou ela deixa claro o seguinte: "Você não pode me obrigar". Se o objetivo do aluno é a vingança, suas palavras provavelmente agravarão os sentimentos de mágoa

"Não preciso ir à academia. Uma das minhas estratégias de gestão de sala de aula é circular frequentemente pela sala. Calculo que ando cinco quilômetros por dia."

e convidarão mais comportamentos prejudiciais em retaliação. Se o objetivo equivocado do seu aluno é uma inadequação assumida, suas palavras provavelmente intensificarão a crença equivocada de não ser bom o suficiente.

Muitas vezes as palavras que você usa são baseadas na reação ao comportamento. Agir sem palavras exige que você pare e pense sobre como responder proativamente. Isso requer que você entre no mundo do aluno e entenda a crença por trás do comportamento para que você possa encorajar novas crenças que motivem novos comportamentos.

Usar sinais não verbais é uma maneira de agir sem palavras e pode ajudar a envolver seus alunos. Durante as reuniões de classe, peça aos alunos que façam um *brainstorming* de uma lista de sinais não verbais silenciosos que sejam respeitosos e úteis. Alguns exemplos: sorrir e apontar para o que precisa ser feito; levantar o dedo indicador como um lembrete para usar vozes baixas; bater palmas três vezes e pedir que os alunos repitam essas palmas como um lembrete para o silêncio. Sinais não verbais são sempre mais eficazes se os alunos estiverem envolvidos na criação desses sinais e concordarem com eles antecipadamente.

Às vezes, agir sem palavras não é apropriado ou útil na situação. Outra ferramenta da Disciplina Positiva para professores relacionada a agir sem palavras é a ferramenta "Uma palavra". Nesse caso, o sinal é substituído por uma palavra. A última história da "Ferramenta na prática" compartilhada nesta seção inclui uma história de sucesso de um professor usando essa ferramenta. A seção "Dicas da ferramenta" fornece exemplos específicos para mostrar que usar uma palavra pode ser mais eficaz.

Finalmente, há momentos em que a coisa mais eficaz a fazer é se aproximar de um aluno que está fora da tarefa. Sua proximidade pode ser tudo de que o aluno precisa para voltar à tarefa – especialmente se sua intenção e energia transmitirem conexão antes da correção (ver p. 67) em vez de intimidação.

É frequentemente dito que ações falam mais alto que palavras, mas a *energia* por trás dessas ações tem a "voz" mais alta de todas. Você sentirá a energia desses professores que compartilham isso na seguinte história de "Ferramenta na prática".

Ferramenta na prática de Raleigh, Carolina do Norte

Em grandes escolas urbanas de Ensino Médio com mais de dois mil alunos, o processo de trocar de classe cria eventos repetidos e disruptivos ao longo do dia escolar. Embora a troca de classes tenha os benefícios positivos de dar aos alunos intervalos regulares e a interação necessária com seus colegas, esses curtos períodos de intensa atividade social e física podem dificultar a transição dos adolescentes para a calma das discussões e instruções em sala de aula.

Quando trinta ou mais adolescentes cheios de energia entram em uma sala de aula do Ensino Médio, eles inevitavelmente se reúnem em pequenos grupos sociais e continuam suas conversas do corredor. O professor tem o desafio de ganhar a atenção deles rapidamente para que o trabalho do dia possa começar. Quando o sinal automatizado da escola não é suficiente, tento modelar uma interrupção educada, já que a troca social entre os pares é de extrema importância para esses adolescentes.

Em vez de tentar me fazer ouvir acima do ruído de trinta vozes adolescentes, eu caminho até o interruptor de luz e ligo e desligo as luzes várias vezes para sinalizar aos alunos que estou pronta para começar a aula. Eles aprenderam o que esse sinal significa, todos podem vê-lo acontecendo, e sabem que precisam encerrar suas conversas, sentar-se e ouvir as instruções. Sem dizer uma palavra, tenho a atenção deles. Igualmente eficaz é o gesto de levantar minha mão no ar enquanto coloco um dedo sobre meus lábios. Encontro um pequeno grupo de alunos que estão me observando e faço esse gesto com eles primeiro. Esses alunos sabem que é hora de terminar a conversa e levantam as mãos também. Gradualmente, vou de grupo em grupo, sem dizer uma palavra, mas simplesmente mantendo minha mão levantada. Se necessário, faço o gesto de "fechar a boca". Sem uma palavra dita sobre a necessidade de silêncio, a professora pode começar.

— Sally Humble, Ph.D., Professora de inglês aposentada, facilitadora/consultora do College Board Workshop

Ferramenta na prática de Tooele, Utah

Certa vez, quando lecionava no sexto ano, perdi a voz, mas ainda tinha que dar aulas o dia inteiro e manter vinte e oito alunos envolvidos em atividades de aprendizagem. Eu sorrio ao lembrar que foi nesse dia que aprendi o poder dessa ferramenta da Disciplina Positiva – que ações falam mais alto do que palavras. Incrivelmente, foi um dos meus melhores dias de ensino! Tudo o que eu podia fazer era sussurrar; então, utilizar a proximidade, escrever mensagens e usar sorrisos e gestos fez uma grande diferença na comunicação. Os benefícios de usar essa ferramenta foram tão claros que, depois que minha voz foi restaurada, comecei a incorporar mais esses comportamentos ao meu ensino diário, com grande sucesso.

Muitas pessoas comentaram que ficaram maravilhadas com o modo como o contato visual, sorrisos e sussurros energéticos ou tons mais suaves envolveram um grande grupo de crianças quando parecia que apenas gritar poderia chamar a atenção deles e funcionar de forma eficaz. Adotei o lema de um ex-presidente: "Falar suavemente e carregar um grande sorriso".

— Jessica Duersch, Professora do sexto ano, Educadora Certificada
em Disciplina Positiva

Ferramenta na prática de Atlanta, Geórgia

Encontrei uma maneira divertida de alcançar alunos que têm dificuldade em se desligar da "agitação" da nossa sala de aula durante o momento dos centros de interesse. Em qualquer momento, há quatro diferentes centros acontecendo ao nosso redor, mas descobri que usar uma abordagem de mímica para instrução mantém o foco dos alunos em mim e torna um projeto simples mais desafiador.

Eu começo colocando algumas palavras em linguagem de sinais no quadro branco. As palavras básicas são "olá", "por favor", "obrigado" e "de nada", para citar algumas. Eu começo cada lição com os seguintes sinais não verbais:

1. Estalo os dedos para chamar a atenção dos alunos. Sinalizo para eles olharem nos meus olhos, e eu olho nos deles.
2. Sinalizo quais materiais eles precisarão, como tesoura, lápis e cola em bastão.
3. Começo a demonstrar, utilizando mímica, os passos necessários para completar o projeto de arte, usando alguns efeitos sonoros (como estalar a tampa do bastão de cola). Os alunos parecem gostar dos efeitos sonoros quase tanto quanto de criar seus projetos de arte.
4. Eu os encorajo a sinalizar de volta para mim com quaisquer perguntas que tenham.

As outras crianças, embora estejam ocupadas com seus centros, todas se voltam e percebem a quietude do nosso centro. Todos nós nos divertimos (inclusive eu) desafiando nossos outros sentidos para completar uma tarefa.

— Tricia Loesel, Professora do primeiro ano, St. Jude the Apostle Catholic School

DICAS DA FERRAMENTA: AJA SEM PALAVRAS

1. Você pode ter notado que os alunos tendem a se desligar quando ouvem sermões de adultos.
2. Ações gentis e firmes geralmente falam mais alto que palavras. Por exemplo, informe aos alunos que você começará a lição quando eles estiverem prontos. Em seguida, sente-se em silêncio até que eles estejam prontos (assumindo que você já treinou essa ferramenta; ver a p. 175).
3. Coloque seus tênis e circule pela sala. A proximidade física é uma ação que muitas vezes fala mais alto que palavras.
4. Aperfeiçoe o olhar que comunica gentil e firmemente "Boa tentativa".
5. Coloque gentilmente sua mão na mesa de um aluno como um sinal silencioso.
6. Para alunos mais jovens, comece o ano com um pôster de procedimentos da aula com símbolos/imagens. Um exemplo seria uma mão na orelha para ouvir.
7. Use seu senso de humor para criar alguns dos seus próprios sinais silenciosos. Por exemplo, você pode levantar uma pequena palmeira inflável para sinalizar que precisa de uma pausa positiva.

DICAS DA FERRAMENTA: UMA PALAVRA

1. Uma palavra muitas vezes é tudo de que se precisa para um lembrete amigável.
2. Uma palavra a evitar é "Não". Em vez disso, tente:
   - "Lápis" como um lembrete para os alunos pegarem um lápis para tomar notas.
   - "Olhos" quando os alunos precisam prestar atenção visual para aprender.
   - "Livros" para sinalizar que os alunos devem estar prontos com seus livros.
   - "Limpeza" antes de sair da sala de aula.
   - "Soluções" quando as crianças estão discutindo ou brigando.
3. Combine sinais não verbais com a ferramenta "Uma palavra" para instruções multissensoriais.

Ferramenta na prática de Eureka, Illinois

Frequentemente, nós professores usamos muitas palavras e depois nos perguntamos por que as crianças nos ignoram. Um exemplo típico na minha sala de aula de primeiro ano era no recreio. Notei minha tendência a falar sem parar sobre o clima, o que as crianças precisariam vestir e o que elas precisavam fazer para me mostrar que estavam prontas. Era mais um momento para dar sermões às crianças quando tudo o que elas queriam era sair e brincar.

Decidi experimentar a ferramenta da Disciplina Positiva "Uma palavra". Quando se aproximava a hora do recreio, verifiquei a nossa programação, olhei para o relógio e disse: "Recreio". Foi engraçado e gratificante ver as crianças se olharem e olharem para mim, e então começarem a se preparar. Peguei meu casaco e fui para a porta da nossa sala de aula. Calmamente, as crianças se alinharam atrás de mim. Com um olhar por cima do ombro, pude ver que estavam prontas, e até mais quietas do que o habitual – provavelmente estavam em choque –, e lá fomos nós.

Foi mais uma economia de energia para mim, e notei que os alunos estavam muito cooperativos e pareciam apreciar menos palavras. Acredito que minhas ações mostraram respeito pela capacidade deles de saberem como se preparar para o recreio.

Quando falo muito, não demonstro confiança neles (outra ferramenta da Disciplina Positiva). Quando falo menos, eles têm espaço para acessar sua capacidade interna e descobrir as coisas por si mesmos.

— Dina Emser, ex-Diretora da Blooming Grove Academy, Lead Trainer Certificada em Disciplina Positiva

O que as pesquisas científicas dizem

Uma metanálise de intervenções de gestão de sala de aula destinadas a diminuir o comportamento disruptivo mostrou que o uso de uma grande variedade de sinais não verbais, como se aproximar dos alunos ou usar um sinal silencioso (p. ex., dedo nos lábios para silêncio), é extremamente eficaz para redirecionar os alunos que não estão focados na tarefa. Além disso, ter sinais não verbais preestabelecidos, como o professor levantar a mão para sinalizar aos alunos que ocupem seus lugares, é recomendado na literatura.[93] McLeod relata que professores eficazes usam habilidades de gestão de sala de aula que incluem o uso da proximidade (especificamente, movendo-se em direção a pontos problemáticos) para encorajar a atenção. A cultura escolar tem um efeito sobre os comportamentos dos alunos. Alunos que relatam satisfação com sua escola recebem menos reprimendas verbais em comparação com alunos que estão insatisfeitos com a escola. Além disso, professores eficazes estão localizados perto dos problemas quando eles ocorrem e, portanto, podem responder rápida e silenciosamente.[94]

FAÇA O INESPERADO

Enquanto o professor ceder à sua reação impulsiva, sem perceber seu significado, ele fortalecerá o objetivo equivocado da criança em vez de corrigi-lo.

— Rudolf Dreikurs

Estudos de pesquisa mostram que professores eficazes são mais espontâneos e flexíveis na forma como respondem a situações problemáticas. Usar o elemento surpresa ou humor pode ajudar a redirecionar os alunos de maneira positiva.

Muitos professores descobrem que, quando querem gritar, na verdade é mais eficaz sussurrar e manter a calma. Um professor pegava um megafone e sussurrava nele. Outro professor usava linguagem de sinais exagerada para chamar a atenção dos alunos. Fazer o inesperado espontaneamente pode chamar a atenção dos alunos, manter seu interesse e ajudá-los a se concentrar.

Entender que há um propósito subjacente para o mau comportamento dos alunos (ver as quatro ferramentas "Entenda o objetivo equivocado", começando na p. 14) pode ajudar os professores a evitar cair na armadilha de reagir impulsivamente, o que pode realmente reforçar o mau comportamento. Por exemplo, se o objetivo equivocado de um aluno é a atenção indevida, um impulso reativo pode ser dar atenção negativa por meio de reclamações ou insistência. Usar o humor pode envolver pedir a esse aluno para criar um concurso de piadas e fazer outros alunos se inscreverem para a piada do dia.

Se o objetivo é poder mal direcionado e você se encontra envolvido em uma disputa por poder, você pode pegar um par de luvas de boxe de brinquedo e dizer de maneira brincalhona: "Encontre-me depois da aula". Claro, isso é eficaz apenas se o seu senso de humor for óbvio. Depois de aliviar a situação com humor, você pode seguir dizendo: "Percebi que estamos em uma disputa por poder e me importo muito

com você para brigar. Vamos nos acalmar e depois nos encontrar para uma sessão de resolução de problemas".

Quando você entende o propósito por trás do mau comportamento, consegue ver como pode ser útil fazer o inesperado.

Ferramenta na prática de Eureka, Illinois

À medida que me tornei mais consciente da Disciplina Positiva, fiquei melhor em lembrar como me sentia quando era criança. A ferramenta "Faça o inesperado" me ajudou a ser divertida e engraçada para obter cooperação e quebrar o estresse ou a pressão do momento para todos nós. Quando as crianças estavam distraídas durante uma lição, eu ia até a parede ou a janela e começava a falar, descrevendo qualquer processo que eu estivesse tentando ensinar.

Se eles estavam conversando, eu ia para minha mesa e lia meu livro, começava a cantar uma música boba ou ia até a mesa de uma criança e a convidava para se levantar e fazer alguns exercícios comigo. Assim que as crianças notavam, eu fazia um gesto para que se juntassem a nós.

Fazer o inesperado nos permite uma pausa da pressão do momento para fazer algo físico, musical ou engraçado e depois voltar ao trabalho com mais energia. Isso me ajuda a evitar ser mandona e rabugenta como professora e lembrar que elas são crianças e gostam de ser entretidas e surpreendidas.

— Dina Emser, ex-Diretora da Blooming Grove Academy, Lead Trainer Certificada em Disciplina Positiva

Ferramenta na prática de San Diego, Califórnia

Um dia, parecia que todos os meus alunos de educação especial estavam fora de controle enquanto se alinhavam após o recreio para voltar à aula. Em vez de gritar, eu simplesmente sentei no chão e esperei que eles notassem. Logo todos se acalmaram. Eles me olharam curiosos. Um até se ofereceu para me ajudar a levantar.

— Jackie Freedman, Assistente de instrução de Educação Especial, salas de quarto e quinto anos, Educadora Certificada em Disciplina Positiva

DICAS DA FERRAMENTA

1. Ligue uma música animada e declare que é hora de dançar. Após alguns minutos, desligue a música e declare que agora é hora de trabalhar.
2. Para chamar a atenção dos alunos, suba na sua mesa e não diga uma palavra, ou se deite no chão. (Isso pode não ser o seu estilo, mas conhecemos professores que fizeram ambos.)
3. Mude os arranjos de assentos. Diga: "Todos peguem seus livros e mudem para outra carteira". Esse movimento pode mudar rapidamente a dinâmica da sala de aula entre os alunos que podem estar conversando ou distraídos por aqueles ao seu redor.

O que as pesquisas científicas dizem

Emmer e Stough resumem pesquisas sobre o papel crítico da gestão de sala de aula, identificando a necessidade de os professores serem capazes de tomar decisões em frações de segundo.[95] Professores eficazes se sentem à vontade para reagir espontaneamente a situações difíceis. Pesquisas sobre a tomada de decisões por professores identificam a necessidade de os professores modificarem rapidamente as estratégias de gestão com base nas necessidades da situação. As pesquisas também mostram que professores novos muitas vezes se sentem menos confortáveis em mudar uma tarefa quando os alunos ficam inquietos. Essa incapacidade de avaliar e responder às mudanças nas demandas da sala de aula pode diminuir a eficácia do professor.

ESCOLHAS LIMITADAS

Não podemos proteger nossos filhos da vida. Portanto, é essencial prepará-los para ela.

— Rudolf Dreikurs

Não seria ótimo se os alunos simplesmente fizessem o que lhes é dito? Afinal, os professores sabem o que eles precisam, então por que dar escolhas?

Para responder a essa pergunta, vamos voltar ao início deste livro, onde criamos a lista de características e habilidades de vida que queremos para as crianças, como: autossuficiência, autorregulação, respeito por si mesmas e pelos outros, responsabilidade, habilidades de resolução de problemas e assim por diante. Essas habilidades não são aprendidas por meio da obediência cega. Elas são desenvolvidas quando os professores usam as ferramentas da Disciplina Positiva que fornecem prática repetida para os alunos aprendê-las.

Além disso, não ter uma escolha convida um sentimento de impotência e revolta. Ter uma escolha, mesmo limitada, cria um senso de poder útil e encorajamento que convida os alunos a pensar e escolher. Quando se sentem encorajados, é mais provável que escolham a cooperação.

Escolhas limitadas são mais apropriadas quando os alunos não têm uma escolha sobre "o quê", mas têm uma escolha limitada sobre "como", "onde" ou "quando". Os alunos podem não ter uma escolha sobre fazer as tarefas, mas podem ter uma escolha sobre quando e como fazê-las.

E se o seu aluno não quiser escolher uma das opções limitadas e quiser fazer outra coisa? Se essa outra coisa for aceitável para você, tudo bem. Se não for, diga: "Essa não é uma das opções". E então repita as opções, seguidas por: "Você decide".

"Basicamente, faça a coisa certa."

Se a escolha limitada ainda não funcionar, torne-se um detetive de comportamento. Talvez você não tenha criado uma conexão antes da correção. Talvez você não tenha validado os sentimentos ou o ponto de vista do aluno. Talvez outra ferramenta fosse mais eficaz, como perguntas curiosas, resolução conjunta de problemas ou colocar o problema na pauta da reunião de classe.

A próxima história da "Ferramenta na prática" fornece um exemplo de um professor que usou muitas ferramentas da Disciplina Positiva para conexão e compreensão antes de oferecer uma escolha limitada.

Ferramenta na prática de Atlanta, Geórgia

Na minha turma de jardim de infância, Owen, um aluno novo na escola, consistentemente evitava fazer seu trabalho, em especial durante o período matinal de artes da linguagem. Sendo um aluno novo, Owen tinha dificuldades com as transições entre as atividades. Ele frequentemente tinha dificuldade em gerenciar suas emoções e demonstrava baixa tolerância à frustração. Nas reuniões de classe diárias, Owen evitava fazer reconhecimentos aos seus colegas. E, ao resolver problemas, ele frequentemente buscava soluções que só beneficiavam a si mesmo.

Conversas com os pais de Owen me ajudaram a entendê-lo melhor. Os pais de Owen compartilharam que ele era filho único e que ambos trabalhavam muitas horas e viajavam. Os pais de Owen admitiram abertamente que, quando estavam com ele, evitavam conflitos porque tinham muito pouco tempo juntos como família. A resistência de Owen em fazer tarefas difíceis na sala de aula fazia sentido no contexto de sua vida familiar e doméstica.

Costumo usar escolhas limitadas para ajudar a guiar o comportamento dos alunos. Assim que entendi que Owen era perfeitamente capaz de fazer seu trabalho, mas apenas evitava coisas que ele não gostava, decidi usar as escolhas limitadas para motivar Owen e guiá-lo a desenvolver uma ética de trabalho mais responsável.

Na primeira vez que usei escolhas limitadas com Owen, ele teve alguma dificuldade em gerenciar seus sentimentos, mas funcionou como um encanto. Dei à turma a tarefa de escrever sobre seu personagem favorito de "Super Kids" até agora neste ano escolar. Owen não começou a trabalhar, mas, em vez disso, mexia nos materiais de seu estojo. Então fui até Owen, me abaixei e disse:

"Owen, você pode escrever sobre seu personagem favorito agora ou comigo às dez horas. Você decide".

Owen conhecia os horários da nossa rotina de trabalho diário e sabia que o recreio era às dez horas. A princípio Owen protestou: "Eu não quero perder o recreio. Eu não sei o que escrever".

Ele começou a chorar, mas depois enxugou as lágrimas e começou a trabalhar. Quando os alunos foram para o recreio, abri o caderno de Owen e li o que ele havia escrito: "É difícil para mim escolher meu Super Kid favorito. Todas as crianças são muito legais. Eu gosto de todos elas. É como minha nova escola. Todos são legais e meus amigos".

Ao ler isso no caderno de Owen, soube que estávamos fazendo progresso. Ele decidiu fazer seu trabalho e ganhar o privilégio de ir ao recreio. Mais importante ainda, ele escolheu compartilhar como se sentia sobre sua nova escola e novos amigos.

— Meg Frederick, Professora da Educação Infantil

DICAS DA FERRAMENTA

1. Não ter escolha é desencorajador. Uma escolha limitada é empoderadora.
2. Ofereça escolhas apropriadas e aceitáveis.
3. Forneça pelo menos duas possibilidades que sejam aceitáveis para você. Exemplos:
   - "Você quer ler este livro ou fazer a lição de casa durante o tempo livre hoje?"
   - "O que ajudaria você agora – ir para o nosso espaço da calma ou usar a roda de escolhas?"
   - "Você gostaria de entregar seu relatório escrito à mão de forma organizada ou digitado?"
   - "Você gostaria de sentar aqui ou ali?"
   - "Você gostaria de colocar este problema na pauta da reunião de classe ou usar os quatro passos da resolução de problemas (p. 168) para encontrarmos uma solução juntos?"
4. Lembre-se de que até mesmo escolhas limitadas funcionam melhor depois que você estabeleceu uma conexão antes da correção.

O que as pesquisas científicas dizem

Pesquisas mostram que oferecer escolhas limitadas aos alunos pode aumentar a motivação acadêmica e reduzir o comportamento problemático.[96] Existem várias justificativas para explicar por que essa estratégia é útil para a aprendizagem dos alunos. Mais importante, estudos sobre o cérebro demonstram que a tarefa mental de processar escolhas mantém os alunos engajados, centrados e se sentindo empoderados, aumentando assim o lócus de controle interno. Kern e Parks resumem recomendações baseadas em seus achados de pesquisa. As mais importantes são que (1) os professores não devem ver a oferta de escolhas como uma perda de poder ou autoridade, nem devem remover escolhas em um esforço para recuperar o controle sobre os alunos, e (2) escolhas limitadas devem ser vistas como uma estratégia de gestão para ajudar os alunos a se sentirem empoderados.

CONSEQUÊNCIAS LÓGICAS

Se permitimos que uma criança experimente as consequências de seus atos, proporcionamos uma situação de aprendizado honesta e real.

— Rudolf Dreikurs

Observe a redação na citação de Dreikurs acima: "Se *permitimos* que uma criança *experimente* as consequências de seus atos...". Permitir que uma criança experimente as consequências é muito diferente de *impor* consequências, que geralmente são apenas punições disfarçadas. Permitir que os alunos experimentem as consequências à maneira da Disciplina Positiva significa acreditar que os alunos podem aprender com suas experiências em um ambiente de apoio. Um ambiente de apoio significa omitir todos os sermões do tipo "Eu avisei". Significa excluir todas as punições. Significa não "resgatar". Significa não tentar prevenir todos os erros – exceto aqueles que são ameaçadores à vida ou prejudiciais a si mesmo ou aos outros. Depois de seguir todas as "omissões", há vários "afazeres" para criar um ambiente de apoio:

CARTÃO PARA O PAPAI NOEL

"Minha professora disse que, se eu continuar atrapalhando a aula, ela vai contar para o Papai Noel que eu fui bagunceiro. Então ele só vai me trazer brinquedos educativos."

1. Simplesmente valide os sentimentos de seus alunos e, em seguida, confie na capacidade deles para resolver as consequências de suas escolhas e aprender com seus erros.
2. É aceitável perguntar se eles gostariam de ter ajuda. Se a resposta for sim:
    a. Pergunte se gostariam de colocar o desafio na pauta da reunião de classe para que seus colegas sugiram soluções que possam ser úteis.
    b. Ajude os alunos a explorarem as consequências de suas escolhas/comportamentos por meio da ferramenta "Perguntas curiosas (conversacionais)" (p. 94). Dessa forma os alunos são gentilmente conduzidos atra-

vés de um processo no qual respondem a perguntas que os convidam a "pensar por si mesmos".

Consequências lógicas impostas (punições) são utilizadas para garantir que os alunos paguem pelo que fizeram. Por outro lado, ajudar os alunos a explorarem a causa e o efeito de seu comportamento os ajuda a aprender com o que fizeram.

A Disciplina Positiva não defende controles externos (ou seja, recompensas e punições). O foco da Disciplina Positiva está nos resultados em longo prazo. Cada ferramenta da Disciplina Positiva ensina autocontrole interno e ajuda os alunos a se envolverem em um processo de identificação do problema e busca de soluções.

A ideia de "Sem mais consequências lógicas – pelo menos quase nunca" pode ser uma grande mudança de paradigma para educadores que trabalharam com um sistema de gerenciamento baseado em recompensas e punições. Professores que tentam fazer essa mudança frequentemente perguntam: "Por que não é aceitável usar adesivos como recompensas por bom comportamento – especialmente se os alunos gostam deles?" ou "O aluno não deveria ir para a diretoria por mau comportamento ou enfrentar alguma consequência negativa?".

Remover consequências impostas requer uma mudança de confiar fortemente no reforço externo por meio do uso de recompensas e punições (identificadas pela pesquisa como ineficazes em longo prazo) para desenvolver um sistema de gerenciamento de sala de aula baseado em respeito mútuo e lócus de controle interno.

Em algumas circunstâncias, as consequências lógicas são apropriadas. Lembre-se de que privilégio = responsabilidade. Quando os alunos não querem assumir a responsabilidade, pode ser apropriado que percam o privilégio relacionado.

Os três "R" e um "U" são uma boa ferramenta para ajudar a decidir quando uma consequência é um efeito natural e lógico de um comportamento, em vez de uma punição disfarçada. Se os três "R" e um U forem atendidos, a consequência é uma solução em que o aluno assume a responsabilidade.

O critério dos três "R" e um "U"

1. Relacionado
2. Respeitoso

3. Razoável
4. Útil

Permitir que os alunos experimentem os efeitos de seu comportamento é importante para seu desenvolvimento. No entanto, muitas vezes os professores (e pais) resgatam os alunos, impedindo-os de aprender com o fluxo natural dos eventos. Se um aluno esquece algo e o professor o resgata, não há oportunidade para o aluno experimentar a realidade de ter esquecido. Quando os alunos são resgatados, eles não podem desenvolver confiança em sua capacidade de lidar com problemas de forma independente.

Tente a seguinte atividade para ajudá-lo a obter uma melhor compreensão dos resultados em longo prazo de punições, recompensas, consequências lógicas e foco em soluções.

Quatro alternativas para lidar com desafios

1. Pegue uma folha de papel em branco e divida-a em quatro quadrantes, deixando um pouco de espaço no topo. Pense em um desafio que você está tendo com um aluno. Escreva-o no topo do papel.
2. No topo de cada quadrante, escreva cada um dos seguintes métodos de disciplina: punições, recompensas, consequências lógicas e foco em soluções.
3. Em seguida, preencha cada quadrante com descrições de como cada método de disciplina pode parecer no contexto do seu desafio. Crie várias descrições para cada quadrante.
4. Agora, finja que você é o aluno que está apresentando o problema. Ao ler as descrições do método de disciplina em cada quadrante, perceba o que você está pensando, sentindo e decidindo.
5. Vá para "Criando um plano de ação de resultados" na página xxvi e olhe para a lista de "Desafios" e a lista de "Características e habilidades de vida". Qual dos métodos de disciplina inspirou você a aprender alguma das coisas escritas na lista de "Características e habilidades de vida"? Algum dos métodos de disciplina levou você a se comportar como algum dos itens na lista de "Desafios"?

Muitos professores que completam essa atividade percebem que recompensas e punições podem funcionar temporariamente, mas não ensinam as características e habilidades de vida que esperamos que nossos alunos aprendam. A ferramenta de consequências lógicas pode ser eficaz quando aplicada corretamente. No entanto, na maioria dos casos, focar soluções cria os melhores resultados em longo prazo.

Ferramenta na prática de Guayaquil, Equador

A Disciplina Positiva causou uma mudança drástica e positiva no ambiente da minha sala de aula. Sempre me orgulhei das minhas habilidades de gestão e da minha capacidade de criar uma comunidade de sala de aula positiva. Meus alunos no passado experimentaram um clima no qual abordávamos problemas quando surgiam, lidávamos com eles de maneira respeitosa e apropriada e aplicávamos consequências conforme necessário. No entanto, não percebíamos com que frequência essas "consequências" eram na verdade punições disfarçadas.

Após o *workshop* de Disciplina Positiva, percebi que não estávamos realmente resolvendo problemas. Claro, abordávamos os problemas, encontrávamos uma maneira de gerenciá-los (frequentemente com uma consequência), esperávamos que o aluno tivesse aprendido sua lição e seguíamos em frente. No entanto, não focávamos a raiz do problema, e os alunos não participavam muito do processo. Agora, todos os meus alunos sabem que na minha sala de aula focamos soluções reais.

Agora, as soluções vêm quase inteiramente dos alunos. Eles se tornaram profundamente envolvidos não apenas na resolução de seus próprios problemas, mas também em ajudar os outros a encontrar soluções respeitosas para seus problemas.

Antes dessa mudança na minha abordagem, os alunos vinham até mim com um problema e a expectativa de que eu imporia uma consequência como remédio. Agora, os alunos ainda vêm até mim com problemas, mas seu pedido de ajuda é diferente. Eles dizem: "Sr. Mathis, tive uma reunião com John sobre um problema que estamos tendo, mas não conseguimos encontrar uma solução. Posso adicionar esse problema à pauta da nossa próxima reunião de classe?". Essa nova abordagem eliminou completamente a mentalidade de "dedo-duro" e mudou a maneira como os alunos pensam sobre resolução de problemas.

— Jeremy Mathis, Professor do quarto ano

DICAS DA FERRAMENTA

1. Ajude os alunos a explorarem as consequências de suas escolhas.
2. Quando parecer apropriado usar uma consequência lógica, certifique-se de que ela atenda à fórmula: privilégio = responsabilidade. Aqui estão dois exemplos:
   - "Você pode sentar com seu amigo quando vier até mim com um plano de como você lidará com esse privilégio de forma respeitosa."
   - "Você pode compensar sua tarefa perdida ensinando uma unidade especial para a turma."
3. Sempre que possível, foque soluções.

O que as pesquisas científicas dizem

O Center on the Social and Emotional Foundations for Early Learning (Centro de Fundamentos Sociais e Emocionais para a Aprendizagem Precoce) é um recurso nacional para disseminar pesquisas e práticas baseadas em evidências para programas de Educação Infantil em todo o território dos EUA. A pesquisa do centro identifica a eficácia das consequências lógicas, especialmente quando usadas com outras estratégias positivas.[97] Estudos incluíram amostras de crianças pequenas que demonstram comportamentos não conformistas, agressivos e opositores, com foco em famílias com múltiplos fatores de risco de diversos contextos étnicos e socioeconômicos. Existem benefícios claros e abrangentes em ajudar os alunos a entenderem a causa e o efeito de suas escolhas e experimentarem as consequências lógicas dessas escolhas. Por outro lado, a pesquisa mostra que a punição (que infelizmente apresenta uso mais comum em comparação com as consequências lógicas) não tem resultados positivos em longo prazo.[98] Na verdade, a punição pode levar ao medo, que tem um impacto negativo na aprendizagem. A punição influencia negativamente a motivação e a concentração. Além disso, os alunos podem aprender a agradar o professor para evitar a punição, em vez de adquirir habilidades e conhecimentos para seu próprio desenvolvimento. No caso da punição física, o aluno pode se tornar temeroso e evitar o punidor, além de desenvolver sentimentos e percepções negativos sobre a escola.

DEMONSTRE CONFIANÇA

O educador deve acreditar no poder potencial de seu aluno, e deve empregar toda a sua arte na tentativa de levar o aluno a experimentar esse poder.

— Alfred Adler

O que significa demonstrar confiança nos alunos? Não significa abandonar os alunos para descobrirem tudo sozinhos. Significa ter mais confiança em sua capacidade de poderem lidar com as situações, mesmo que isso signifique que eles têm que se esforçar para isso. Ter confiança significa saber que eles podem se beneficiar de algum esforço. O esforço constrói resiliência e um senso de capacidade à medida que os alunos aprendem o quanto podem fazer. E, mais importante, acreditar nos seus alunos significa empoderá-los a usar sua profunda sabedoria e cuidado para lidar com alguns desafios que podem parecer impossíveis para os adultos.

Você pode oferecer suporte que os convide a pensar pela validação de sentimentos. Você também pode oferecer alguma orientação por meio de perguntas curiosas (ver as ferramentas "Perguntas curiosas motivacionais" [p. 90] e "Perguntas curiosas conversacionais" [p. 94]). Você demonstra confiança ao não resgatar, corrigir ou controlar, mas, em vez disso, envolver os alunos na ajuda e na resolução de problemas.

A paciência é provavelmente a parte mais difícil de mostrar confiança nos seus alunos. Quase sempre parece mais conveniente resolver problemas para os alunos. Isso é particularmente verdadeiro se você acredita que ensinar significa que os alunos devem ser receptores passivos do seu conhecimento, ou se você tenta resolver conflitos por meio de punições ou recompensas.

Dreikurs apontou que os alunos saberão se você realmente acredita neles e em sua capacidade de se es-

"Vou fechar os olhos e tapar os ouvidos. Espero que os alunos que pegaram minha cadeira, a mesa e a lousa as tragam de volta."

forçar e seguir em frente. Permita que eles sintam um pouco de decepção. Permita que trabalhem seus sentimentos. Permita que resolvam problemas por conta própria. Eles precisarão dessas habilidades no futuro.

Encorajar a si mesmo e a seus alunos requer muita confiança – autoconfiança, confiança em seus alunos e confiança nas ferramentas da Disciplina Positiva para produzir os resultados que você espera. Ao ler a história da seção "Ferramenta na prática" a seguir, observe a gentileza da professora, sua firmeza e a confiança que ela tem em si mesma, em seu aluno e nas ferramentas que estão sendo usadas.

Ferramenta na prática de Poway, Califórnia

Toda sexta-feira temos um teste de vocabulário na minha aula de inglês do décimo ano. A semana passada foi excepcionalmente movimentada, e não tivemos muito tempo de aula para estudar as palavras que apareceram no teste de sexta-feira. Normalmente, quando aplico um teste, faço a supervisão a partir da frente da sala de aula.

Na última sexta-feira, Jordan estava obviamente olhando para o teste de seu colega. Sussurrei em seu ouvido: "De que outra forma você acha que pode conseguir uma boa nota?". Ele imediatamente pediu desculpas.

Depois da aula, todos os alunos saíram, mas Jordan ficou para trás. Ele estava horrorizado com o que havia feito. Ele disse: "Sra. Loiewski, sinto muito. Só olhei uma resposta e prometo que não olhei nenhuma outra".

"Está bem, qual é o seu plano para a próxima semana?"

"Prometo que vou estudar mais e até vou ajudar outros alunos a estudar."

No teste de vocabulário seguinte, Jordan estava altamente motivado a se sair melhor. Em nossa cesta de tarefas de casa, ele colocou um papel com todas as palavras escritas com definições e frases. Quando perguntei a ele sobre todo esse trabalho extra, ele respondeu que se divertiu estudando e realmente queria conseguir 100%.

> — Diana Loiewski, Professora do Ensino Médio, Educadora Certificada
> em Disciplina Positiva

Ferramenta na prática de Paris, França

Quando vejo o que acontece com meus alunos na minha turma, bem como em casa, fico impressionada com o poder da Disciplina Positiva! Minha última experiência em sala de aula foi realmente incrível.

Marc, de 3 anos, empurrou seu amigo Arthur durante o recreio. Ele empurrou tão forte que Arthur caiu em um galho e fez xixi nas calças. A professora do recreio trouxe os dois meninos chorando até mim, dizendo: "Eu me pergunto como você vai usar sua Disciplina Positiva para lidar com isso".

Perguntei o que havia acontecido. Os meninos estavam ambos chorando, e eu não conseguia entender uma palavra do que diziam. Então eu disse a Marc: "Volte a brincar e conversaremos sobre isso quando você se sentir melhor".

Marc voltou para o recreio, e eu comecei a trocar Arthur, que estava molhado. Cinco minutos depois, Marc voltou para me dizer que queria pedir desculpas a Arthur. Perguntei a Arthur se isso estava bem para ele. Estava, e então Marc disse: "Desculpa". Eu disse a ele que poderia voltar a brincar. Ele voltou cinco minutos depois, dizendo: "Eu quero saber como o Arthur está. Eu gostaria de ajudá-lo a se trocar e ficar com ele". Perguntei a Arthur se a ideia de Marc era boa para ele. E logo eles estavam sentados juntos em um banco. Que fofura! Finalmente, voltaram a brincar lá fora, de mãos dadas.

— Nadine Gaudin, Professora, Trainer Certificada em Disciplina Positiva

Essa história ilustra lindamente que os adultos com frequência tornam as coisas muito mais complicadas do que são, porque eles não confiam nas crianças – tanto no que se refere a sua inocência quando acidentes acontecem como em relação a sua capacidade de ter compaixão e resolver problemas. Nadine sabia que suas crianças precisavam de algum tempo para se acalmar antes que pudessem acessar seus cérebros racionais e resolver o problema sem a interferência de adultos. É claro que Nadine dedicou tempo para treinamento (durante períodos calmos), ensinando-os a se preocupar com os outros e a solucionar problemas de forma respeitosa.

Ferramenta na prática de Vista, Califórnia

Durante uma reunião de classe, uma aluna apresentou uma preocupação que esperava que seus colegas pudessem resolver. Meu coração se entristeceu quando ela explicou: "Eu estou incomodada porque a mulher que me ajuda no Starbucks tem câncer e eu gostaria de poder ajudá-la". (Ver a atividade "incômodos e desejos" na p. 165.) Sentei-me em silêncio e segurei as lágrimas.

Graças a Deus que eu estava no final da roda e fui a última a falar! Quando o bastão da fala foi passado, a turma empolgadamente ofereceu ideias para animá-la e arrecadar dinheiro para ela. Em vez de escolher qual ideia seguir, fizemos todas elas e passamos o ano escolar inteiro focados em estender nosso amor à barista. Arrecadamos dinheiro suficiente para ajudá-la com contas médicas, pagar o aluguel ocasionalmente e enchê-la de cartões e desenhos! Ela completou o tratamento com sucesso e agora está saudável! Os professores capacitam os alunos a desenvolverem um interesse social fenomenal e inspirador quando ensinam habilidades de resolução de problemas e acreditam no que seus alunos podem realizar.

— Joy Sacco, Carden Academy, Mãe/Professora/Trainer Certificada em Disciplina Positiva

Ferramenta na prática de Petaluma, Califórnia

Tenho lido o livro *Disciplina Positiva*, de Jane Nelsen, todos os anos há trinta anos ou mais. Usei suas ferramentas "relacionadas, respeitosas e razoáveis" na minha sala de aula Montessori, além de sediar um estudo anual do livro para pais cujos filhos estão matriculados na escola.

Um conselho de que sempre me lembro é que as coisas pioram antes de melhorar. Quando os adultos na vida de uma criança estabelecem um limite justo e o seguem com gentileza, firmeza e desapego, a criança que não está acostumada com isso pode testar o adulto até o limite para ver se este cederá. Enfrentar essa onda de desconforto em vez de jogar a toalha e dizer "Esse negócio de Disciplina Positiva não funciona" pode ser um dos maiores desafios, mas o efeito positivo em longo prazo é muito maior do que "ficar afastando moscas" para a eternidade. Você só precisa acreditar nas crianças.

Recentemente nosso grupo de crianças de 3 a 6 anos testou essa confiança. Tínhamos acabado de lanchar juntos, como fazemos todos os dias, logo de manhã. Minha assistente estava no tapete com todas as crianças e disse: "Assim que eu vir todos sentados e prontos, chamarei vocês para começarem a trabalhar". Não sabemos como começou, mas uma criança começou a se jogar no tapete, e antes que percebêssemos todo o grupo estava fora de controle, copiando e adicionando seus próprios comportamentos desordeiros e desrespeitosos. Minha assistente disse: "Estou saindo da roda e voltarei quando todos estiverem sentados".

Ambos os adultos na sala continuaram com seus afazeres enquanto escutávamos, observávamos, tomávamos notas e garantíamos que todos estivessem seguros. Às vezes eu entrava sem dizer uma palavra e removia um objeto que estava nas mãos de alguém. As crianças continuavam tendo acesso à água e ao banheiro, mas não podiam sair da área até que estivessem todas sentadas. Um menino e uma menina foram convidados a sair depois de permanecerem sentados apesar do comportamento de seus colegas. Eles foram trabalhar. Outra criança não foi ao tapete pela manhã, pois é sensível a estímulos e começa o dia com fones de ouvido e música. Durante as duas horas – sim, duas horas – que isso durou, ele trabalhou longe da área caótica com fones de ouvido que cancelavam o ruído. Coloquei tampões em meus próprios ouvidos e nos ouvidos das duas crianças que estavam trabalhando.

Durante essas duas horas houve corridas, arremesso de meias, perseguições, rastejamento, gritos, danças, puxões de camisa, empurrões, levantamentos de pessoas, retirada de materiais, rolagens, tropeços e uma grande perturbação sonora. Houve alguns gritos de várias crianças dizendo: "Todo mundo sentado!", mas em vão, porque as crianças que pediam não estavam modelando o comportamento. Em um ponto, uma criança disse: "Pessoal, somos todos professores". Outra criança disse: "Está difícil se concentrar".

Durante esse tempo, os professores permaneceram amigáveis e desapegados, firmes e amorosos. Havia um pequeno cachorro de fazenda na sala conosco, e ele permaneceu nos braços de um ou outro dos professores. As crianças que estavam trabalhando continuaram a trabalhar, e os professores continuaram a trabalhar com elas. Minha assistente até se sentou e leu para um dos alunos enquanto eles trabalhavam. Você podia ouvir o barulho diminuir e aumentar. Então o barulho parou e todas as crianças se sentaram.

Minha assistente e eu voltamos ao tapete e entreguei a ela um bloco de notas e um lápis. Ela caminhou ao redor da roda e perguntou: "O que você fez que contribuiu para o que acabou de acontecer aqui?". No início houve algumas tentativas de apontar dedos, com "Ele fez isso" e "Ela fez aquilo", mas quando dissemos que todos tinham uma contribuição na bagunça e que não estávamos culpando os outros, mas olhando para nós mesmos, isso parou. Então, de maneira unânime e honesta, cada criança relatou qual foi sua parte no evento: "Eu joguei meias, corri e persegui", "Eu estava correndo em círculos, tentando fazer os amigos irem para os nomes no tapete, rolando pessoas, gritando", e assim por diante. Então perguntamos: "O que fez isso parar?". Todos disseram: "Eu sentei". Minha assistente disse: "Isso foi tudo que eu pedi".

Uma criança, tendo observado seus colegas ficarem quietos quando os adultos liam histórias para o grupo, perguntou se poderia ser líder e ler um livro. Isso levou outra criança a pedir para ler também. Eles se sentaram em cadeiras no círculo e se revezaram na leitura. Todas as crianças estavam atentas.

A maior surpresa de todas veio quando eu disse a todas as crianças que saíssem antes do almoço: "É hora de ir, então vou chamar seu nome para pegar suas coisas e formar a fila na porta". Muitos disseram: "Você quer dizer que é hora de ir para casa?". "Sim", eu disse. "Se você vai ficar para o almoço, vou chamar você para lavar as mãos." Uma criança pediu para chamar os nomes dos outros, e ela assumiu esse papel com graça e confiança.

Desde esse exercício na sala de aula, as crianças não recriaram o caos. Elas têm lembrado umas às outras da solução. Os dias que se seguiram têm sido mais ordenados, resultado do desejo delas de criar essa ordem.

Em uma recente aula para pais e mães que minha assistente e eu fizemos no Blue Mountain Meditation Center em Tomales, Califórnia, li estas palavras de Eknath Easwaran em um artigo intitulado "Sabedoria em ação": "Se, quando criança, meus pais não me disseram não, então quando me tornar adulto não serei capaz de aceitar um não de ninguém. Nos relacionamentos com crianças, o amor frequentemente se expressa na capacidade de dizer não quando necessário. ... Se não pudermos dizer não aos nossos filhos quando necessário, estaremos realmente ensinando-os a serem mais teimosos. ... Somente quando estamos desapegados em boa medida do nosso próprio ego podemos encorajar nossos filhos a crescerem em sua plena estatura de sua própria maneira, dizendo: 'Apoiamos você, desde que você vire as costas para o egoísmo e a teimosia'."

Como Jane costuma dizer: "não à vergonha, à culpa e à punição, mas sim a um limite com amor".

— Andrée Young, Red Barn Montessori

DICAS DA FERRAMENTA

1. Expresse confiança: "Tenho confiança de que vocês dois podem encontrar uma solução que funcione para ambos".
2. Evite resgatar: "Faça o melhor que puder, e depois eu ajudarei". Quando você sabe que os alunos são capazes, resgatar comunica que você acha que eles não são.
3. Ofereça uma escolha: "Você quer ajuda de toda a turma durante uma reunião de classe ou quer usar a roda de escolhas?".
4. Use o encorajamento para mostrar confiança na capacidade do aluno: "Eu notei que você está persistindo nesse problema, mesmo que seja difícil para você".
5. Confie na capacidade dos alunos para usarem seu poder em prol de um interesse social quando tiverem a oportunidade.

O que as pesquisas científicas dizem

O estudo de Rosenthal e Jacobson, de 1960, identificou a prevalência do "efeito Pigmaleão" nas escolas.[99] Especificamente, os pesquisadores examinaram a hipótese de que há uma relação entre as crenças e expectativas dos professores sobre o potencial dos alunos e o desempenho dos alunos. Em seu estudo, um teste de inteligência não verbal foi administrado a todos os alunos de uma escola de Ensino Fundamental no início do ano letivo. O teste foi disfarçado como um teste que preveria o "florescimento" intelectual e foi rotulado como "Teste de Aquisição Infletida de Harvard". Rosenthal e Jacobson então selecionaram aleatoriamente 20% dos alunos (de modo que as seleções não tivessem relação com as pontuações reais dos testes), mas disseram aos professores que esses 20% eram alunos "acima da média" que mostravam "potencial incomum para crescimento intelectual" e que se poderia esperar um "florescimento" acadêmico até o final do ano letivo. No final do ano letivo, os pesquisadores testaram de novo todos os alunos. Aqueles que foram rotulados aleatoriamente como "inteligentes" mostraram um aumento significativamente maior nas pontuações dos testes em comparação com os outros alunos, que não foram rotulados como prováveis de se destacar. Os dados apoiaram a hipótese de Rosenthal e Jacobson de que as expectativas e crenças dos professores afetam o desempenho dos alunos. Eles concluíram que as expectativas dos professores em relação à capacidade intelectual de certos alunos levaram a uma mudança real no desempenho intelectual desses mesmos alunos, embora fossem um grupo selecionado de forma aleatória e simplesmente rotulado pelos pesquisadores como mais capazes de crescimento.

Yatvin, ex-psicólogo escolar e professor da Portland State, aponta que a pesquisa de Rosenthal e Jacobson, bem como estudos de replicação em outras escolas, revelam o poder que os professores têm quando demonstram confiança em seus alunos.[100] Yatvin relata que o efeito positivo da confiança dos professores em seus alunos foi observado de maneiras muito específicas. O sorriso de um professor, acenos de aprovação, ou disposição para fornecer mais oportunidades para um aluno fazer e responder perguntas, bem como um tom de voz mais gentil, mesmo que essas respostas ocorram de modo inconsciente, influenciam positivamente o desempenho dos alunos.

TODOS NO MESMO BARCO

Podemos superar a intensa competição existente e seus efeitos prejudiciais se tratarmos todas as crianças como um grupo – colocando todas no mesmo barco.

— Rudolf Dreikurs

O conflito geralmente diminui quando você coloca os alunos no mesmo barco – ou seja, trata-os da mesma forma – em vez de tentar descobrir quem é o culpado. Jane aprendeu isso rapidamente como orientadora educacional do Ensino Fundamental. No começo, quando dois alunos eram enviados ao seu escritório porque estavam brigando, ela fazia sugestões de soluções, nenhuma delas satisfazia qualquer uma das partes. Eles só queriam jogar os jogos de "isso é injusto" e de culpar.

Sua grande lição veio quando dois meninos lhe foram enviados por brigar e ela disse: "Acredito na capacidade de vocês dois para resolver este problema. Vou sair da minha sala e vocês podem me chamar quando tiverem uma solução". Menos de dois minutos depois eles voltaram com uma solução. Um dos meninos disse: "Eu rasguei a camiseta dele, então vou trazer outra para ele amanhã, mas não precisa ser nova porque a que eu rasguei não era nova".

Também funciona bem perguntar quem gostaria de colocar um problema (ou briga) na pauta da reunião de classe. As reuniões de classe fornecem aos alunos as habilidades e a prática para resolver problemas juntos. Eles adoram aprender e repetir a frase "Você está buscando culpa ou está buscando soluções?".

Dreikurs explicou a estratégia de colocar todas as crianças no "mesmo barco" observando que, muitas vezes, as crianças em uma família se unem contra os adultos por atenção ou poder (dois dos objetivos do mau comportamento). Os colegas na escola fazem a mesma coisa, unindo-se contra o professor.

"Qual bolinha eu atirei?"

Colocar os alunos no mesmo barco facilita que trabalhem juntos para encontrar soluções colaborativas.

Ferramenta na prática de Vista, Califórnia

Dois meninos do segundo ano estavam como visitantes na minha sala de aula após o período de aulas deles. Eles estavam brincando pacificamente no chão quando, de repente, pularam e correram em minha direção, cada um gritando que o outro o havia chutado. Eles chegaram à minha mesa e desesperadamente apresentaram seus casos, cada um tentando gritar mais alto e culpar o outro.

Informei a eles que não havia motivo para procurar culpados porque crianças não se metem em encrenca na minha sala de aula; em vez disso, conversamos e encontramos soluções. Então perguntei se eles gostariam de ser ouvidos pelo outro para que pudessem encontrar uma solução juntos. Eles disseram que sim.

Então dei a eles um papel com o formato da "mensagem em primeira pessoa" para usar como guia: "Eu me sinto _____ sobre _____ e eu gostaria _____".

Convidei um dos meninos para começar. Ele se aproximou do outro menino e disse bem alto: "Eu me sinto realmente bobo, porque menti sobre você me chutar, e eu gostaria de saber como sair dessa!".

O outro menino começou a rir e disse: "Eu me sinto com vontade de rir. Não consigo pensar em mais nada para dizer".

Eles continuaram seu jogo e esqueceram a discussão.

— Joy Sacco, Carden Academy, Trainer Certificada em Disciplina Positiva

DICAS DA FERRAMENTA

1. Em vez de tomar partido quando os alunos brigam ou têm um problema um com o outro, trate-os da mesma forma. Em vez de usar nomes individuais, diga: "Vocês dois".

2. Dê uma escolha: "Vocês dois gostariam de ir para a mesa da paz, usar a roda de escolhas ou fazer uma pausa positiva?".

3. Demonstre confiança: "Avisem-me quando vocês dois tiverem elaborado algumas ideias e uma solução que ambos se sintam bem em tentar".

4. Pauta da reunião de classe: "Vocês dois gostariam de adicionar esse problema à pauta da reunião de classe?".

5. Praticar a resolução de problemas durante as reuniões de classe dá aos alunos as habilidades para resolverem problemas juntos.

O que as pesquisas científicas dizem

Colocar os alunos no mesmo barco é uma ferramenta que ajuda os professores a lembrarem da importância de devolver o problema às mãos dos alunos. O estilo de gestão dos professores impacta a dinâmica do grupo. O estudo clássico de Lewin, Lippit e White sobre liderança de grupo mostrou que a liderança democrática (baseada no respeito mútuo e na cooperação) ajuda os alunos a se engajarem na resolução colaborativa de problemas, em vez de trabalharem em oposição.[101] Em muitos dos escritos de Dreikurs, ele aponta que as salas de aula revelam dinâmicas de grupo que correspondem ao modelo de Lewin. Dreikurs usou o modelo de liderança de Lewin e a Psicologia Adleriana para desenvolver um modelo de gestão de sala de aula democrático para ajudar os professores a fornecerem liberdade e ordem. A pesquisa de Lewin sobre dinâmicas de grupo demonstrou que essa abordagem é ótima em comparação aos estilos autoritários ou *laissez-faire* (permissivo). Especificamente, essa pesquisa mostrou que a liderança democrática ajuda os indivíduos a sentirem um senso de coesão e facilita aos alunos trabalharem juntos para resolver problemas.

TOM DE VOZ

Nós mesmos muitas vezes instigamos o mau comportamento por parte da criança em virtude do tom que usamos.

— Rudolf Dreikurs

Você já se pegou usando um tom de voz alto ou desrespeitoso sem perceber o que estava fazendo? Rudolf Dreikurs apontou décadas atrás que, quando falamos com nossos alunos, eles ouvem mais o tom de voz do que as palavras que usamos. Você pode ter experimentado isso antes: quando uma turma está barulhenta, os professores costumam aumentar a voz na tentativa de obter controle. Sugerimos usar um tom mais suave ou até sussurrar para ganhar a atenção dos alunos. Isso modela um comportamento calmo e respeitoso.

Tente ouvir a si mesmo e aos outros professores. Preste muita atenção ao tom de voz que você está usando. Quando seu nível de estresse aumenta, os alunos podem ouvi-lo em sua voz. É por isso que o autocuidado (p. 230) é tão importante.

O tom de voz é de grande importância na forma como comunicamos gentileza e firmeza para alunos individuais e para a turma. Muitas vezes, um tom de firmeza sem gentileza inicia uma disputa por poder. Por outro lado, a gentileza sem firmeza pode convidar os alunos a se aproveitarem da situação.

Seu tom pode comunicar sua confiança e crença em seus alunos. Com seu tom de voz, você pode rapidamente validar ou desencorajar. Um tom de voz confiante e encorajador ajuda os alunos a sentirem um maior senso de conexão – isso pode ser uma ferramenta poderosa para ajudar os alunos a experimentarem pertencimento e importância na escola.

A diferença entre uma consequência e uma punição costuma ser evidente

"Me dá a pistola de água, Jerome! Estou tentando manter uma disposição 'ensolarada' e você está 'fazendo chover' no meu dia."

em seu tom de voz. Você pode dizer gentil e firmemente a um aluno que não entregar o dever de casa no prazo reduzirá sua nota. No entanto, se seu tom indicar uma ameaça, uma consequência lógica válida se transforma imediatamente em punição. Lembre-se de que seu tom de voz impacta muito os sentimentos e percepções dos alunos sobre a escola e a aprendizagem.

Ferramenta na prática de Raleigh, Carolina do Norte

Como professor de inglês do Ensino Médio e agora diretor, uso regularmente a ferramenta da Disciplina Positiva "Tom de voz". Quando falo com alunos que cometeram um erro, usar uma voz suave e um tom calmo permite que os alunos tenham seu próprio espaço emocional para refletir sobre o que fizeram. Quando os alunos estão agitados ou chateados, usar um tom calmo e um volume baixo acalma a situação. Tentar entender por que o aluno fez determinada escolha também ajuda. Quero que o aluno veja que todos estamos trabalhando em direção a soluções, e quero que ele participe também.

Por exemplo, quando um aluno trapaceou ou cometeu uma violação de honra porque escolheu o caminho mais fácil, minha resposta calma deixa o aluno saber que ali é um lugar seguro para ele desenvolver sua própria maneira de resolver isso. Eu uso perguntas tais como: "Você consegue imaginar como isso faria outra pessoa se sentir?" e "Isso faz sentido?" e dou ao aluno tempo para elaborar uma resposta que seja significativa para ele.

Os alunos podem trapacear porque seus pais estão colocando muita pressão sobre eles, de modo que não conseguem suportar, seja porque têm dificuldades em gerenciar o tempo, seja porque podem estar resgatando um amigo que pediu ajuda de maneira inadequada. Os alunos muitas vezes não veem o impacto que suas trapaças têm sobre seus colegas de classe, seus professores ou eles mesmos. Costumo pedir aos alunos que escrevam uma redação sobre esses impactos de suas trapaças, bem como que façam um *brainstorming* de soluções para escolhas futuras.

Finalmente, toda situação disciplinar termina com uma declaração positiva sobre as consequências. Eu me certifico de dizer aos alunos que, a partir desse ponto, só penso positivamente sobre eles e estou orgulhoso por terem transformado seu erro em uma experiência de aprendizado.

— Dr. Tom Humble, Diretor de escola de Ensino Médio e professor de AP English

Ferramenta na prática de Guayaquil, Equador

Pedi permissão a uma de nossas alunas do quinto ano para compartilhar uma parte da sua redação aqui. Paula é uma menina adorável. Ela decidiu trabalhar nesse tópico porque sua professora de dança na academia de balé grita com os alunos. Paula é muito tímida e geralmente se sente ansiosa para expressar suas opiniões em voz alta porque não gosta de cometer erros e se preocupa com o que os outros possam pensar sobre ela. Ela é perfeccionista. Acho que escrever suas experiências foi muito útil para ela. Fiquei surpresa que ela tenha conseguido expressar seus sentimentos, permitindo-nos conhecê-la um pouco melhor. Espero que vocês gostem da redação dela.

— Karina Bustamante, Psicóloga escolar, InterAmerican Academy,
Trainer Certificada em Disciplina Positiva

Os professores não devem gritar

Por que os professores de dança gritam? Ninguém sabe, exceto eles. Será porque eles não gostam de como você dança e acham que gritar vai fazer você dançar melhor? Eu não sei. O que eu sei é que eles não deveriam, porque não melhora nada.

Tenho pensado muito sobre gritos porque não gosto de como isso me faz sentir. Eu sou uma dessas alunas que é atingida. Não é uma sensação agradável. Então decidi pesquisar o tópico para minha redação. Queria provar que gritar não melhora nada.

Muitas vezes os alunos não escutam de verdade quando um professor grita. Ou eles podem escutar apenas no momento em que o professor grita. Depois que o professor desvia o olhar, eles continuam fazendo o que estavam fazendo, porque a mudança de comportamento só acontece quando o aluno quer. Quanto mais gentil o professor é com o aluno, mais o aluno vai querer se comportar melhor, porque vai querer agradar o professor.

Os professores de dança geralmente não gritam por causa do mau comportamento. (Às vezes sim.) Os professores de dança geralmente gritam para fazer você dançar melhor. Eles gritam enquanto você dança para te apontar seus erros. Eu acredito que, se eles simplesmente dissessem de maneira gentil depois que você dançasse o que você poderia fazer para melhorar, o aluno iria querer ouvir.

Gritar pode ter um efeito negativo no comportamento de um aluno. Os alunos podem se acostumar a receber instruções em voz alta. Isso faz com que os alunos só escutem seu professor quando ele ou ela está gritando. Sem perceber, os professores estariam dando até instruções gritando.

Às vezes, gritar pode fazer o professor se tornar um professor não querido. Quanto mais o professor grita, menos o aluno gosta dele ou dela. Isso faz o aluno se comportar mal ou não escutar as correções por causa da antipatia pelo professor. Será ainda mais difícil conseguir a atenção do aluno então.

Você acha que os professores que gritam já se ouviram em uma gravação? Provavelmente não. Eles deveriam. Os professores veriam que ficam horríveis. Eles veriam que não tem graça. Mesmo que gritar seja o menor dos problemas, faz com que os alunos realmente não gostem de seus professores.

Gritar não é apenas horrível, mas também é considerado um abuso. Gritar com uma criança pode prejudicar muito o cérebro dela. É quase um abuso maior do que o dano físico. Alguns especialistas dizem que é uma ameaça ao senso de segurança, proteção e confiança da criança.

Uma maneira pela qual o grito pode afetar o cérebro de uma criança é pelos problemas de concentração. Crianças que são frequentemente expostas a gritos por um certo período de tempo têm dificuldade de concentração. Não ser capaz de se concentrar pode afetar o aprendizado acadêmico da criança na escola ou nas aulas de dança. Isso ocorre porque, como a criança não consegue prestar atenção, ela não consegue aprender ou memorizar as danças rapidamente. Isso não é bom.

— Paula Moyano, Aluna do quinto ano

Ferramenta na prática de Atlanta, Geórgia

Depois de me formar na faculdade em 1971, fiquei emocionada ao conseguir meu primeiro emprego como professora. Fui ainda mais abençoada por ter uma diretora maravilhosa que disse: "Sussurre quando quiser gritar". Segui essa sabedoria durante meus 37 anos na sala de aula. Usei essa "técnica do sussurro" durante toda a minha carreira com grande sucesso. Isso me ajudou a manter e modelar a calma, mesmo nos momentos mais agitados da sala de aula da Educação Infantil. Se eu não conseguisse absolutamente chamar a atenção do grupo, em vez de gritar ou usar um tom severo, eu simplesmente deixava cair um livro grande no chão! A sala ficava quieta em um instante.

— Jody Davenport, Professora de Educação Infantil aposentada

DICAS DA FERRAMENTA

1. Pense no seu objetivo de longo prazo de encorajar e esteja atento ao seu tom de voz.
2. Seu tom de voz mudará se você se sentar ou ficar em pé de modo que fique olho no olho com seu aluno.
3. Esteja ciente das suas expressões faciais e linguagem corporal, pois cada uma impacta o tom de voz.
4. É aceitável pedir desculpas se você usou um tom de voz desrespeitoso. Os alunos perdoam com facilidade.
5. Seja gentil consigo mesmo e reserve um tempo para respirar (ou faça uma pausa mais longa, se necessário) antes de falar.

O que as pesquisas científicas dizem

Exames de neuroimagem mostram que as crianças respondem mais ao tom de voz de um adulto do que às palavras que estão sendo ditas. Pesquisadores descobriram que até mesmo bebês dormindo reagem a diferentes tons de voz. Graham, Fisher e Pfeifer estudaram o que os bebês ouvem enquanto dormem e relataram um processamento neural distinto das emoções no tom de voz.[102] Usar um tom que comunica uma mensagem e uma linguagem que comunica outra tem um grande impacto na autoestima da criança e em seus sentimentos de segurança.[103] Em uma nota mais positiva, a pesquisa mostra que usar um tom positivo e de apoio promove um comportamento cooperativo na sala de aula e resulta em um maior desempenho acadêmico.

HUMOR

A aprendizagem ocorre na brincadeira, sem qualquer preocupação com sucesso e fracasso.

— Rudolf Dreikurs

Você já notou que o humor apropriado na sala de aula pode rapidamente aliviar situações problemáticas? O humor pode ajudar a tirar os alunos do estado de luta, fuga ou paralisação.

Conhecemos professores que ficam de pé nas mesas, usam chapéus engraçados, colocam um nariz de palhaço e deitam no chão para trazer humor a uma situação frustrante. Esse tipo de humor físico não se adapta a todos, mas pode ser divertido. Alguns professores começam cada aula com uma piada ou um *cartoon* (desenho) engraçado.

Gostaríamos de enfatizar o humor *apropriado*. Esteja atento para que o humor não faça ninguém se sentir desconfortável. O humor apropriado pode ajudar os alunos a ganharem uma nova perspectiva e muitas vezes pode substituir a raiva pelo riso.

O humor pode melhorar a aprendizagem ao alcançar uma parte do cérebro que abre novos caminhos para o aprendizado. É por isso que decidimos encontrar um desenho humorístico para cada ferramenta de Disciplina Positiva. Nosso lema: "Rir e aprender".

Claro, o humor não é apenas para situações problemáticas. Como você lerá na seção de pesquisa científica a seguir, os professores que usam o humor de maneira eficaz são respeitados e bem-vistos pelos alunos.

"Como se sair bem na escola sem estudar está ali na seção de ficção."

Ferramenta na prática de Raleigh, Carolina do Norte

Ensinar literatura no Ensino Médio me proporciona muitas oportunidades de encontrar o humor. Quer você tenha um senso de humor bem desenvolvido ou não, quando o professor está se divertindo ao ensinar, os alunos percebem que também podem se divertir. Essa percepção traz alegria ao processo de aprendizagem e atrai os alunos para a experiência de aprendizado.

Lembro-me de uma vez tentar fazer meus alunos verem que uma motivação comum para alguns personagens eram suas inseguranças. Um aluno perspicaz – talvez na tentativa de desmascarar minha simplificação das complexas caracterizações – perguntou: "Então você está dizendo que todo mundo é inseguro?".

Bingo! "Sim. Sim, estou. E eu também sou inseguro."

Eu tento usar essa *persona* insegura para criar humor, para criar um paradoxo na sala de aula, onde o professor frequentemente está entregue à função de estar certo. Fazemos piadas em aula sobre a mentalidade de crescimento, algo em que todos os professores da minha escola estão trabalhando. Às vezes, quando cometo um erro, posso reagir mal, mas tento ser um exemplo de conforto e bom humor ao cometer erros.

Agora meus alunos captaram a ideia da mentalidade de crescimento nas notícias e brincam sobre isso. Mas com as brincadeiras vem um senso de libertação. Se o foco está no crescimento, então os alunos encontram uma liberdade para manobrar, correr riscos e apreciar os erros dos outros (sem censurá-los).

Eu acho que uma sala de aula com risadas traz alegria ao aprendizado. Eu procuro momentos de descoberta assim como momentos de diversão.

– Dr. Tom Humble, Diretor de escola de Ensino Médio e professor de AP English

DICAS DA FERRAMENTA

1. Sinais não verbais, como um piscar de olhos e um sorriso para comunicar "Boa tentativa, mas não aqui", podem ser eficazes quando transmitidos com senso de humor.
2. Encoraje seus alunos a trazerem piadas e desenhos humorísticos (*cartoons*) para compartilhar na aula.
3. Seja sensível sobre quando o humor pode não ser apropriado (sarcasmo ou humilhação).
4. Ensine as crianças a usarem o humor (às vezes com um certo exagero) durante as dramatizações.

O que as pesquisas científicas dizem

Pesquisas mostram que, quando os professores usam o humor de maneira eficaz, os alunos se beneficiam de várias formas. Especificamente, os alunos se sentem mais conectados ao professor e a aprendizagem melhora. Além disso, estudos mostram que o humor apropriado na sala de aula resulta em alunos mais motivados e com melhor desempenho acadêmico.[104] De fato, os alunos relatam que valorizam mais as qualidades pessoais e sociais de um professor do que sua habilidade intelectual. Os alunos claramente valorizam o senso de humor nos professores, e a pesquisa apoia os benefícios quando os professores criam um ambiente de aprendizagem positivo usando humor e estão dispostos a compartilhar piadas na sala de aula.[105]

DECIDA O QUE VOCÊ VAI FAZER

Seja consistente. Se você estabeleceu limites, mantenha-os. Se disser "Não", mantenha sua palavra e não mude de ideia.

— Rudolf Dreikurs

Há muito foco na Disciplina Positiva em envolver os alunos nas soluções, validar seus sentimentos, fazer perguntas, entender seu comportamento, conectar-se com eles, e assim por diante. Você já se perguntou: "E quanto a mim?".

Na verdade, tudo isso é sobre você. Envolver os alunos na tomada de decisões minimizará o mau comportamento e aumentará sua alegria como professor. Quando os alunos se sentirem encorajados, você também se sentirá encorajado.

"A escola de adestramento foi razoável, mas o professor respondia ao meu comportamento indesejado com penalidades. Eu nunca aprendi nenhuma modificação de comportamento de longo prazo, então ainda estou latindo e ignorando ordens."

E há momentos em que você não precisa envolver os alunos. Você pode simplesmente decidir o que vai fazer. Informe gentil e firmemente seus alunos e siga em frente gentil e firmemente. Note o "e" em "gentil e firmemente". É melhor envolver os alunos com mais frequência do que decidir por eles, mas confie no seu julgamento para saber quando usar cada abordagem.

Um dia, Jane estava observando uma sala de aula do quarto ano, e os alunos estavam um pouco agitados. A professora ficou muito quieta e parecia estar olhando para a parede de trás, onde havia um relógio. As crianças começaram a sussurrar: "Ela está contando. Fiquem quietos". Logo todos os alunos estavam sentados quietos em suas mesas e a professora começou sua aula.

Mais tarde, Jane perguntou: "Até quanto você conta e o que você faz depois que chega lá?".

A professora disse: "Ah, eu não estou contando. Eu apenas decidi que não vou começar a ensinar até que eles estejam prontos. Eles acham que estou contando, e eles ficam quietos. Funciona para mim".

A ferramenta "Decida o que você vai fazer" ajuda os professores a implementarem com sucesso uma gestão de sala de aula gentil *e* firme, o que as pesquisas identificam como algo que melhora a eficácia do professor.

Ferramenta na prática de Eureka, Illinois

Todos nós temos turmas das quais sempre lembraremos. A minha é um grupo de alunos do primeiro ano que eram superinteligentes, criativos e poderosos! Em sua maioria eles eram primogênitos ou filhos únicos, e estavam acostumados a comandar o *show*. Lembro-me de, às vezes, sentir que eles poderiam fazer um trabalho melhor de organizar o dia do que eu!

No final do dia, eu me sentia exausta, com a garganta arranhada e a voz cansada de tentar competir por tempo de fala com essas crianças. Decidi tentar algo diferente: decidir o que eu faria em vez de tentar mudar o que as crianças estavam fazendo.

Eu trouxe de casa um livro que peguei na biblioteca e disse à minha turma que não estava mais disposta a levantar a voz para ser ouvida. Sempre que eles não estivessem ouvindo, eu iria para minha mesa, pegaria meu livro e leria até que estivessem prontos.

Eles pareceram um pouco surpresos, e o dia começou bem. Parecia que até mesmo o aviso sobre o que eu planejava fazer foi útil para eles e para mim. Mas, certamente, mais tarde naquele dia, vários deles interromperam com conversas paralelas, falando uns sobre os outros, vozes cada vez mais altas, e eu quase esqueci meu plano. No entanto, me controlei antes de levantar a voz e entrar na confusão. Fui para minha mesa, peguei meu livro e comecei a ler. Ah, que paraíso!

Não demorou muito para que as crianças percebessem e começasse um coro de "shhh". Orientações sussurradas e breves vieram dos líderes das crianças, e todos se calaram. Esperei um minuto, depois silenciosamente coloquei meu livro de lado e voltei ao grupo sem comentar sobre o comportamento deles.

Fiquei surpresa com a rapidez com que minhas ações impactaram o comportamento das crianças. Mantive meu autorrespeito, respeitei os outros no grupo e experimentei um aumento de energia. Isso estabeleceu um ótimo precedente para lidar com o barulho e as distrações na sala de aula. Uma das melhores partes para mim foi sentir-me bem no final do dia sobre a maneira como conduzi a situação.

— Dina Emser, ex-Diretora da Blooming Grove Academy, Trainer Certificada em Disciplina Positiva

Ferramenta na prática de Portland, Oregon

Na sala de aula *Head Start*, durante o recreio, um menino de 4 anos chamado Adnan não parava de derrubar os blocos que vários colegas estavam usando, e depois ria. As outras crianças e também outros professores tentaram fazê-lo parar. Adnan prometia que seria mais cooperativo.

Finalmente uma professora que tinha feito o curso de Disciplina Positiva disse a ele: "Adnan, seus amigos estão ficando muito bravos com você. Eu não posso fazer você parar de derrubar suas construções. Só você pode fazer isso. Mas eu posso dizer o que eu vou fazer. Se você derrubar mais uma construção, eu vou levar você para brincar em outra parte da sala de aula".

A professora checou a compreensão de Adnan sobre o que aconteceria. Ele disse claramente que precisaria ir brincar em outro lugar se derrubasse mais alguma construção.

Depois de alguns minutos, Adnan derrubou uma pilha de blocos de novo. A professora, muito calma, cumpriu o combinado e disse: "Adnan, preciso que escolha outro lugar para brincar". Adnan ficou chocado e começou a gritar que não derrubaria mais construções. A professora calmamente repetiu que ele precisaria se mudar de lugar. Adnan tentou fugir dela e correr em direção à área dos blocos, mas ela simplesmente o afastou e apontou para outro lugar na sala.

Chorando em voz alta, Adnan foi para a área das dramatizações. Depois de alguns minutos ele voltou e perguntou se poderia ir para a área dos blocos. A professora disse que ele poderia tentar de novo depois do almoço. Ela também perguntou o que ele faria de diferente lá. Ele disse: "Eu não vou derrubar as coisas". A professora sabiamente perguntou o que ele faria. Ele respondeu: "Vou perguntar para a Josie se eu posso ajudá-la em sua construção com os blocos".

Depois do almoço, Adnan e Josie construíram juntos.

— Steven Foster, Professor de Educação Especial. Lead Trainer Certificado em Disciplina Positiva e coautor do livro *Disciplina Positiva para crianças com deficiência*

Ferramenta na prática de San Diego, Califórnia

Os meninos na minha sala de aula de educação especial estavam constantemente correndo, indo apressadamente para a área de almoço. Um dia, eu disse: "Se vocês correrem, vou pedir que voltem para a sala de aula e andem". Naquele dia, durante o almoço, segui os meninos até o refeitório e vi que eles correram novamente. Fiquei na frente deles e gentilmente, mas com firmeza, lembrei-lhes do que eu havia dito. Quando começaram a reclamar, balancei a cabeça, apontei de volta para a sala de aula e disse: "Tentem de novo". Depois de alguns momentos revirando os olhos e reclamando eles voltaram para a sala de aula e caminharam até a área de almoço.

— Jackie Freedman, Assistente de instrução de educação especial, professora do quarto e quinto anos, Educadora Certificada em Disciplina Positiva

DICAS DA FERRAMENTA

1. Geralmente é mais eficaz envolver os alunos na tomada de decisões. No entanto, às vezes é apropriado decidir o que você fará. Exemplos:
"Eu postarei a lição de casa para a semana às segundas-feiras e darei crédito total para o trabalho entregue no prazo."
"Eu ensinarei quando vocês me mostrarem que estão prontos para aprender."
"Eu ficarei na sala de aula por trinta minutos após a aula para responder a quaisquer perguntas adicionais."
2. Certifique-se de cumprir o que você disse que faria. (Ver "Acordos e acompanhamento", p. 139.)

O que as pesquisas científicas dizem

Pesquisas baseadas em sala de aula usaram observação cuidadosa, descrição e medição para ajudar a identificar planos de ação eficazes para os professores.[106] Walker relata que o estilo de gestão de sala de aula autoritativo (caracterizado por uma abordagem gentil *e* firme em razão do foco na relação professor-aluno, bem como na ordem e estrutura claras) influencia positivamente o desenvolvimento acadêmico e social dos alunos. Alunos em uma sala de aula autoritativa demonstraram maior rendimento. Walker também relata que professores autoritativos podem reduzir a porcentagem de evasão escolar.[107] Por outro lado, pesquisas mostram que estilos de gestão indulgentes e permissivos (muito gentis, sem firmeza ou sem um plano de ação por parte do professor) têm um efeito negativo no desempenho acadêmico, bem como no desenvolvimento social e emocional dos alunos.[108]

NÃO RETRUQUE

Em um momento de conflito, as palavras são insignificantes; apenas as ações contam.

— Rudolf Dreikurs

Depois de ler as palavras no *cartoon* (desenho), você pode perguntar: "Você está de brincadeira? Quer que eu aprenda o que não está sendo dito quando meu aluno acabou de mandar eu 'me f...? Tenho que deixar claro para esse aluno que ele não pode falar comigo assim".

Nós sabemos. Essa é difícil. Mesmo quando um aluno diz algo menos inflamável, como "Essa é uma lição idiota", pode ser necessário ter paciência de santo a fim de resistir a retrucar para mostrar quem manda: "Bom, você pode falar com o diretor sobre isso!".

Já não somos santos, como evitamos reagir a respostas insolentes?

Ajuda estar preparado com algumas habilidades praticadas. E a primeira habilidade é tentar ouvir o que *não* está sendo dito e escutar a crença por trás do comportamento. Esse aluno está realmente dizendo: "Estou cansado de ser mandado, então me recuso a aceitar isso de alguém que não pode me machucar fisicamente"? Ou talvez até "Eu me recuso a tratá-lo com respeito quando você não me trata com respeito"? Talvez a maneira como o aluno está se sentindo não tenha nada a ver com você. Seu aluno pode estar respondendo mal a você por causa da dor que está experimentando no mundo lá fora, e sua sala de aula é o único lugar onde ele se sente seguro para expressar sua frustração.

Poderíamos fazer centenas de outras suposições sobre a crença por trás das palavras, mas você entendeu a questão. Há uma crença oculta por trás de todo comportamento. Os pro-

"Se você quer se comunicar com um aluno indisciplinado, aprenda a ouvir o que não está sendo dito."

fessores são mais encorajadores quando abordam a crença e a necessidade oculta de pertencer por trás do comportamento. Sim, a mensagem oculta de uma resposta insolente é uma necessidade – uma necessidade de pertencimento, uma necessidade de reconhecimento, uma necessidade de conexão, uma necessidade de esperança, uma necessidade de habilidades. A legenda do desenho poderia dizer: "ouça o que o aluno necessita".

Quando responde à resposta insolente de um aluno com sua própria resposta insolente, você está modelando exatamente o comportamento que tanto o incomoda. Em vez disso, respire fundo e se prepare para ter uma postura de curiosidade sobre a necessidade do aluno. Modele respeito e carinho em vez de desrespeito.

A atividade a seguir pode aumentar sua consciência sobre respostas reativas e fornecer respostas ativas que você pode praticar. Primeiro, apresentaremos respostas típicas de professores a respostas insolentes e, em seguida, algumas respostas que podem mudar sua vida e a de seus alunos.

Finja que é um aluno. Note o que você está pensando, sentindo e decidindo em resposta às seguintes respostas dos professores:

1. "Não fale comigo desse jeito, mocinha!"
2. "Até onde você acha que essa boca suja vai te levar?"
3. "Você está de castigo. Não volte à aula até ser respeitosa!"
4. "Sem recreio para você. Você pode sentar na cadeira do pensamento até estar pronto para se desculpar."
5. "Você pode muito bem ter um cartão vermelho com seu nome gravado nele."
6. "Você agora pode escrever 'Serei respeitosa' quinhentas vezes até amanhã cedo."

Se você fosse o aluno, o que teria vontade de fazer em resposta a esses comandos dos professores? Você gostaria de cooperar, se rebelar, se afastar ou se vingar? Nosso palpite seria qualquer uma das últimas três opções.

Agora, imagine novamente que é o aluno. Como um aluno responderia a estas declarações não reativas de um professor?

1. "Hummm. Eu me pergunto o que fiz para te chatear tanto."
2. "Uau! Você está realmente com raiva. Quer me contar mais sobre isso?"

3. "Preciso me sentar em silêncio e respirar fundo até poder estar com você de forma respeitosa."
4. "O que nos ajudaria agora – um tempo para nos acalmarmos ou colocar essa questão na pauta da reunião de classe?"
5. "Eu sei como é estar tão bravo. Estou feliz por termos as habilidades para resolver isso depois de nos acalmarmos."
6. "Você sabe que eu realmente me importo com você?"

Se você fosse o aluno ouvindo essas declarações do professor, o que pensaria, sentiria e decidiria em resposta? Esperamos que você experimente um senso de conexão e talvez se sinta inspirado a mudar seu comportamento.

Ferramenta na prática por Jane Nelsen

Após um *workshop* em que fizemos uma atividade experiencial sobre entender a crença por trás do comportamento, realizamos uma pausa. Um professor do oitavo ano voltou para sua sala de aula para ver como a professora substituta estava se saindo. No caminho, ele viu dois alunos brigando. Quando tentou separar a briga, um dos alunos disse: "Vá se f...".

Em vez de reagir, o professor tocou gentilmente o braço do aluno e disse: "Estou vendo quanto você está bravo. Venha caminhar comigo".

O aluno puxou o braço, mas começou a caminhar meio passo atrás. O professor disse: "Acho que você está se sentindo magoado com algo. Quer falar sobre isso?".

O aluno pode ter se sentido sobrecarregado por essa gentileza repentina em vez da punição usual esperada. Qualquer que seja o motivo, ele ficou com os olhos marejados e contou ao professor que estava com raiva (um disfarce para a dor) por causa de uma discussão com seu irmão.

O professor apenas ouviu até que o aluno desabafou e se acalmou. Então ele disse: "Você sabe por que eu sabia que você estava magoado com alguma coisa? Fiquei magoado quando você disse: 'Vá se f...'. Eu sabia que você não diria isso a menos que estivesse se sentindo magoado e precisasse descontar em qualquer pessoa que cruzasse seu caminho. Fico feliz que você tenha se sentido seguro para falar comigo. Fico feliz que você saiba que eu me importo. Você estaria disposto a se encontrar comigo depois da escola, e podemos conversar sobre algumas ideias que podem ser úteis para você?".

O professor nos contou sobre esse incidente quando voltou ao *workshop*. Ele pediu aos outros que fizessem um *brainstorming* de ideias sobre o que dizer quando se encontrasse novamente com o aluno. Os participantes sugeriram várias ideias, como criar uma "Roda de escolhas da raiva", mas a ideia de que o professor mais gostou foi simplesmente passar algum tempo conversando com o aluno sobre suas atividades favoritas. Ele não mencionaria o incidente perturbador a menos que o aluno trouxesse o assunto. Focar o que era positivo na vida do aluno o ajudaria a ver que ele tinha o poder de se separar das provocações do irmão. Esse professor tinha uma compreensão profunda do poder do encorajamento (por meio do tempo especial passado com esse aluno) para motivar a mudança de comportamento.

DICAS DA FERRAMENTA

1. Muitos professores acabam modelando o oposto do que querem ensinar quando reagem e respondem de volta a um aluno que foi desrespeitoso.
2. Evite levar para o lado pessoal quando um aluno responder de forma grosseira — por mais difícil que isso possa ser.
3. Imagine que esse aluno está usando uma camiseta com os dizeres "Estou magoado. Valide meus sentimentos (não minhas palavras)".
4. É aceitável dizer: "Ui. Isso foi doloroso e desrespeitoso. Preciso de um tempo para me acalmar antes de discutirmos isso depois".
5. Certifique-se de voltar a falar com o aluno quando estiver mais calmo e puder abordar a crença por trás do comportamento.

O que as pesquisas científicas dizem

Os alunos percebem professores eficazes como adultos que evitam ridicularizar os alunos ou criar situações em que os alunos possam se sentir envergonhados na frente dos colegas (como pode ocorrer se um professor responder de forma grosseira). Estudos mostram a importância da capacidade do professor de usar habilidades de escuta ativa e reflexiva. Os alunos identificam seus melhores professores como aqueles que prestam atenção e se importam com o que eles têm a dizer. A capacidade de um professor de se comunicar e responder aos alunos com uma atitude respeitosa e atenciosa está diretamente relacionada ao sucesso dos alunos, medido pelo desempenho acadêmico.[109]

CONTROLE SEU PRÓPRIO COMPORTAMENTO

Podemos mudar toda a nossa vida e a atitude das pessoas ao nosso redor simplesmente mudando nós mesmos.

— Rudolf Dreikurs

Você às vezes espera que seus alunos controlem o comportamento deles quando você mesmo não controla o seu? Não queremos instilar culpa, mas sim criar consciência. Frequentemente nos pegamos agindo de maneiras das quais não nos orgulhamos, mas só percebemos depois que paramos para nos acalmar e avaliar nossas ações.

Os professores não são perfeitos, e nem os alunos. É bastante normal reagir ao ser desafiado. Precisamos de todas as ferramentas que pudermos aprender para nos ajudar a ter mais controle sobre nosso comportamento e habilidades para nos desculpar e reparar os erros quando não conseguimos fazê-lo. Como dissemos muitas vezes, os alunos perdoam facilmente quando percebem que as desculpas são genuínas.

Dizem que, se você sabe mais, faz melhor. Isso não é necessariamente verdade. Às vezes sabemos mais e ainda assim nos deixamos levar pela reação e esquecemos tudo o que sabemos no momento. Quando nos acalmamos, muitas vezes somos críticos demais conosco. Revise a ferramenta "Erros como oportunidades de aprendizagem" (p. 62) e os "Quatro "R" da reparação dos erros" (p. 63). Use-as e ensine seus alunos a usá-las. O objetivo é a melhoria, não a perfeição. Portanto, é

"Minha sorte diz: 'Você terá sucesso em fazer os alunos controlarem o comportamento deles se primeiro controlar o seu próprio comportamento'."

aceitável ensinar algo que você mesmo não dominou (como o controle perfeito), para que você também possa modelar o uso de erros como oportunidades de aprendizagem.

É aceitável deixar seus alunos saberem que você está dando um tempo para si mesmo quando precisa se acalmar. Afaste-se da situação e concentre-se antes de tentar resolver um problema. Se não puder sair da cena, conte até dez ou respire fundo.

Quando você se acalmar, peça desculpas. Ao se desculpar, você cria uma conexão e um sentimento de proximidade e confiança em sua sala de aula. Nesse ambiente, vocês podem trabalhar juntos para encontrar soluções. Se você modelar essa abertura para o aprendizado, seus alunos seguirão seu exemplo e se concentrarão nas soluções.

Ferramenta na prática de San Jose, Califórnia

Na nossa pré-escola cooperativa de pais, uma das maneiras pelas quais ajudamos os pais a controlarem seu comportamento enquanto trabalham na nossa movimentada sala de aula da pré-escola é deixá-los saber que não há problema em sair com outro pai quando seu próprio filho está envolvido em um conflito de sala de aula.

Com até 24 crianças pequenas e ativas na classe ao mesmo tempo, há muitas oportunidades para ajudá-las a resolverem conflitos. Muitos pais compartilharam que tendem a se sentir ainda mais desafiados e mais inclinados a "perder a cabeça" quando seus próprios filhos estão envolvidos em um conflito. Muitas vezes seu instinto de "mamãe ursa" entra em ação e eles criam problemas com a dinâmica da sala de aula.

Na nossa reunião de classe de pais, chegamos todos a um acordo de que não há problema que o pai/a mãe se afaste se sua própria criança estiver envolvida em um conflito. Aquele pai pede para outro pai ou para o(a) professor(a) intervir para ajudar as crianças a resolverem seu conflito. O pai vai para outra parte da sala de aula e depois se atualiza sobre o ocorrido. A segurança de saber que eles podem se afastar sem que o outro pai pense mal deles criou uma cultura de apoio adulto mútuo e ajudou para que todos possam se acalmar e controlar seu próprio comportamento.

— Cathy Kawakami, Almaden Parents Preschool, Trainer em Disciplina Positiva

DICAS DA FERRAMENTA

1. Lembre-se de que ser um exemplo é a melhor maneira de ensinar, então reserve um tempo para pensar sobre o comportamento que você está modelando.
2. Assim como os alunos, a maioria de nós tende a reagir em vez de agir de forma ponderada. Prepare uma ficha de registro e, durante uma semana, use uma marca de verificação para registrar a data e a hora de cada ocasião em que você reagir em vez de agir de forma ponderada.
3. Quando perceber que está reagindo, use um plano específico para ajudá-lo a controlar suas ações. Escolha um plano que você possa ensinar facilmente aos seus alunos. Por exemplo: respire fundo, conte até dez ou coloque a mão sobre o coração.
4. Quando você reagir, é bom pedir desculpas. Veja os "Quatro "R" da reparação dos erros" (p. 63) e a ferramenta "Entenda o cérebro" (p. 143).

O que as pesquisas científicas dizem

Segundo o teórico da aprendizagem social Albert Bandura, a maioria dos comportamentos é aprendida de forma observacional por meio da modelagem.[110] A pesquisa clássica de Bandura confirma a importância da ferramenta da Disciplina Positiva: Controle seu próprio comportamento. A pesquisa de Bandura mostra como os alunos observam o comportamento dos adultos ao seu redor e imitam o que veem. Provavelmente o estudo mais famoso de Bandura incluiu 36 meninos e 36 meninas com idades entre 3 e 6 anos, bem como um modelo adulto masculino e um feminino. Após assistir a um filme em que o modelo adulto era agressivo, as crianças que foram deixadas sozinhas em uma sala com os mesmos adereços que estavam no filme copiaram o comportamento que observaram.[111]

A conscientização sobre a teoria da aprendizagem de Bandura influenciou a instrução em sala de aula. Pesquisas sobre instrução eficaz em sala de aula apoiam a modelagem como uma ferramenta instrucional eficaz para a aprendizagem acadêmica, bem como socioemocional. Além disso, a pesquisa mostrou que a modelagem pode ser usada em várias disciplinas e em salas de aula de todas as séries e níveis de habilidade.[112] Harbour, Evanovich, Sweigart e Hughes revisaram as descobertas em apoio a práticas baseadas em evidências para maximizar o sucesso dos alunos. Essas práticas incluem modelar comportamentos acadêmicos desejados, bem como comportamentos sociais.[113]

PROFESSORES AJUDAM PROFESSORES

O paraíso poderia ser alcançado se o homem soubesse como aplicar seu conhecimento para o benefício de todos.

– Rudolf Dreikurs

Muitas vezes, os professores se sentem isolados de apoio adulto, pois ensinam sozinhos em suas salas de aula. Eles podem não procurar a ajuda de seus colegas por medo de perderem a credibilidade ao admitirem que às vezes ficam sem saber como lidar com um desafio de comportamento. A ferramenta "Professores ajudam professores" é um processo de catorze passos (desenvolvido por Lynn Lott e Jane Nelsen) em que os professores podem aprender a se apoiar mutuamente em um ambiente encorajador. Durante esse processo eles obtêm muitos *insights* sobre a crença por trás dos comportamentos desencorajadores de seus alunos, bem como muitas maneiras específicas de serem encorajadores.

Como esse é um processo muito poderoso, muitos professores apreciam a ajuda extra que ganham ao praticar essas etapas de resolução de problemas em um *workshop* ao vivo de Disciplina Positiva na sala de aula (datas e locais podem ser encontrados em www.positivediscipline.org). Se você quiser praticar isso com seu grupo local de professores, pode usar as etapas seguintes para facilitar seu próprio processo de Professores ajudam professores.

Passos para a resolução de problemas – professores ajudam professores

1. Convide outro professor para se sentar ao seu lado. Explique quais são os Passos para a resolução de problemas – professores ajudam professores e como ele ou ela agora é um cofacilitador com você para ajudar os outros.
2. Peça a um escrevente para anotar em um *flipchart* o nome do professor, o ano em que ele ou ela leciona e um nome fictício para um aluno com o qual ele ou ela gostaria de ajuda.

Habilidades do professor

3. Peça ao professor para criar uma manchete de jornal sobre sua preocupação (apenas algumas palavras). Pergunte ao grupo quem já teve uma preocupação ou sentimento semelhante. (Isso é encorajador para o professor que se voluntariou para receber ajuda, pois você pode apontar quantas pessoas ele ou ela estará ajudando.)

4. Peça ao professor para descrever a última vez que o desafio aconteceu, fornecendo detalhes suficientes para uma pequena dramatização (talvez sessenta segundos). Para ajudar o professor a se concentrar em detalhes, pergunte: "O que você fez e disse? O que os alunos fizeram e disseram? E depois, o que aconteceu?".

5. Pergunte ao professor: "Como você se sentiu?" Se ele ou ela tiver dificuldade em encontrar um sentimento (ou disser "Me senti frustrado"), mostre a coluna de sentimentos no Quadro dos objetivos equivocados (p. 4, coluna 2) e peça que ele ou ela escolha o sentimento que mais se aproxima. Pergunte ao grupo: "Quantos de vocês já se sentiram assim?".

6. O professor e o restante do grupo podem agora encontrar o objetivo equivocado na coluna 1 e a crença por trás do comportamento na coluna 5. Mencione que isso é apenas uma hipótese e prossiga rapidamente para o próximo passo.

7. Pergunte ao professor: "Você está disposto a tentar algo novo?".

8. Organize uma dramatização. Convide o professor para interpretar o aluno. Peça voluntários para interpretar as outras partes (aluno e dois ou três espectadores), começando com as falas que ouviram durante a descrição do problema. Lembre-os de que está tudo bem se divertir e exagerar.

9. Pare a dramatização assim que achar que o grupo teve tempo de experimentar sentimentos e decisões (geralmente menos de um minuto). Inicie o processo de reflexão perguntando aos participantes, começando pela pessoa que interpretou o aluno, o que estavam pensando, sentindo e decidindo como as pessoas que estavam interpretando.

10. Peça ao grupo para sugerir ideias que o professor possa tentar. Certifique-se de que as sugestões sejam direcionadas ao escrevente no *flipchart*, para que o professor voluntário não se sinta bombardeado por conselhos. Para ideias, convide o grupo a se referir à última coluna do Quadro dos objetivos equivocados, fazer sugestões de sua sabedoria pessoal e/ou consultar as cartas de ferramentas de *Disciplina Positiva para professores* (disponíveis em https://www.manole.com.br/disciplina-positiva-para-professores/p).

Guia da Disciplina Positiva para professores

11. Peça ao professor que escolha uma sugestão para tentar (mesmo que ele ou ela afirme já ter tentado todas).

12. Traga os voluntários de volta para dramatizar a sugestão que o professor escolheu, com o professor interpretando a si mesmo (para que ele ou ela possa praticar). (Se uma sugestão punitiva for escolhida, peça ao professor para interpretar o aluno para que ele ou ela possa experimentar a reação do aluno.) No final da dramatização, pergunte quais os pensamentos, sentimentos e decisões de cada participante, começando pela pessoa que interpretou o aluno.

13. Peça um compromisso verbal do professor para tentar a sugestão por uma semana e relatar ao grupo.

14. Peça ao grupo apreciações para o voluntário: Que ajuda eles aprenderam para si mesmos ao assistir a isso? Que ideias eles viram que poderiam usar?

Você pode querer tentar esses passos em um pequeno grupo de duas ou três pessoas para pegar o jeito. A maioria das pessoas tem dificuldade em seguir os passos. Elas querem fornecer muitas informações e analisar tudo. Há um princípio adleriano chamado "holismo", que significa que cada pequena parte se relaciona com o todo, e isso ajuda a explicar por que é importante evitar a análise excessiva. Resumidamente, se você puder lidar com uma pequena parte que pode ser dramatizada e encontrar uma solução que possa funcionar para essa pequena parte, o todo mudará e sua resposta para o problema maior ficará clara. Seguindo os passos, todos ganham *insights* e aprendem maneiras de encorajar, mesmo quando a solução não parece funcionar.

Esses passos foram cuidadosamente elaborados (e usados por mais de trinta anos) para seguir o modelo adleriano. O modelo não funciona se introduzirmos mais informações ou dermos mais conselhos além do que é pedido nos passos. Continue praticando. Você aprenderá a usar o modelo e se sentirá mais confortável dentro de sua estrutura.

Muita informação surge quando os participantes da dramatização são espontâneos (em vez de seguir rigidamente o roteiro relatado pelo professor). Uma vez, durante o processo de resolução de problemas do "Professores ajudam professores", Jane estava dramatizando uma professora que havia apresentado um problema com uma criança desafiadora que não respondia a nenhum de seus pedidos de cooperação. A frustração que ela sentia como professora era tão avassaladora que sua única resposta foi: "Pirralho fedido".

A verdadeira professora caiu na gargalhada e disse: "Foi exatamente assim que me senti". Ela pode não ter se permitido perceber que era isso que estava sentindo e pensando enquanto descrevia a cena, mas se sentiu tão aliviada quando isso surgiu na dramatização – ela se sentiu compreendida. Ela estava agora ainda mais aberta a encontrar maneiras de encorajar seu aluno (e a si mesma no processo).

O *brainstorming* de soluções produziu algumas boas ideias que a verdadeira professora tentou na segunda dramatização. Todos os outros se sentiram encorajados e apoiados porque até os observadores puderam se identificar e ganharam algumas ideias de ferramentas que poderiam usar com seus alunos.

Ferramenta na prática de Bloomington, Illinois

Nossa equipe praticava os passos da resolução de problemas da ferramenta "Professores ajudam professores" a cada duas semanas em nossas reuniões de equipe. Ao longo de vários anos, nos tornamos bastante bons nos passos e descobrimos que o processo levava cada vez menos tempo. Muitas vezes ficávamos surpresos (pelo menos no início) com a quantidade de boa energia que gerávamos como equipe durante o processo, mesmo que as reuniões ocorressem no final de longos dias de aula.

Começávamos cada nova sessão com um acompanhamento do professor sobre o problema da reunião anterior. Muitas vezes esse compartilhamento era bastante positivo, e notávamos que os professores pareciam muito mais encorajados a relatar o que haviam tentado do que quando relataram o problema originalmente.

Ficávamos surpresos ao notar que muitas vezes os professores voltavam para a reunião seguinte com o *feedback* de que o comportamento problemático não havia aparecido nas duas semanas desde a nossa última sessão. No início, atribuíamos isso à coincidência – era apenas um conjunto estranho de circunstâncias que um problema que tanto havia desconcertado um professor antes de repente desaparecesse de sua sala de aula por duas semanas consecutivas. Quando esse padrão continuou a acontecer com certa consistência, chegamos à conclusão de que nossos professores saíam dessas reuniões tão encorajados que não convidavam o mesmo comportamento dos alunos desencorajados. Eles foram de alguma forma transformados por esse processo – não estavam mais sozinhos com o desafio. Eles compartilharam abertamente com colegas que ouviram e deram seus melhores conselhos com novas soluções possíveis para tentar. Não havia julgamento, apenas uma reunião de mentes e ideias de um grupo de professores dedicados trabalhando juntos para melhorar seus relacionamentos com as crianças.

Os passos de resolução de problemas da ferramenta "Professores ajudam professores" tiveram um efeito unificador em nossa escola, capacitando os professores a apoiarem uns aos outros e os alunos a fazerem o seu melhor.

— Dina Emser, ex-Diretora do Blooming Grove Academy, Lead Trainer Certificada em Disciplina Positiva

Ferramenta na prática da China

A ferramenta "Professores ajudam professores" é realmente um processo frutífero. Encontrei outros cinco professores para fazer isso comigo. Todos gostaram e aprenderam muito. Conduzimos o processo para ajudar uma criança chamada Daisy, que relutava em responder perguntas. Ao passar pelos passos de resolução de problemas, concluímos que Daisy tinha o objetivo equivocado de inadequação assumida, e que sua crença poderia ser "Não posso pertencer. Desisto. Deixe-me em paz". Os participantes sugeriram muitas ferramentas para a professora escolher. Ela escolheu a ferramenta "Demonstre confiança" e a ferramenta "Reserve tempo para treinamento".

Todos nós aprendemos a importância de confiar no processo. Por exemplo, na segunda dramatização, nossa professora interpretou a si mesma, e outro participante interpretou o papel de Daisy. Quando Daisy se recusou a responder uma pergunta e se escondeu debaixo da mesa, a professora fez uma pergunta mais fácil. Quando isso não funcionou, ela ficou ansiosa e quis desistir, em vez de fazer o que havia dito que faria, que era acreditar e reservar tempo para o treinamento. Quando perguntei sobre os sentimentos, pensamentos e decisões de Daisy, a professora que estava interpretando-a nos disse que sabia que sua professora desistiria dela e não a chamaria novamente se ela se recusasse a falar. Quando a professora ouviu suas palavras, de repente percebeu por que parecia que ela havia tentado de tudo, mas nada ajudava: Daisy podia sentir que sua professora não acreditava nela e desistiria dela.

Tanto a voluntária como os outros participantes aprenderam que precisavam manter o que dizem que vão fazer, em vez de repetir seus comportamentos antigos.

— ZhaiXia, Educadora Certificada em Disciplina Positiva

DICAS DA FERRAMENTA

1. Pratique os passos de resolução de problemas da ferramenta "Professores ajudam professores" (apresentados em mais detalhes no livro *Disciplina Positiva em sala de aula*) com alguns outros professores.
2. Pelo menos uma vez por mês, convide um professor a apresentar um desafio para que toda a equipe possa se envolver nos passos de resolução de problemas.
3. Mantenha uma pasta especial na sala dos professores onde aqueles que querem ajuda possam se inscrever para apresentar uma preocupação.
4. Lembre-se de manter a confidencialidade. Mesmo que o processo da ferramenta "Professores ajudam professores" seja encorajador, outros podem não entender quando ouvirem detalhes fora de contexto.

O que as pesquisas científicas dizem

As práticas de consulta entre professores influenciam a eficácia dos docentes e têm importantes implicações para a formação de professores, liderança educacional e instrução.[114] A consulta entre pares constrói uma cultura comunitária de colaboração e resulta em melhorias no desenvolvimento e confiança dos professores. A ferramenta "Professores ajudam professores" da Disciplina Positiva oferece uma estrutura específica para colaboração e apoio. Um senso de comunidade entre os professores é uma variável importante que influencia o senso de comunidade entre os alunos.[115] Não é surpresa que modelar habilidades interpessoais apropriadas influencia o crescimento socioemocional dos alunos. O senso de comunidade dos professores está diretamente relacionado à satisfação no trabalho e à eficiência geral dos docentes.[116]

AUTOCUIDADO

Bons professores... trabalham na prevenção de doenças e cuidam bem de seus corpos para ensinar em níveis ótimos. Seus alunos precisam de você bem e entusiasmado na sala de aula.

— Rudolf Dreikurs

Cuidar de si mesmo é o melhor presente que você pode dar aos seus alunos. Isso pode ser difícil, porque os professores geralmente acordam muito cedo e têm longas jornadas de trabalho. Hoje em dia, muitas vezes os professores são obrigados a supervisionar atividades extracurriculares como parte de suas responsabilidades. Treinar equipes esportivas, supervisionar clubes acadêmicos e participar de eventos escolares à tarde e à noite torna a carga de trabalho muito pesada. Sem mencionar que o dia de trabalho de um professor envolve muito mais do que apenas instrução direta – servir almoço, recepcionar os alunos, monitorar corredores, além de estar disponível para ajudar os alunos individualmente antes e depois do horário escolar são todas responsabilidades assumidas pela maioria dos professores.

Sinceramente, a maioria dos professores nem consegue ir ao banheiro quando precisa, porque os alunos não podem ser deixados sem supervisão em uma sala de aula. Dito isso, é importante lembrar que dedicar um tempo para si mesmo, dormir bastante à noite e planejar com antecedência para comer bem e manter-se hidratado pode fazer uma grande diferença em longo prazo. Professores que têm planos de autocuidado são menos propensos a adoecer ou a sofrer de esgotamento profissional e são mais propensos a manter a paciência com seus alunos.

"Esse é o meu *kit* de sobrevivência. Ele tem remédio para dor de cabeça, música de meditação e óculos cor-de-rosa."

Atividade

Em uma reunião geral de professores ou apenas com um grupo de professores, reserve um tempo para definir metas pessoais e encorajar uns aos outros. Para esta atividade, forme pequenos grupos de duas ou três pessoas.

1. Primeiro, passe alguns minutos sozinho identificando três a cinco metas pessoais de autocuidado. Escreva cada uma. Isso pode servir como um guia para o seu plano de autocuidado daqui para a frente.
2. Compartilhe suas metas individuais de autocuidado dentro do seu pequeno grupo. Ao compartilhar, seja o mais específico possível. Pense em maneiras de acompanhar seu progresso. Por exemplo: se você planeja caminhar três vezes por semana, marque os dias no seu calendário e depois faça uma marca cada vez que caminhar, para acompanhar seu sucesso.
3. Faça um *brainstorming* sobre maneiras de manter o autocuidado como uma prioridade. Existem coisas específicas que você poderia fazer para se autoencorajar e encorajar uns aos outros?
4. Faça um acordo em seu pequeno grupo para verificar regularmente o progresso uns dos outros e fornecer encorajamento e apoio aos membros do grupo para que cumpram suas metas.

Pesquisas mostram que dedicar um tempo regularmente para planejar e cuidar do autocuidado pode diminuir significativamente o estresse e aumentar a autoeficácia. Os professores têm muitas limitações de tempo e agendas ocupadas. Muitas vezes, reservar apenas alguns minutos para compartilhar e oferecer apoio mútuo pode fazer toda a diferença. Quando os professores se reúnem e se conectam, isso constrói um senso de coesão de grupo. De fato, pesquisas mostram que um senso de pertencimento serve como um fator de proteção na redução do estresse geral.

Ferramenta na prática de Paris, França

Quando percebi que o autocuidado era importante, comecei a me observar e percebi que, quando estava cansada, gritava mais em minha aula e aplicava mais punições. Ficava irritada muito facilmente e perdia o controle do meu comportamento gentil e firme. Então decidi investir mais em autocuidado.

Como professora, acho isso difícil, porque sempre penso primeiro nos meus alunos. Sempre penso na minha turma e em como posso fazer atividades melhores, organizar coisas que sejam tanto educativas quanto divertidas para as crianças. Preparar é importante; no entanto, se estou cansada, perco o controle, não importa o quanto tenha me preparado.

Agora sei que preciso ir para a cama cedo, que preciso fazer uma pausa para o chá, relaxar após um dia de ensino, ver meus amigos com bastante frequência e tentar praticar esportes três vezes por semana. Fazer isso influencia minha maneira de ensinar, e me torno mais a professora que quero ser.

A maneira como ajo com meus alunos depende da maneira como cuido de mim mesma. É uma obrigação como professora cuidar de mim mesma.

— Nadine Gaudin, Professora, Trainer Certificada em Disciplina Positiva

Ferramenta na prática de Lima, Peru

A Disciplina Positiva nos encoraja a acreditar na capacidade das crianças de tomar decisões sobre como responder às situações que lhes são apresentadas e a acreditar em sua capacidade de se adaptar ao mundo. Essa filosofia me deu ferramentas para interagir com meus alunos de maneira mais próxima, respeitosa, firme e amorosa. Essas ferramentas são inestimáveis para mim, tanto do ponto de vista profissional como pessoalmente. Elas não só transformaram meu ensino, mas também me mudaram como pessoa e continuam me mudando todos os dias. Acredito que, na medida em que sou amigável e amorosa comigo mesma, também serei com as crianças. Acredito que, se sou capaz de perceber meus erros como oportunidades de crescimento e aprendizado, também serei paciente quando meus alunos cometerem erros. Portanto, a Disciplina Positiva não se aplica apenas na sala de aula, mas colore toda a sua existência. Esse tem sido o melhor autocuidado que eu poderia imaginar.

— Sandra Colmenares, Professora do terceiro ano, Educadora Certificada em Disciplina Positiva

DICAS DA FERRAMENTA

1. Faça uma lista das coisas que você gosta de fazer e que alimentam seu coração, corpo, mente e alma.
2. Pegue sua agenda e reserve um tempo para você *todos os dias*.
3. Abandone toda a culpa por tirar um tempo para si mesmo ou para estar com pessoas que aumentam sua energia e sua alegria.
4. Mantenha um diário de gratidão.
5. Peça ajuda quando precisar. Afinal, você não está pedindo nada que não ficaria feliz em oferecer. Permita que outros tenham a bênção de ajudar você.
6. Ria e aprenda com seus erros – outro grande presente para você e para os outros.

O que as pesquisas científicas dizem

Professores estagiários relatam experiências de ensino mais bem-sucedidas quando prestam atenção a um plano de autocuidado. O autocuidado melhora suas habilidades de automonitoramento e reconhecimento dos "sinais de estresse".[117] Eldar et al. acompanharam três professores em seu primeiro ano de ensino e entrevistaram cada professor para avaliar suas dificuldades em relação ao suporte recebido.[118] Fatores importantes relacionados ao estresse e esgotamento dos professores incluíram: quão confortáveis se sentiam na escola, o envolvimento do diretor e de outros colegas para suporte, os relacionamentos dos professores com seus alunos e a atitude em relação ao trabalho. Além disso, Emmer e Stough resumiram a maneira como a emoção dos professores impacta a gestão da sala de aula e o esgotamento.[119] Eles concluíram que o currículo de formação de professores deveria incluir o modo como as emoções dos professores afetam a tomada de decisões em sala de aula.

Um estudo longitudinal na Holanda, realizado ao longo de um período de cinco meses, mostrou que a menor autoeficácia percebida na gestão da sala de aula e o estresse emocional precedem o esgotamento dos professores.[120] Pesquisadores relataram relações entre a autoeficácia dos professores, o estresse no trabalho e o esgotamento. Esperamos que o uso das ferramentas de Disciplina Positiva para professores aumente a percepção de autoeficácia dos professores e a conscientização sobre a importância do autocuidado.

REFERÊNCIAS BIBLIOGRÁFICAS

1. Kohn, A. (1994). The risk of rewards: ERIC Digest. ERIC Clearinghouse on Elementary and Early Childhood Education, Urbana, IL. ERIC Identifier ED376990.
2. Vitasek, K. (2016). Big business can take a lesson from child psychology. *Forbes*, June 30.
3. Stevens, J. E. (2012). Lincoln High School in Walla Walla, WA, tries new approach to school discipline - suspensions drop 85%. *ACES Too High News*, April 23.
4. Brown, D. (2004). Urban teachers' professed classroom management strategies: Reflections of culturally responsive teaching. *Urban Education* 39, 266-289.
5. Beaty-O'Ferrall, M. E., A. Green, and F. Hanna. (2010). Classroom management strategies for difficult students promoting change through relationships. *Middle School Journal*, March.
6. Blum, R. (2005). School connectedness: Improving the lives of students. Johns Hopkins University, Bloomberg School of Public Health, Baltimore, MD.
7. Dickerson, S., and M. Kemeny. (2004). Acute stressors and cortisol responses: A theoretical integration and synthesis of laboratory research. *Psychological Bulletin* 130, 355-391.
8. Edwards, D., and F. Mullis. (2003). Classroom meetings: Encouraging a climate of cooperation. *Professional School Counseling* 7, 20-29.

9. Browning, L., B. Davis, and V. Resta. (2000). What do you mean "think before I act?": Conflict resolution with choices. *Journal of Research in Childhood Education* 14, 232-238.
10. Gere, J., and G. MacDonald. (2010). An update of the empirical case for the need to belong. *Journal of Individual Psychology* 66, 93-115.
11. Twenge, J. M., R. F. Baumeister, D. Tice, and T. S. Stucke. (2001). If you can't join them, beat them: Effects of social exclusion on aggressive behavior. *Journal of Personality and Social Psychology* 81, 1058-1069.
12. Baumeister, R. F., J. M. Twenge, and C. K. Nuss. (2002). Effects of social exclusion on cognitive processes: Anticipated aloneness reduces intelligent thought. *Journal of Personality and Social Psychology* 83, 817-827.
13. Reyes, M., M. Brackett, S. Rivers, M. White, and P. Salovey. (2012). Classroom emotional climate, student engagement, and academic achievement. *Journal of Educational Psychology* 104, 700-712. DOI: 10.1037/a0027268.
14. Dweck, C. (2006). *Mindset: The New Psychology of Success.* New York: Random House.
15. Mueller, C. M., and C. Dweck. (1998). Praise for intelligence can undermine children's motivation and performance. *Journal of Personality and Social Psychology* 1, 33-52.
16. Dreikurs, R. (2009). *Child Guidance and Education: Collected Papers.* NH: BookSurge Publishing.
17. Nelsen, J., L. Lott, and H. S. Glenn. (2000). *Positive Discipline in the Classroom: Developing Mutual Respect, Cooperation, and Responsibility in Your Classroom.* 3.ed. New York: Random House. [4.ed. publicada no Brasil com o título *Disciplina Positiva em sala de aula: como desenvolver o respeito mútuo, a cooperação e a responsabilidade em sua sala de aula.* Barueri: Manole, 2017.]
18. Centers for Disease Control. (2015). School connectedness. September 1. http://www.cdc.gov/healthyyouth/protective/connectedness.htm.
19. Wentzel, K. R. (1998). Social relationships and motivation in middle school: The role of parents, teachers, and peers. *Journal of Educational Psychology* 90, 202-209.
20. Tschannen-Moran, M. (2004). *Trust Matters: Leadership for Successful Schools.* San Francisco: Jossey-Bass.

21. Stronge, J. H., J. M. Checkley, and P. Steinhorn. (2007). *Qualities of Effective Teachers*. 2.ed. Alexandria, VA: Association for Supervision and Curriculum Development.

22. Ryan, A. M., and H. Patrick. (2001). The classroom social environment and changes in adolescents' motivation and engagement in middle school. *American Education Research Journal* 38, 437-460.

23. Gazzaniga, M. S. (2003). *Psychological Science: Mind, Brain, and Behavior*. New York: W. W. Norton.

24. Belvel, P. S., and M. M. Jordan. (2010). *Rethinking Classroom Management: Strategies for Prevention, Intervention, and Problem Solving*. Thousand Oaks, CA: Corwin Press.

25. Essa, E. L., and M. M. Burnham. (2009). *Informing Our Practice: Useful Research on Young Children's Development*. Washington, DC: National Association for the Education of Young Children.

26. Lewin, K., R. Lippit, and R. White. (1939). Patterns of aggressive behavior in experimentally created "social climates." *Journal of Social Psychology* 10, 271-299.

27. Ferguson, E. D., J. W. Grice, J. Hagaman, and K. Peng. (2006). From leadership to parenthood: The applicability of leadership styles to parenting styles. *Group Dynamics: Theory, Research, and Practice* 10, 43-56. DOI: 10.1037/1089-2699.10.1.43.

28. Emmer, E. T., and L. Stough. (2001). Classroom management: A critical part of educational psychology, with implications for teacher education. *Educational Psychologist* 36, 103-112.

29. Dweck, C. (2006). *Mindset: The New Psychology of Success*. New York: Random House.

30. Kornell, N., M. Hays, and R. Bjork. (2009). Unsuccessful retrieval attempts enhance subsequent learning. *Journal of Experimental Psychology* 35, 989-998. DOI: 10.1037/a0015729.

31. Freiberg, H. J., C. A. Huzinec, and S. M. Templeton. (2009). Classroom management – a pathway to student achievement: A study of fourteen inner-city elementary schools. *Elementary School Journal* 110, 63-80.

32. Nelsen, J., A. Rafael, and S. Foster. (2012). *Positive Discipline for Children with Special Needs*. New York: Three Rivers Press. [Publicado no Brasil com o título *Disciplina Positiva para crianças com deficiência: como criar e*

ensinar todas as crianças a se tornarem resilientes, responsáveis e respeitosas. Barueri: Manole, 2019.]

33. Resnick, M. D., P. S. Bearman, R. W. Blum, K. E. Buoman, K. M. Harris, J. Jones, J. Tabor, T. Beuhring, R. E. Sieving, M. Shew, M. Ireland, L. H. Bearingere, and J. R. Udry. (1997). Protecting adolescents from harm: Findings from the National Longitudinal Study of Adolescent Health. *Journal of the American Medical Association* 278, 823-832.

34. Loukas, A., L. Roalson, and D. Herrera. (2010). School connectedness buffers the effects of negative family relations and poor effortful control on early adolescent conduct problems. *Journal of Research on Adolescence* 20, 13-22.

35. Wang, T., and R. Holcombe. (2010). Adolescents' perceptions of school environment, engagement, and academic achievement in middle school. *American Educational Research Journal* 47, 633-662.

36. Allday, R. A., and K. Pakurar. (2007). Effects of teacher greetings on student on-task behavior. *Journal of Applied Behavior Analysis* 40, 317-320.

37. Marzano, R. J., and J. S. Marzano. (2003). The key to classroom management. *Educational Leadership* 61, 6-13.

38. Centers for Disease Control. (2015). School connectedness. September 1. http://www.cdc.gov/healthyyouth/protective/connectedness.htm.

39. Siegel, D., and T. Bryson. (2014). *No Drama Discipline: The Whole-Brain Way to Calm the Chaos and Nurture Your Child's Developing Mind.* New York: Penguin Random House.

40. Decker, D., and S. Christenson. (2007). Teacher-student relationships among behaviorally at-risk African American youth from low-income backgrounds: Student perceptions, teacher perceptions, and socioemotional adjustment correlates. *Journal of School Psychology* 45, 83-109.

41. Marzano, R. J., and J. S. Marzano. (2003). The key to classroom management. *Educational Leadership* 61, 6-13.

42. McCombs, B. L., and J. S. Whisler. (1997). *The Learner-Centered Classroom and School: Strategies for Increasing Student Motivation and Achievement.* San Francisco: Jossey-Bass.

43. Adler, A., H. L. Ansbacher, and R. R. Ansbacher. (1956). *The Individual Psychology, a Systematic Presentation in Selections from His Writings.* New York: Basic Books.

44. Hanna, F., C. Hanna, and S. Keys. (1999). Fifty strategies for counseling defiant and aggressive adolescents: Reaching, accepting, and relating. *Journal of Counseling and Development* 77, 395-404.

45. Schmakel, P. O. (2008). Early adolescents' perspectives on motivation and achievement in academics. *Urban Education* 6, 723-749.

46. Ladson-Billings, G. (1994). *The Dreamkeepers: Successful Teachers of African American Children*. San Francisco: Jossey-Bass.

47. Brown, D. (2004). Urban teachers' professed classroom management strategies: Reflections of culturally responsive teaching. *Urban Education* 39, 266-289.

48. Siegel, D., and T. Bryson. (2011). *The Whole Brain Child: 12 Revolutionary Strategies for Nurturing Your Child's Developing Mind*. New York: Random House.

49. Siegel, D., and T. Bryson. (2011). *The Whole Brain Child: 12 Revolutionary Strategies for Nurturing Your Child's Developing Mind*. New York: Random House.

50. Willis, J. (2007). Engaging the whole child: The neuroscience of joyful education. *Educational Leadership Online*, summer, 64.

51. Activities for teaching these skills can be found in Nelsen, J., L. Lott, and H. S. Glenn. (2013). *Positive Discipline in the Classroom*. 4.ed. New York: Three Rivers Press.

52. Sulkowski, M., M. Demaray, and P. Lazarus. (2015). Connecting students to schools to support their emotional well-being and academic success. *Communiqué* 40, no. 7. https://www.nasponline.org/publications/periodicals/communique/issues/volume-40-issue-7/connecting-students-to-schools--to -support-their-emotional-well-being-and-academic-success.

53. Leachman, G., and D. Victor. (2003). Student-led class meetings. *Educational Leadership* 60, no. 6, 64-68.

54. Edwards, D., and F. Mullis. (2003). Classroom meetings: Encouraging a climate of cooperation. *Professional School Counseling Journal* 7, no. 1, 20-29.

55. Edwards, D. (2005). From class lecture notes. Georgia State University, Department of Counseling and Psychological Services.

56. Stronge, J. H., J. M. Checkley, and P. Steinhorn. (2007). *Qualities of Effective Teachers*. 2.ed. Alexandria, VA: Association for Supervision and Curriculum Development.

57. https://www.facebook.com/Raffi.Cavoukian/photos/a.249846041744561. 60969.151883644874135/987679737961184/?type=3&theater.
58. Lasala, T., J. McVittie, and S. Smitha. (2012). *Positive Discipline in the School and Classroom: Teachers' Guide, Activities for Students*. Positive Discipline Association.
59. Sutherland, K., T. Lewis-Palmer, J. Stichter, and P. Morgan. (2008). Examining the influence of teacher behavior and classroom context on the behavioral and academic outcomes for students with emotional or behavioral disorders. *Journal of Special Education* 41, 223-233.
60. Potter, S. (1999) Positive interaction among fifth graders: Is it a possibility? The effects of classroom meetings on fifth-grade student behavior. Master's thesis, Southwest Texas State University, San Marcos, TX.
61. Clifton, D. O., and P. Nelson. (1992). *Soar with Your Strengths*. New York: Dell.
62. Harvard Family Research Project. (2009). Parent-teacher conference tip sheets for principals, teachers, and parents. *FINE Newsletter* 1, no. 1.
63. Henderson, A., and K. Map. (2002). A new wave of evidence: The impact of school, family and community connections on student achievement. Southwest Educational Development Lab, Institute of Education, Austin, TX.
64. Marcon, R. A. (1999). Positive relationships between parent school involvement and public school inner city preschoolers' development and academic performance. *School Psychology Review* 28, no. 3, 395-412.
65. Warneken, F., and M. Tomasella. (2006). Altruistic helping in human infants and young chimpanzees. *Science* 311, 1301-1303.
66. Edwards, D., K. Gfroerer, C. Flowers, and Y. Whitaker. (2004). The relationship between social interest and coping resources in children. *Professional School Counseling* 7, 187-194.
67. Zakrzewski, V. (2014). Just for the joy of it. *Educational Leadership*, June, 22-26.
68. Kohn, A. (1993). *Punished by Rewards: The Trouble with Gold Stars, Incentive Plans, A's, Praise, and Other Bribes*. Boston: Houghton Mifflin.
69. Kohn, A. (1994). The risk of rewards: ERIC Digest. ERIC Clearinghouse on Elementary and Early Childhood Education, Urbana, IL. ERIC Identifier ED376990.

70. Fabes, R. A., J. Fultz, N. Eisenberg, T. May-Plumlee, and F. S. Christopher. (1989). Effects of rewards on children's prosocial motivation: A socialization study. *Developmental Psychology* 25, 509-515.

71. Lepper, M. R., D. Greene, and R. E. Nisbett. (1973). Undermining children's intrinsic interest with extrinsic reward: A test of the "overjustification" hypothesis. *Journal of Personality and Social Psychology* 28, 129-137.

72. Garbarino, J. (1975). The impact of anticipated reward upon cross-age tutoring. *Journal of Personality and Social Psychology* 32, 421-428.

73. Mueller, C. M., and C. Dweck. (1998). Praise for intelligence can undermine children's motivation and performance. *Journal of Personality and Social Psychology* 1, 33-52.

74. Dweck, C. (2006). *Mindset: The New Psychology of Success*. New York: Random House.

75. Marzano, R. (2003). *What Works in Schools*. Alexandria, VA: Association of Supervision and Curriculum Development.

76. Siegel, D., and T. Bryson. (2011). *The Whole Brain Child: 12 Revolutionary Strategies for Nurturing Your Child's Developing Mind*. New York: Random House.

77. Beilock, S. L. (2008). Math performance in stressful situations. *Current Directions in Psychological Science* 17, 339-343.

78. Choudhury, S., S. Blakemore, and T. Charman. (2006). Social cognitive development during adolescence. *Social, Cognitive, and Affective Neuroscience* 1, no. 3, 165-174.

79. Shure, M. B., and G. Spivack. (1982). Interpersonal problem-solving in young children: A cognitive approach to prevention. *American Journal of Community Psychology* 10, 341-356.

80. Browning, L., B. Davis, and V. Resta. (2000). What do you mean "think before I act?": Conflict resolution with choices. *Journal of Research in Childhood Education* 14, 232-238.

81. Siegel, D., and T. Bryson. (2014). *No Drama Discipline: The Whole-Brain Way to Calm the Chaos and Nurture Your Child's Developing Mind*. New York: Penguin Random House.

82. Eisenberger, N. I., M. D. Lieberman, and K. D. Williams. (2003). Does rejection hurt? An fMRI study of social exclusion. *Science* 302, no. 5643, 290-292.

83. Sulkowski, M., M. Demaray, and P. Lazarus. (2015). Connecting students to schools to support their emotional well-being and academic success. *Communiqué* 40, no. 7. https://www.nasponline.org/publications/periodi-cals/communique/issues/volume-40-issue-7/connecting-students-to--schools-to-support-their-emotional-well-being-and-academic-success.

84. Garrett, T. (2014). *Classroom Management: The Essentials*. New York: Teachers College Press.

85. Gordon, T. (1974). *Teacher Effectiveness Training*. New York: Wyden.

86. Kubany, E., and D. Richard. (1992). Verbalized anger and accusatory "you" messages as cues for anger and antagonism among adolescents. *Adolescence* 27, 505-516.

87. Cheung, S. K., and S. Y. C. Kwok. (2003). How do Hong Kong children react to maternal I-messages and inductive reasoning? *Hong Kong Journal of Social Work* 37, no. 1, 3-14.

88. Heydenberk, W., and R. Heydenberk. (2007). More than manners: Conflict resolution in primary level classrooms. *Early Childhood Education Journal* 35, 119-126.

89. Shure, M. B., and G. Spivack. (1980). Interpersonal problem solving as a mediator of behavioral adjustment in preschool and kindergarten children. *Journal of Applied Developmental Psychology* 1, 29-44.

90. Shure, M. B., and G. Spivack. (1982). Interpersonal problem-solving in young children: A cognitive approach to prevention. *American Journal of Community Psychology* 10, 341-356.

91. Durlak, J., R. Weissberg, A. Dymnicki, R. Taylor, and K. Schellinger. (2011). The impact of enhancing students' social and emotional learning: A meta-analysis of school-based universal interventions. *Child Development* 82, 405-432. DOI: 10.1111/j.1467-8624.2010.01564.x.

92. Potter, S. (1999). Positive interaction among fifth graders: Is it a possibi-lity? The effects of classroom meetings on fifth-grade student behavior. Master's thesis, Southwest Texas State University, San Marcos, TX.

93. McLeod, J. (2003). Managing administrative tasks, transitions, and in-terruptions. In J. McLeod, J. Fisher, and G. Hoover, *The Key Elements of Classroom Management: Managing Time and Space, Student Behavior, and Instructional Strategies*. Alexandria, VA: Association for Supervision and Curriculum Development.

94. Stronge, J. H., J. M. Checkley, and P. Steinhorn. (2007). *Qualities of Effective Teachers*. 2.ed. Alexandria, VA: Association for Supervision and Curriculum Development.

95. Emmer, E. T., and L. Stough. (2001). Classroom management: A critical part of educational psychology, with implications for teacher education. *Educational Psychologist* 36, 103-112.

96. Kern, L., and K. Parks. (2012). Choice making opportunities for students: Module 4. Virginia Department of Education, Division of Special Education and Student Services.

97. Fox, L., and S. Langhans. (2005). Logical consequences: Brief 18. *From What Works Briefs*, Center on the Social and Emotional Foundations for Early Learning, Vanderbilt University.

98. NASP (2002). Fair and effective discipline for all students: Best practice strategies for educators. Fact sheet. National Association of School Psychologists.

99. Rosenthal, R. (1994). Interpersonal expectancy effects: A 30-year perspective. *Current Directions in Psychological Science* 3, no. 6, 176-179.

100. Yatvin, J. (2009). Rediscovering the "Pygmalion Effect." *Education Week* 29, no. 9, 24-25.

101. Lewin, K., R. Lippit, and R. White. (1939). Patterns of aggressive behavior in experimentally created "social climates." *Journal of Social Psychology* 10, 271-299.

102. Graham, A. M., P. A. Fisher, and J. H. Pfeifer. (2013). What sleeping babies hear: A functional fMRI study of interparental conflict and infants' emotion processing. *Psychological Science* 24, 782-789.

103. Lynn, S. (accessed Oct. 2016). How do language and tone affect children's behavior? Our Everyday Life website, http://oureverydaylife.com/language-tone-affect-childrens-behavior-16124.html.

104. Wanzer, M. B., A. B. Frymier, A. M. Wojtaszczyk, and T. Smith. (2006). Appropriate and inappropriate uses of humor by teachers. *Communication Education* 55, no. 2, 178-196. DOI: 10.1080/03634520600566132.

105. Stronge, J. H., J. M. Checkley, and P. Steinhorn. (2007). *Qualities of Effective Teachers*. 2.ed. Alexandria, VA: Association for Supervision and Curriculum Development.

106. Emmer, E. T., and L. Stough. (2000). Classroom management: A critical part of educational psychology, with implications for teacher education. *Educational Psychologist* 36, 103-112.
107. Walker, J. M. (2009). Authoritative classroom management: How control and nurturance work together. *Theory into Practice* 48, 122-129.
108. Chamundeswari, S. (2013). Teacher management styles and their influence on performance and leadership development among students at the secondary level. *International Journal of Academic Research in Progressive Education and Development* 2, no. 1, 367-418.
109. Slate, J. R., M. M. Capraro, and A. J. Onwuegbuzi. (2007). Students' stories of their best and poorest K-5 teachers: A mixed data analysis. *Journal of Educational Research and Policy Studies* 7, 53-77.
110. Bandura, A. (1986). *Social Foundations of Thought and Action: A Social Cognitive Theory*. Englewood Cliffs, NJ: Prentice-Hall.
111. Bandura, A., D. Ross, and S. A. Ross. (1961). Transmission of aggression through imitation of aggressive models. *Journal of Abnormal and Social Psychology* 63, 575-582.
112. Duplass, J. (2006). *Middle and High School Teaching: Methods, Standards, and Best Practices*. Boston: Houghton Mifflin.
113. Harbour, K. E., L. L. Evanovich, C. A. Sweigart, and L. E. Hughes. (2015). A brief review of effective teaching practices that maximize student engagement. *Preventing School Failure* 59, no. 1, 5-13.
114. Blase, J., and J. Blase. (2006). *Teachers Bringing Out the Best in Teachers: A Guide to Peer Consultation for Administrators and Teachers*. Thousand Oaks, CA: Corwin Press.
115. Royal, M., and R. J. Rossi. (1997) Schools as communities. *ERIC Digest* 111.
116. McVittie, J. D. (2003). Research supporting Positive Discipline in homes, schools, and communities. Positive Discipline Association.
117. Yacapsin, M. (2014). Self-care helps student teachers to deal with stress. *Women in Higher Education* 19, no. 10, 34. DOI: 10.1002/whe.10109.
118. Eldar, E., N. Nabel, C. Schechter, R. Talmor, and K. Mazin. (2003). Anatomy of success and failure: The story of three novice teachers. *Educational Research* 45, 29-48.

119. Emmer, E. T., and L. Stough. (2001). Classroom management: A critical part of educational psychology, with implications for teacher education. *Educational Psychologist* 36, 103-112.
120. Brouwers, A., and W. Tomic. (2000). A longitudinal study of teacher burnout and perceived self-efficacy in classroom management. *Teaching and Teacher Education* 16, 239-254.

QUER SABER MAIS?

Queremos agradecer aos professores de todo o mundo que dedicaram seu tempo para compartilhar suas histórias de sucesso para este livro. Se você é um professor ou educador que está lendo este livro e este é seu primeiro contato com a Disciplina Positiva ou simplesmente quer aprender mais, existem muitos recursos para ajudá-lo a aprender e praticar as ferramentas da Disciplina Positiva.

Para desenvolvimento profissional em Disciplina Positiva, existe uma organização sem fins lucrativos, a PDA – Positive Discipline Association (Associação de Disciplina Positiva), que oferece programas de certificação e treinamento para educadores em sala de aula, bem como certificação para educadores parentais. O *site* da PDA é www.positivediscipline.org. O *site* da PDA Brasil é www.pdabrasil.org.br/.

Muitas escolas ao redor do mundo tomaram a iniciativa de implementar as ferramentas da Disciplina Positiva para professores. Se você quiser se conectar com esses professores ou aprender sobre outros recursos, visite www.positivediscipline.com, www.positivediscipline.org e www.pdabrasil.org.br/.

Todos os livros e baralhos da série Disciplina Positiva estão disponíveis no *site* da Editora Manole: www.manole.com.br/.

ÍNDICE REMISSIVO

A

Abordagem de equipe 142
Abraço 68
Aceitação 139
Ações positivas 163
Acompanhamento 139, 227
Acordos 80, 140
 e acompanhamento 139
Adler, Alfred xix, xxiii, xxiv, 1, 13, 40,
 68, 86, 90, 94, 118, 127, 132, 193
Adolescência 86, 147
Adolescentes 125, 177
Agressão
 física e verbal dos alunos 167
 verbal 154
Aja sem palavras 175
Ajuda mútua 125
Álcool 44
Alternativas para lidar com desafios
 190
Ambientes sociais xxii, 40
Amizade 30
Analogia do *iceberg* xxv
Angústia 44
Ano escolar 61

Ansiedade 120
Apoio 26
 individual 29
Apreciação 75, 103, 133
Aprendizagem xviii, 10, 34, 62, 67, 98,
 173, 205
 cooperativa 12
 socioemocional xxv
Armas 44
Aspecto socioemocional 106
Ataques de birra 14
Atenção
 indevida 8, 14
 negativa 181
Atitude 125
 das pessoas 221
Atividade(s) 231
 do abraço 103
 em sala de aula 61
 extracurriculares 230
 social e física 177
Atmosfera amigável 3
Autismo 41
Autoavaliação 36
Autoconfiança 137
Autocuidado 204, 230, 231

Autodisciplina 66
Autoeficácia 233
Automotivação 106
Autoridade 90
Autorregulação xxiv, 157, 163, 184
Autossuficiência 184

B

Bagunça 26
Baixa autoestima 62
Bandura, Albert 223
Biblioteca 22, 128, 213
Bom senso 145
Brainstorming 44, 47, 50, 52, 65, 77,
    100, 101, 123, 205, 227
Briga 201
Brincadeiras 38, 209
Bullying 23, 24, 25, 102

C

Campanha anti-*bullying* 25
Cantinho do pensamento 145
Capacidade
  intelectual 199
  pessoal xxviii
Castigo 119
  punitivo 155
  tradicional 161
Celular 17
Cérebro 94, 143, 144
  na palma da mão 144
  "racional" 93
Certificação para educadores parentais
    245
Ciclo
  de vingança 49
  vicioso 29
Cinco critérios da Disciplina Positiva
    xxii
Clima emocional positivo 34
Comandos 93
Compaixão xviii

Comportamento(s) 10, 11, 55, 67, 224
  calmo e respeitoso 204
  desafiadores 33, 34
  disruptivos 81
  inaceitáveis 2
  prejudiciais 176
  pró-social 28
  sociais 223
Compreendendo seus alunos 1
Compreensão 54, 80
Comprometimento 139, 141
Computador 83
Comunicação 111, 177
  eficaz 119
  não verbal 145
Comunidade escolar de Disciplina
    Positiva xvi
Conceito do urso 43
Conexão(ões) 41
  antes da correção 67, 185
  individuais 80
Confiança 39, 80, 193, 200
  no processo 125
Conflito(s) 3, 107, 201, 222
  na sala de aula 144
Consciência 134
  social 128
Conscientização 223
  sobre a importância do autocuidado
    233
Consequências lógicas 188
  impostas (punições) 189
Consistência 227
Contato visual 77
Contexto da Disciplina Positiva 116
Contribuições 128
Controle seu próprio comportamento
    221
Cooperação 90, 125, 141, 184
  na sala de aula 100
Coragem 36
Crença

Índice remissivo

equivocada xxv, 12, 176
por trás das palavras 217
por trás do comportamento xxv, 1, 4, 6, 31
Crescimento
  intelectual 199
  socioemocional 229
Criança desencorajada 35
Critério dos três "R" e um "U" 189
Culpa 102
Cumprimento 68
Curiosidade xvi
Cursos de Disciplina Positiva xxvii

D

Decida o que você vai fazer 212
Democracia em uma sala de aula xv
Demonstre confiança 193
Dependência 35, 133
Desafio(s) 2, 151
  de aprendizado 120
Descoberta do objetivo 3
Desculpas 154
Desejo de contribuir 128
Desempenho 86, 122
  acadêmico 16, 34, 208, 211
  dos alunos 199
  escolar 13
  intelectual 200
Desencorajamento 83, 119
Desenvolvimento
  social e emocional dos alunos 216
  social, emocional e educacional de cada criança 120
Detetive de comportamento 1, 185
Dia escolar 174
Diálogo interno 37
Dicas da ferramenta 13, 16, 20, 27, 38, 44, 52, 56, 61, 65, 71, 76, 81, 85, 89, 93, 97, 106, 110, 116, 122, 126, 132, 136, 142, 146, 153, 160, 166, 173, 179, 183, 186,

192, 199, 202, 208, 210, 215, 220, 223, 229, 233
Dificuldades de aprendizagem 26
Dignidade 140
Dilema 48
Dinâmica
  da aula 52, 53
  de grupo 57
Diretrizes 109, 110
  da sala de aula 108
Disciplina Positiva em sala de aula 229
Disputa por poder 17, 93, 155
Dissimulação xxii
Distúrbios alimentares 44
Dramatização 87, 150, 210
Dreikurs, Rudolf xix, xxiii, xxiv, 3, 14, 15, 17, 22, 29, 35, 46, 53, 58, 62, 67, 73, 77, 83, 87, 99, 108, 111, 123, 127, 128, 133, 139, 143, 148, 162, 168, 175, 181, 184, 188, 193, 201, 204, 209, 212, 217, 221, 224, 230
Dweck, Carol 66, 138

E

Educação xv, 94
  Especial 68
  Infantil 38, 84, 151, 158, 174
Educadores parentais 245
Elogios 35, 36, 44, 100, 103, 125
Emoções 9
Empatia xviii, 13, 75, 106, 145
Encenação 59, 169
Encorajamento xv, 23, 26, 30, 32, 35, 36
Ensino xviii
  Fundamental 55, 102, 120
  Infantil 59, 158
  Médio 42, 59, 80, 120, 129, 151, 176, 205, 210
Entenda o cérebro 143
Entenda o objetivo equivocado

atenção indevida 14
inadequação assumida 29
poder mal direcionado 17
vingança 22
Entretenimento 14
Entrevista 79
Equilíbrio 134
Erros 87
como oportunidades de
aprendizagem 62, 222
Escola formal em tempo integral 172
Escolha limitada 184, 185
Escuta 89
Esgotamento 233
Estado de luta, fuga ou congelamento
143
Estagiários 233
Estilo
autocrático (obediência cega) 57
de aprendizado 1
laissez-faire (permissivo) 57
Estratégia(s)
de gestão 187
positivas 192
Estresse 93, 145
dos alunos 147
Evitar recompensas 133
Exclusão social 161
Exercício na sala de aula 198
Expectativas 104
familiares 118
Experiência(s) 74, 77
de aprendizado 205
de vida 162
Explicação neurocientífica 146

F

Faça o inesperado 181
Falta de pertencimento 20
Família 129
Feedback
genuíno 39

regular 60
Ferramenta na prática
da China 228
de Atlanta, Geórgia 12, 38, 43, 60,
75, 92, 120, 172, 178, 185, 207
de Augusta, Geórgia 25
de Bloomington, Illinois 151, 227
de Bradenton, Flórida 152, 170
de Chicago, Illinois 80, 130, 156
de Cuernavaca, México 24
de Decatur, Geórgia 91, 101, 172
de Eureka, Illinois 74, 179, 182, 213
de Fort Wayne, Indiana 124, 158
de Guayaquil, Equador 19, 103, 136,
191, 206
de Hampton, Virgínia 113
de Kowloon, Hong Kong 9
de Lima, Peru 55, 124, 134, 165, 232
de Londres, Inglaterra 15, 145, 164
de Málaga, Espanha 159
de Mission Viejo, Califórnia 101
de Morristown, Nova Jersey 30, 113
de Mountain View, Califórnia 37
de Nobleboro, Maine 95
de Nova York, Nova York 158
de Oceanside, Califórnia 84
de Paris, França 18, 63, 115, 129,
195, 231
de Petaluma, Califórnia 196
de Portland, Oregon 68, 165, 214
de Poway, Califórnia 51, 88, 96, 109,
194
de Raleigh, Carolina do Norte 74,
176, 205, 210
de Salt Lake City, Utah 42
de San Bernardino, Califórnia 103
de San Diego, Califórnia 50, 70, 71,
135, 141, 171, 182, 215
de San Jose, Califórnia 120, 222
de San Ramon, Califórnia 70
de Seattle, Washington 41, 64, 104,
108

de Shenzhen, China 114
de Solana Beach, Califórnia 157
de St. Catharine, Kentucky 49
de Tooele, Utah 177
de Vista, Califórnia 195, 202
de Yangpyeong, Coreia 63, 102
do Cairo, Egito 33, 55, 59, 79, 85, 125
do sul da Califórnia 88
por Jane Nelsen 219
Filosofia da Disciplina Positiva 55
Florescimento intelectual 199
Foco em soluções 46
Formulário de dicas para ser um
    detetive dos objetivos
    equivocados 2
Fracasso 209
Fraquezas 119
Frases
  de comando 93
  de elogio 36
  de encorajamento 36
Frequência escolar 78
Funções em sala de aula 123

G

Gentil e firme xxii, 53
Gerenciamento de sala de aula 99
Gestão eficaz da sala de aula 76
Gestores da escola xvi
Grupo 64

H

Habilidade(s) 100
  de comunicação respeitosas 100
  de escuta 87
  de liderança 38
  de resolução de problemas 107, 184
  de vida xxvii
  do professor 175
  intelectual 211
  sociais e emocionais 52, 69
  socioemocionais 100

História(s)
  de sucesso 68, 91
  do abraço 68, 69
Hobbies 78
Holismo 226
Humor 209
  apropriado 209

I

Iceberg 14, 15, 18, 111
Idade pré-escolar 69
Ideias 141
  criativas 156
Igualdade 140
Impacto negativo na aprendizagem
    192
Inadequação assumida 8, 9, 29, 30, 176
Incômodos e desejos 165
Influência 89
Informações valiosas 9
Inocência 171
Insegurança 35
Insights 224
  profissionais 118
Instruções multissensoriais 179
Interação(ões) 114
  interpessoais (linguagem e tom
    emocional) 137
  intrapessoais 28
Interesse(s)
  individuais 81
  social 40
Intervenções de gestão de sala de aula
    180
Isolamento 160

J

Jornada da Disciplina Positiva xxviii

L

Lembrete visual 54

Liberdade 203
Liderança 57
  democrática, gentil e firme na sala de
    aula 53, 54
Limites 54, 212
Linguagem 137
  da permissividade 56
  de resolução de problemas xvi
Literatura 180
Lógica pessoal 1, 12, 162

M

Mágoa 28
Maneira respeitosa 165
Medo de aprender 62
Memórias xvii
Mensagem(ns)
  codificadas 5, 7, 10
  de cuidado 40
  em primeira pessoa 26, 54, 162, 167
Mentalidade de "dedo-duro" 191
Mente 143
Mesencéfalo (amígdala) 159
Metas acadêmicas 43
Métodos 58
Modelo
  adleriano 226
  da Disciplina Positiva 117
  de comportamento positivo 75
  de educação 140
  de gestão de sala de aula democrático
    203
Momento de conflito 217
Motivação 16
  acadêmica 86
  interna 137
  pró-social 137
Mudança de comportamento 71, 220
Música 183

N

Não retruque 217

Necessidade de ordem 108
Nelsen, Jane 155, 219
Neurociência 97
Nível de educação dos pais 122
Notas 97, 119

O

Obediência 212
Objetivo equivocado 1, 14, 17, 22, 29,
  175
  da criança 12
Observação cuidadosa 216
O espaço mágico que acalma 156
Oportunidades
  de aprendizagem 66
  diárias 126
O que as pesquisas científicas dizem
    13, 16, 20, 28, 34, 39, 44, 52, 57,
    61, 66, 72, 76, 82, 86, 89, 93, 97,
    106, 110, 116, 122, 126, 132,
    137, 142, 146, 153, 160, 167,
    174, 180, 183, 187, 192, 199,
    203, 208, 211, 216, 220, 223,
    229, 233
Ordem 203
Organização educacional 15

P

Paciência 125, 193, 230
Pais e professores 4, 6
Palavras 175
Parentalidade 131
Passos para a resolução de problemas –
    professores ajudam professores
    224
Pausa positiva 64, 145, 155
Pauta da reunião de classe 185, 188
Pensamento(s) 83
  racional 143
Percepções negativos 192
Perguntas curiosas 48
  conversacionais 94

Índice remissivo

motivacionais 90, 91
Permissividade 108
Perseverança 125
Pertencimento e contribuição 14
Pesquisas
  científicas xxi
  neurológicas xxi
Pistas de encorajamento 18
Planejamento 93
Plano de ação xxvi
Poder mal direcionado 8, 17
Positive Discipline Association 245
Potencial humano xviii
Prática 87
Praticidade 123
Preconceito 162
Preocupações 166
  sociais e emocionais 43
Princípio(s)
  adleriano 226
  básicos da Disciplina Positiva 130
  da Disciplina Positiva 121
  fundamentais 35
Problema na sala 10, 11
Processo 19, 228
  de aprendizagem 13
  de reflexão 168
  de resolução de problemas 171
Professor(es) 245
  ajudam professores 224
  de necessidades especiais 101
  não devem gritar 206
Propósito comum 139
Psicologia 90
  adleriana 203
  da motivação 90
Punição xxii, 46, 160, 189, 192, 204

Q

Quadro dos objetivos equivocados 3, 4
Qualidades pessoais e sociais 211
Quatro "R" da punição xxii

rebeldia xxii
recuo xxii
ressentimento xxii
retaliação xxii
Questionamento 47
Questões motivacionais 91

R

Reação(ões)
  impulsiva 181
  instintiva 27
  fisiológicas 20
Realizações 104
Reatividade emocional 93
Rebeldia xxii
Reclamações 181
Recompensas 133, 136, 137, 189
Reconhecimentos 100, 105, 111, 116, 125
Recuo xxii
Redação 96
Redução da autoestima xxii
Reflexão 17, 155, 168
Reflexo de reconhecimento 8
Rejeição 28
Relação
  aluno-professor 76
  professor-aluno 89
Relacionamento 45
Relaxamento 157
Repetição contínua 133
Reserve tempo para treinamento 58
Resiliência de adultos e crianças 132
Resistência 47
Resolução
  colaborativa de problemas 203
  de conflitos 139, 153
  de problemas da reunião de classe 105
  de problemas e de conflitos 21
  de problemas: quatro passos 168
Respeito 140, 169
  mútuo 135, 141

Responsabilidade 10, 38, 106, 124, 128, 134, 137, 141, 173, 184, 189, 230
  compartilhada 168
Resposta(s)
  bioquímica 97
  fisiológica ao estresse 21
  química do cérebro 161
  proativas e empoderadoras dos pais/professores 5, 7
Ressentimento xxii
Retaliação xxii
Reunião(ões)
  de classe 21, 24, 29, 41, 50, 61, 88, 99, 100, 106, 115, 134, 195
  de Disciplina Positiva 31
  de professores 44
  entre pais, professores e alunos 118
Riso 209
Roda de escolhas 148, 149, 151
  da raiva 148
Roteiro 94
Rotina(s) 77, 110, 118

S

Saiba escutar 87
Sala de aula xxviii
Saudação(ões) 73, 75, 76
Segurança 58
Senso
  de conexão 44
  de conexão e pertencimento 71
  de conexão, pertencimento e importância xxii
  de confiança, capacidade e resiliência 62
  de pertencimento 45, 128
  de pertencimento e contribuição xxvii, 123
  de pertencimento e de conexão 34
  de pertencimento e importância 16, 98

Sentimento(s) 15, 48, 77, 163, 192
  de conexão na escola 16
  de mágoa 175
  de pertencimento dos alunos 106
  social 40
Sermão(ões) 87, 99
Siegel, Dan 97, 143, 146
Sinal(is)
  de desencorajamento 83
  mágico 60
  não verbal (silencioso) 79, 176
Sinceridade 95
Sistemas de recompensa e punição xxiv
Soluções 24, 47, 49, 150, 159, 222
  colaborativas 202
  respeitosas 191
Sorriso 8, 42
Sucesso 41, 209, 223
  acadêmico 52, 104
  social 104
Sugestões 130
Suicídio 44
Suposições 217

T

Talentos 104
Tarefas 96
  desafiadoras 33
TDAH 37
Telas interativas 156
Tempo (momento) especial 77
Teoria da aprendizagem 52
Testes 96
The Harvard Family Research Project 122
Todos no mesmo barco 201
Tomada de decisões 183
Tom
  de voz 204, 205
  emocional 137
  positivo 111

Índice remissivo

Torne-se um detetive do objetivo equivocado 1
Trabalhos em sala de aula 123
Tranquilidade 134
Treinamento 59, 91, 195
  para educadores em sala de aula 245
Tristeza 84
Turma 51, 53

V

Valide os sentimentos 83

Vínculo escolar 72
Vingança 8, 22, 155
Violência 44
Vozes das crianças 131

W

Willis, Judy 97
Workshop de Disciplina Positiva xxvii, 191
  na sala de aula 224

ANOTAÇÕES